# 朱鷺よ

クライシス・サスペンス

安田和夫

三省堂書店
創英社

# プロローグ

ナツ　様

今日は私、寺野聡太郎《てらのそうたろう》の誕生日なので、毎日使っているパソコンの日記に、天国にいるあなた（妻）へ出せない手紙を書くことにしました。

今日、私は七十歳になりました。いや、なってしまったと言った方が正しいかもしれません。本来なら定年退職ですが、今の仕事をしばらく続けるつもりです。あなたが去ってから、もう四十年です。私は今でもあなたをありありと思いだすことができます。あなたは今でも若くて髪も黒く豊かですが、私の方は髪がすっかり白くなってしまいました。

東京は街路樹が新芽若葉の季節を迎えました。この清々しい季節は気持ちまで爽やかにさせてくれるので、私は大好きです。その街路樹の下を、私は二匹の犬を連れて散歩するのが日課になっています。犬の名前はレトとリバーです。こう言えば、あなたもどんな犬か想像できるでしょう。

あのとき、私はあなたに突然去られ、途方にくれました。ところがそれも束の間、別の悲劇が待っていたのです。実は、人類の歴史があと五十年足らずで消えてしまうのです。こう言ってもあなたはきっと信じてくれないでしょう。私もこの年齢になったからこそ、多少は冷静に話すことができるようになりました。

あなたと私が結婚した頃、世界全体では毎年億単位で赤ちゃんが生まれ、多くの国の政治家や学者が、これ以上人口が増え続けたら、未来は食糧危機が発生すると言い、出産の制限を主張しました。ある国では実際に産児制限の政策を掲げました。それが今では赤ちゃんを見たくても、写真かネットの検索でしか見ることができないのです。私が実際に赤ちゃんを見たのは、あなたが亡くなった頃のことなのです。赤ちゃんのあの愛らしい笑顔も仕草も、地球上から消えて久しいのです。

最初の報告は米国のあるネットに寄せられた投書だったとされています。南部のある町で、白人の赤ちゃんよりも非白人系の赤ちゃんが多く、このままだと米国は将来非白人系の国になってしまう、という内容だったそうです。その投書はすぐ人種差別だと批判されました。いや、それは人種差別ではなく現実の指摘だ、と反論もあったそうです。その当時は、先進諸国の夫婦が子供を生まないことや、生んだとしても一人か二人であることが指摘されていました。口に出して言いませんでしたが、子沢山《こだくさん》は発展途上国の特徴と考えていたのです。

それから少し遅れて、英国の学者がこのままだと英国は消滅してしまう、と警告の論文を発表しました。それは年度別に新生児と産婦人科の減少状況を分析したものでした。地球規模で見れば、人口はますます増加傾向にあり、この論文は英国以外では話題にもなりませんでした。

しばらくしてから、今度は米国の大学教授が二十一世紀中に人類は滅びると、衝撃的な調査結果を発表しました。その内容は子供の生まれないカップルが急増しているというものでした。このレポートは米国人学者のパフォーマンスと皮肉られ、特にニヤけた男たちが、ガールフレンドや女房をベッドに誘うときの言葉になりました。

ところが、悪魔のような事態は急速に進んでいたのです。二、三年も経つと先進諸国ばかりではなく、サウスと呼ばれる国々でも人口増加が止まり始めました。すぐＷＨＯ（ダブリューエッチオー、世界保健機構）が警鐘を打ち鳴らしましたが、その年の世界全体の赤ちゃんの出生率は五パーセント減少していました。学者が会議を重ねている間に、次の年は十一パーセント減り、またその翌年には三十パーセント減り、それから数年後にはついに人類に赤ちゃんが生まれない年が来てしまったのです。ＷＨＯによれば、今から三十七年前の二＊＊＊年が、赤ちゃんの生まれた最後の年とされています。何が原因だったのか、あなたも興味があるでしょう。

最初は、馬鹿な学者がとんでもない細菌を作ってしまった、と噂《うわさ》されました。ところがその細菌は見つからないし、極北や赤道直下でも子供が生まれなくなり、この噂も立ち消えになりました。次にオゾン層破壊による紫外線の影響、陰謀機関が研究していた新規化学物質説、海洋汚染説、宇宙線説、某国の世界征服説など、多くの説が出ては消えていきました。

科学が原因をつかめないでいると、神の罰だとか、信仰心が足りないと言う人が大勢出てきて、新興宗教が数多く名乗りを上げました。ところが神に願っても、赤ちゃんは生まれてくれませんでした。

あなたは人工授精やクローン人間の方法もあると考えたでしょう。ところが赤ちゃんが生まれなくなった頃から成功しなくなったのです。各国で多くの医師が取り組みましたが、なぜか卵子が受精しなくなってしまったのです。物理的に受精させると、卵子が自殺するかのように死に至ってしまうのです。

中絶（堕胎）はすでに法律で禁止されていましたが、実際に妊娠する女性がいないのです。人工授精も不成功、人類は絶望の縁に立たされてしまいました。医師たちは総力を挙げて原因を探しましたが、いっこうにその原因が見出されないのです。他方、調査を専門とするチームは世界の状況を分析しました。明確になったのは、どこか特定の地域で発生して世界に広まったのではなく、世界各地で同時に深刻な事態を迎えたのです。最初にヨーロッパの小さな国で赤ちゃんゼロを迎えました。日本ではゼロ・ベイビーという語も発生しました。それから島嶼《とうしょ》国で次々に赤ちゃんゼロの国が出てきました。それから数年も待たずに、とうとう中国やインド、アフリカの国々でも赤ちゃんゼロ年がやってきたのです。今では誰もその年を口にしません。どうしても必要な場合は、あの年とか、不幸が始まった年と言っています。

このような事態を迎え、不思議なことに皆が優しくなりました。多くの紛争地でも争いがぴたりと止まり、世界中のあらゆる場所で、命を大事にしようとする風潮が生まれたのです。また国の重要課題として、あらゆる国があらゆる手を尽くして、この赤ちゃんゼロ問題に取り組みました。

赤ちゃんはゼロになりましたが、その直前、世界の人口は百億人を超えていました。その当時は誰もが数年で解決されると信じていました。皆、現代の科学技術の高さや、現代の医師や科学者の能力の高さを信じていたのです。当初はどの国も他国より自分の国や自分の民族の存続を考えていました。医師たちはレースで競争しているような雰囲気で研究していました。多少のわがままはありましたが、そのうち立ちふさがっているものが、巨大な壁か山のようなものだと感じる研究者が多くなり、冷静になって情報交換をするようになりました。ところが、この問題は学者たちが考えているよりも、とてつもなく手ごわい敵だったのです。

赤ちゃんゼロが十年も続いた頃、ある国では昔の映画のように、若いカップルを凍結保存し、未来の科学技術の進歩にかけようとする研究が真剣に検討されたようです。けれども未来に行って目覚めたとき、そこに人間が一人もいなくなっていたら残酷すぎると批判され、その研究は取りやめになったようです。

もう三十七年です。これは希望を削り取られた時間でもあります。今は皆諦めているように見えます。世界の国々で、赤ちゃんゼロ問題が起こった頃、悲しい言葉がひそかにささやかれました。『浮き上がったピラミッド』とか『宙に浮いた釣鐘』という言葉です。あなたも知っていると思います。男女別年齢別人口統計のあの図です。現在、このピラミッドや釣鐘は三十七年分も宙に浮いてしまいました。それに自殺、病気、事故、老衰などで亡くなる人がいますから、全体が毎年小さくなっているのです。政治家は決して諦めるなと言っていますが、空中に漂う風船のように、いずれは消えてなくなる人類の未来を象徴しているような気がしてなりません。

状況はわかった、ところであなたは私に何をしているのか、と問うでしょう。あなたも知っているように、私も医師の端くれでした。けれども自分の能力に見切りをつけ、五十歳の時に事務部門に異動しました。それから二十年、規則では多くの組織が七十歳定年なのです。ただし、このような人口減の時代ですから、働ける人は年齢に関係なく今も働いています。

それに、もう子供がいないわけですから、学校は存在しません。大学は名称として残っていますが、社会人の教養教室に変質しました。でも不思議なことに文部大臣は今もいるのです。

私がいた大学の医学部は赤ちゃんゼロ問題のため、厚労省の一部署に組み込まれ、現在私が勤めている所は、都道府県単位に設立された日本未来センター東京の、複数ある建物のひとつです。このセンターは名前の示すとおり、赤ちゃんゼロ問題の研究機関です。裏では人間を絶滅危惧種だった朱鷺《とき》にたとえ、『日本トキセンター』とも呼ばれています。そう呼ばれている現実が、妙に言い当てられているようでとても悲しくなります。

未来センターを赤ちゃんゼロ問題の研究機関と言いましたが、別の顔は子供を生む可能性のある女性を特定の場所に集めて、一括管理している所なのです。当初、拉致事件や人身売買事件があったのは事実です。この制度はある国で始まり、あっという間に全世界に広がったのです。表面は研究機関ですが、見る人が見れば、未来センターは『鳥籠』『刑務所と呼ばない刑務所』なのです。

ところが、時間とは恐ろしいもので、赤ん坊の時からこのセンターに入れられて育った女性は、自分の環境に何の疑問も抱かないのです。世の中の人たちも、世界中が皆そうであれば、そういうものだという見方に慣らされ、文句も出なくなったのです。

医療の仕事を離れた私の今の仕事は、東京管轄の未来センター内の女性のデータ管理です。外部に数字を漏らすことは禁じられており、政府や政治家が数字を口にするときはいつも『日本全国で約十万人の女性』としています。この十万人が子供を生める可能性があると、政府は見ているのです。

コンピューター画面の数字自身には何の責任もありませんが、今日も幾人かの女性が対象外となり、データから削除されました。この作業を行うと日本の未来を削っているようで、私はとてもつらい気持ちになります。

ある国では、子供が生まれたと言って、国民をずっと騙《だま》していた事件がありました。その国の首相が国民に謝罪した言葉を聞いたとき、私は涙をこぼしてしまいました。人間は食うために生きるとか、生きるために働くとか、いろいろ言い古された言葉がありますが、全ての希望や夢が、子供つまり未来に繋がっていたことに気付いたのです。

過去にも子供のいない夫婦はいました。それでも、自分の繋がる国や社会や文化が、今後もずっと続いていくだろうと思っていたはずです。それぞれの民族や国に子供がいなくなれば、その伝統や文化を受け継ぐ人がいなくなってしまいます。大きく地球上を考えれば、政治、経済、工場の物作り、建物、乗り物、製品、料理、ワイン、お酒、音楽やドラマ、スポーツや芸術活動、神話や伝説、感動の逸話など何もかもが、この地球上から全部消えてしまうのです。

またあなたは、他の生き物はどうなったのと尋ねるでしょう。実は子供が生まれなくなったのは人間だけなのです。ライオンも、象も、猿も、鳥も、虫も、何も変わらず子供を産んでいます。植物も何も変わらず花が咲き、果実をたわわに実らせ、種を蒔《ま》けばちゃんと芽を出すのです。人間だけがおかしなことになってしまったのです。なぜそうなってしまったのか、それはさっきも言ったように原因はわかっていません。このような事態が三十七年間も続くと、無神論者だった私も神がそう決めたのだと思うようになりました。

今ではほんの一時代前に、絶滅しかけている動物や植物を救おうとする運動がありました。ところが、その運動以上に人間が動物や植物を滅ぼしていくスピードは遙かに速いものでした。私は人間が絶滅に追いやった動物や植物の数を知りません。さらに、病気を治すためにいろいろな細菌やウイルスも姿を消したかもしれません。細菌やウイルスは別にしても、人間がまさに絶滅危惧種の道を歩き始めたというのに、悲しむ動物も植物もいません。彼らは人間を無視するかのようにその数を増やしているのです。

我々人間には正義という言葉があります。人間の命は貴いものだと言われていますが、動物や植物にとって、人間の正義も人間の命も、貴いものではありません。このままの状態が五十年六十年と続けば、地球から人間という生き物はいなくなり、猿、象、キリン、虎、ライオン、魚、チューリップやひまわりの世界です。人間は猿から五百万年前にわかれて歩き始めたそうですが、地球は五百万年前に戻るのです。地球の歴史は四十億年だそうですから、それと比べれば五百万年なんて、ほんのささやかな時間かもしれません。だが、あなたならわかってくれるでしょう。そのささやかな時間に、人間がどれほど喜んだり悲しんだりしたかを。

ぐだぐだと言ってしまいましたが、私はあの世であなたが笑顔で迎えてくれると信じています。職場にはあなたより長いつき合いになってしまった人もいますが、私のことを本当にわかってくれているのは、今でもあなたしかいなかったと思っています。

子供がいない中年と老人だけの世の中、テレビ番組、食べ物、製品、商品、旅行などはずいぶん変わってしまいました。人々の考えや風潮も変わりました。話したいことはたくさんあります。もう夜眠れなくなるほど悩むこともなくなりました。毎日静かに暮らし、あの世からお迎えが来たら、それに素直に従うつもりです。そのときまでどうか待っていて下さい。私が死ぬ時は、あなたのために、あなたの大好きな——屋のスイーツを抱えて死ぬことにします。

ところがそれからすぐ、私の想像した人類の未来は、私の予想どおりには進まず、私を驚かすような事件が米国のある小さな町から始まったのです。

# Ⅰ　ZXYジョージ事件

## 1

米国、A——州、サトゥン郊外（Sutton、架空の市）。

その日の朝も、ロバート・マイヤーはいつもと変わらない朝の習慣のひとつ、妻のメアリにキスされて家を出た。

車で十五分、きちんと定時の十五分前に、勤務先の米国未来センター・サトゥン研究所に到着した。

駐車場から建物まで歩き、事務所で白衣に着替え、自動販売機でコーヒーを買い、自分の研究室に入ると勤務時間スタート十分前になる。これが毎日のルーティーンだ。

彼は紙コップのコーヒーを前にして、ガラス窓の向こうに広がるマラカイト・グリーン色（濃い緑）の芝生を眺めた。

そのうち勤務時間になった。ここに始業ベルはない。だがその日の朝は始業時間を見計らったようにスマホ（スマートフォン。未来は呼び名が変わっているかもしれないが、この作品ではスマホとします）の電子音が鳴った。

朝の貴重な時間を無駄にしないでくれよと思いながら、彼はスマホを手にした。面倒くさがり屋はメールを打つより話す方を好む。目の前の飲みかけの紙コップにまだ半分ほどコーヒーが残っている。

「はい、ロバート・マイヤー」

『ジョン・ミラーです。イースト・ハーヴァー（架空）のジョン・ミラーです。覚えていますか』

「ああ、覚えているよ、ジョン、元気にやっているかい」

『元気だ。そっちは？』

「相変わらずだ」

彼は嘘《うそ》を言った。記憶の中を探したがジョン・ミラーの顔はどうしても思い出せなかった。多分、どこかで会ったことがあるか人違いだ。けれども隠して訊《き》いた。

「ところで、こんな朝早くから何かあったのかい」

『アリューシャンのアーノルド島（架空）で子供が発見されました。と言っても三十七歳の女性です』

米国政府の方針で、受胎可能な女性は未来センター支局の監督下に置くように法律で義務づけられていた。法が施行された後も、漏れた子供が時々発見されていた。

「それで保護しているのかい」

『はい、保護しています。父親は鳥類学者で白人、昔、渡り鳥の研究のために、島に渡ったそうです。母親は島のイヌイットで、すでに二親とも亡くなっています』

「結婚しているのか」

『今は独身です。亭主は数年前に亡くなったそうです、海の事故で』

「わかった」

新しい法律が施行されて、結婚している女性の扱いでトラブルが起こり、裁判沙汰になった事件があった。子供のある夫婦はいないが、女性は飛行機による旅行などの制限や、たびたびの検査で夫婦間にヒビが入って、離婚した事態も発生していた。

彼は安心して言った。

「いつ、こっちに来ることができますか」

『明後日には可能です』

「承知した、会えるのを楽しみに待っているよ」

特別な興奮も覚えず、またこれで時間を潰せる仕事ができたと思いながら、ロバートはスマホをコーヒーの入った紙コップから離れた場所に置いた。

米国の未来センターは設立当初、国民全員からＤＮＡ《ディーエヌエー》（遺伝子を構成している物質、デオキシリボ核酸）を採取して、それをデジタルデータにするのがメインの責務であった。その背景には、子供が生まれなくなった原因をＤＮＡから探ろうとの考えがあったからである。また文字にするのは憚《はばか》られるが、暗黙の了解事項で、研究のためと称して、男性は精子を、女性の中で可能な人は卵子の提供を求められた。発想はよかったが、三十七年経っても問題は解決しなかった。それでも研究者の間にはＤＮＡ信仰のようなものがあり、法律は継続していた。

また子供が生める可能性のある若い女性は、次第に国の宝物扱いになり、新たなレディー・ファーストのような考えが生まれた。やがて未来センター内に特別な施設が作られ、そこに女性が収容され、大切に育てられ始めた。今では法律によって、閉経《メノポーズ》（menopause）前の女性は完全収容が義務づけられたのである。現代における未来センターの位置づけは、表面上は子供ゼロ——赤ちゃんゼロ問題の研究機関だが、現実は若い女性を収容し、管理している場所の印象が強くなったのである。

ロバート・マイヤーは未来センターの研究部門に属していた。彼が昔、未来センターに職を得た頃は、毎日のように個人からＤＮＡを採取して、デジタルデータにし、それを所定の部署に送る作業に忙しかった。ところが、子供が生まれないので検査未対象者は急速に減り、組織はついに彼らに二者択一を求めた。『子供がなぜ生まれなくなったのか』という大課題の中で、自分の考えるアイデアを研究対象にして研究を始めるか、またはセンターを辞めて一般の医療従事の医師になるかである。

彼は大学院時代にドクターの肩書を得ていたが、外で医療従事の医師になる自信はなかった。他方、ひらめきと忍耐力が求められる研究者も、自分には不適だと思っていた。本人は自分が学校型優秀な生徒、つまり答えがわかっていることを確実に間違いなくやるタイプだと悟っていた。結局、新しい道に踏み出す勇気もなく、比べてより軽い方を考え、他人の論文で見た新しいテーマを少しかじり、そこから研究テーマを選び、上司にはそれを申請した。

上司は彼の能力も性格も見透かしていた。それではなぜ彼をクビにしなかったのか。それは彼がデータ管理のシステム、分類方法、DNAの抽出に、この田舎のセンター内では誰よりも詳しく正確だったからである。彼をクビにして不明が出るたびに本部に問い合わせて、上司としての自分の評判を落としたくない、単にそれだけの理由だった。それにその上司は、切れ者の部下はいらないし、組織には上司の命令に素直に従う、働き蟻《あり》や働き蜂のような人間も必要だと考える人物だった。


ある日の午後、ロバート・マイヤーは、仕事と仕事の合間に時々起こる何もやることがない状態に陥った。このような時に、彼は手持ちの卵子と精子を使って、大学生の時にやった人工授精の実験をすることに決めていた。要は時間が潰せればいいのである。

今の時代は、試料を機器に入れて、蓋を閉めて、電源スイッチを入れれば、機器の方が万全の状態で解凍してくれて、それを次の工程に自動的にセットしてくれて、ベテラン、新人を問わず、実験を完璧に行ってくれる。顕微鏡写真やその動画も機械の方が見事に撮影し、担当者はディスプレイを見ているだけでよかった。

彼がこんな暇潰しをするようになったのも、彼なりの屈折した思いがあったからだ。学会からもこのセンター内の研究者の誰からも、研究者として期待されていないことを、彼は正しく認識し、腹の中では自分が名ばかりの研究者であることを悟っていた。そのような環境下に長くいると、不満はあるが何も期待しなくなり、一日をいかに容易に無理なく過ごすかが課題となる。それが機械任せの実験なのである。

その日、何気なく見た先に、アリューシャン列島の島から発見された女性のものが目に入った。特別な考えもなく、それを使うことにした。男性のものは何の意図もなく、無作為に選んだ。

サンプルを装置にセットし、スイッチを押した。あとは機械が全部やってくれる。本人はディスプレイの前の椅子に座っていればよい。機器は順調に動いていた。緑のＬＥＤ《エルイーディー》がいつものとおり順序良く光っている。

そのうち、映像が核心に来た。今日も特に期待していたわけではない。ところが、ディスプレイの中で、いつもと違う不思議なことが起こった。いつもなら卵子の周りで精子が活発に泳ぐだけなのに、今日の卵子は精子を取り込んだのだ。

――まさか！

それは奇跡の一瞬だった。

ロバートは言葉も出せず、身を起こして、まばたきもせずにディスプレイを見つめ続けた。これまで精子がバイ菌か異物のように、卵子に拒否される状態をどれほど見続けてきたであろうか。その現象が三十七年間も続き、今、その「禁」が破られ、受精が目の前に復活したのだ。彼は自分の目が幻想を見ているのではないかと疑った。だが、それは現実だった。彼はその映像を見ながらつぶやいた。

「おお、神よ。……」

2

ナツ　様

私は静かに人生を送り、寿命が来たら、あなたの元へ行こうと思っていました。ところが、どうやらそれも許されそうにありません。何をやっても失敗だった三十七年間の空白を破り、ついに米国で受精に成功しました。私がつたない説明をするより、メディアのヘッドラインの方が、当初のごたごたがよくわかるでしょう。

◎四月十一日。米国の有力なキャリア、テレビ局、新聞社、及び世界の研究者五十数名に、「人工授精に成功した」とのメールが送られた。そのDNAはZXY《ズィクシー》ー001型と命名されていた。発信者は米国未来センターのロバート・マイヤー博士。

◎四月十二日。米国、サトゥン警察は、未来センター・サトゥン研究所の建物を爆破した容疑でロバート・マイヤー博士の妻メアリ・マイヤーを逮捕したと発表した。

◎同四月十二日。米国、サトゥン警察は、人口受精成功のメールの発信者はメアリ・マイヤーであると発表した。またZXYとはDNAの特殊な型の呼び名で、ロバート・マイヤー博士が例外中の例外を意味するXYZに命名しようとしたが、語呂がいいからZXYとなったこともつけ加えられた。なおメディアは数字001を省略してZXY単独で使い始めた。

◎四月十三日。米国、サトゥン警察は、未来センター・サトゥン研究所の所長デイヴィド・ストリンガーを、ロバート・マイヤー博士殺害容疑で逮捕したと発表した。
◎四月十四日。米国、サトゥン警察は、ロバート・マイヤー博士殺害事件に関し、研究所のウィリアム・ウィックローを死体遺棄の容疑で逮捕したと発表した。博士の遺体はサトゥン郊外の湖から発見された。
◎四月十六日、米国、US－TV局発。ZXY殺人事件の概要。ZXY型DNAを発見したロバート・マイヤー博士の研究を、所長のデイヴィド・ストリンガーが横取りを計画して博士を殺害。その死体処理を部下のウィリアム・ウィックローに指示。博士の妻メアリは自宅のコンピューターに残っていたデータから、所長の計画を発見。彼女は建物を爆破すると所長を脅し、真実を聞き出そうと計画。その後、彼女は夫の復讐《ふくしゅう》のために研究所爆破を実行。彼女は以前、叔父の経営するビルディング解体会社で働いていた経験を持っていた。
◎四月二十日、米国、US－TV発。ZXY殺人事件関連。デイヴィド・ストリンガー所長がロバート・マイヤー博士殺害は国益のためと主張。ZXYは核にも匹敵する。人類の新しい発展にもなれば脅威にもなる。ZXYの確率は一億分の一から五千万分の一程度である。仮にZXYが米国以外の国で発見され、それが秘密にされた状況を想像してほしい。例えばアラブや中国がZXYを発見し、その情報を秘密にし、その国だけに子どもが生まれたら、人類に明るい未来がやってきたと、米国民は素直に喜べるだろうか。ロバート・マイヤー博士は科学者としての功を

焦り、すぐ公表しようとした。私は国益を考え、彼を殺害せざるを得なかった。（以下略）

◎四月二十八日、米国未来センター発、ネットの――での発表。

「ZXY型男女の両親や兄弟姉妹・祖父母・他の血族になぜZXY型が発見されないのか」との当センターに寄せられた質問への回答。：ZXY型DNAは、第一発見者ロバート・マイヤー博士（米国未来センター所属）がDNAの七つの部位に注目して（理由は不明）命名したもので、現在までの調査では、ZXY型DNAが血液型のように遺伝学的に振る舞うことはまだ確認されていない。

ナツ様、あなたは、私がずいぶん手を抜いてヘッドラインでごまかした、と思ったでしょう。そのとおりです。ZXY物語米国ヴァージョンはいずれ米国から出版されることでしょう。ですから、米国のことは米国の作家に任せ、日本国ヴァージョンのそれもあなたへの説明だけは、私がやろうと思ったわけです。

第一に、あなたはおそらく『そのZXY型DNAって何なの？』と言うでしょう。発見者の妻が世界中に送ったメールには、そのDNAデータ（受精が成功した時の男女のもの）が添付されていましたから、コピーのコピーですが、私もそのデータを持っています。ただそれだけのことで、私は説明することができません。

DNAが完全に一致する人間は二人といませんから、どこかに共通因子を持つ者をひとつのグループに分類するしかありません。後追い情報ですが、米国未来センターで行われている分類方法では、例外の例外の例外に該当するので、ロバート・マイヤー博士はＸＹＺ型にしようとしたところ、発音のしやすさでＺＸＹ型としたようです。

このＺＸＹ型ＤＮＡの男女カップルだと受精が可能だったのです。その理由はまだ解明されていません。なぜ三十七年間も発見されなかったのか。それ以前を含めると五十年以上かもしれません。それは極めて稀《まれ》なＤＮＡで、ネットの中では、一億人に一人程度の確率ではないかと言われています。さすがに、どのメディアも突然変異の言葉は使っていませんが、とにかく三十七年分の衝撃が地球上を襲いました。

世界中でＺＸＹ型ＤＮＡの人間捜しが始まりました。あなたは日本のことが気になるでしょう。日本では日本国籍を持つ者はＤＮＡデータが個人ＩＤ《アイディー》カード（公的機関発行の個人証明書。二〇二四年当時はマイナンバーカードと呼ばれていた）に紐《ひも》付けられています。また日本国籍を持たない日本国内居住者は、ＤＮＡの提供が法律で義務化されています。旅行で入国する人も免れません。ある意味、これで犯罪はかなり減ったのです。余分な話はやめましょう。話を戻し、日本でも政府を挙げて、このＺＸＹ型ＤＮＡを持つ人間捜しが始まりました。

その結果、日本にもいました。それも何と幸いなことに男性一人、女性一人が見つかったのです。そのとき日本中がその話題で持ちきりになりました。誰もがうれしそうな顔をし、目を輝かせていました。八百屋の親父さんや道行く宅配便の人までもが威勢のいい声を出し、東京の街も何か新しく生まれ変わったような空気がみなぎっていました。私も繰り返し放送されるテレビ放送を、次は何を話すのかわかっているのに十数度も見てしまいました。それくらい興奮した一日になりました。その夜、そんな物がどこから出てきたのかと驚いた提灯《ちょうちん》片手の行列が、各地の神社で行われました。

『バカみたい』と、あなたは言うかもしれません。あなたには子供がいなくなった社会が想像できないでしょう。子供がいない環境では、次の時代には若者がいなくなります。若者がいなくなれば、学校がなくなり、店がなくなり、行事が絶え、耕作する土地は草に埋もれ、老人だけが細々と生活する環境になります。それも一軒ずつ灯が消え、やがて住宅は草に埋もれ、寺も神社も風雨にさらされる。これが日本全土で起こっていると考えて下さい。そこに希望の光が差したのです。

世界各地からZXY型DNAを持つ人間が発見されたとのニュースが、ネットに飛び交いました。そこからある推測が生まれました。女性は有色人種らしい、男性は非有色人種（白人系）らしい、と。ところが、日本政府は男性と女性が一人ずつ見つかったと発表していたのです。そこで何かおかしくないかと、ネットの世界でささやかれ始めたのです。このようなことは政治の力で口をふさぐことができません。日本で最初に起こった騒ぎは、日本にはいないはずのZXY型男子のことでした。その事件からお話ししましょう。

# 3

首相官邸は三十七年ぶりに活況を呈していた。

こう書くと株式取引所のような表現になるが、人の動き、ざわめき、笑い声、電話声、まさに活況だったのである。老人クラブに堕落していた政治の世界に、ZXY情報が再び火をつけたのである。

その首相官邸の一室に政府首脳が集まり、会議が始まった。出席者の表情は明るく、目は輝いていた。各々がほとばしるほどのやる気を見せて、気負い立っていた。それは議論が始まったら、互いに唾を飛ばしあっての激論が予想されるほどだった。

急いでアイロンがけしたシャツと、赤いネクタイを身につけた進行役の山本《やまもと》官房長官は会議の主旨を説明し、ただちに本題に入った。

「最初にこれまでの調査結果を発表いたします。我が国における、いわゆるZXY型のDNAを持つ人間ですが、男性が一人見つかっております」

すでに知れ渡っていたが、出席者から拍手が上がった。官房長官はさらに続けた。

「女性は一人見つかったのですが、残念なことにすでにセンターを退所しておりました」

出席者の数人が首を横に振った。ずいぶん薄くなった白髪の佐藤大輔《さとうだいすけ》首相はメモを読みあげる官房長官の横で、背筋を伸ばして目を閉じていた。

「幸いなことに、この女性から研究用に採取しておりましたZXY型卵子が、凍結保存されて残されておりました。現在のところZXY型に関しまして、男性が一名、女性の卵子が保存されている、これが現状です。報告は以上です」

　すぐ建設大臣から手が挙がった。

「その卵子は何個保存されているのですか」

　官房長官は、やはり来たな、と表情を緊張させ、

「現在、誤りのないように再度確認させております」

　つまり秘中の秘なので、話すわけにはいかないと質問をかわし、次に移った。

「続きまして日本未来センターの木村《きむら》所長から、世界の状況を説明していただきたいと思います」

　促されて木村所長が立ち上がった。ここが華とばかりに、金縁のメガネをかけ、有名なブランド物のネクタイに手をやり、十分すぎるほど間を取ってから、ゆっくりと話し始めた。そこから驕《おご》った人間の放つ臭いが漂ってきそうであった。

「現在、情報が錯綜《さくそう》しておりまして、当センターが世界未来機構から得た確実な数字だけを申しあげます。まず女性ですが、中国で三人、インドネシアで二人、南米ペルーで一人、ロシアで二人、米国で二人、カナダで一人、インドで一人の合計十二名となっております。いずれも人種的にはアジア系とされています」

　ここでまたわざとらしく間を取って、資料を確認するような仕草を見せた。

「次に男性ですが、米国で三人、ロシアで三人、英国で一人、インドで二人、イランで一人、エジプ

トで一人、アフリカのケニアで一人、ナミビアで一人の合計十三名です。これが現在、世界未来機構で確認されている人数です。ここからもわかりますように、女性はアジア系、男性は白人系およびアフリカ系です。インド系はどうやら男女ともいるようです。現在もマスメディアで、ZXY型発見のニュースがそのたびに流されております。また調査の不完全や調査中の国々も多く、正確な数値が確認できないのが実情です。ただ各国とも保存データの見直しや調査深度を上げておりますので、数は増えると思われます」

またもったいぶって間を取った。出席者が、そんなことはすでにネット、新聞の電子版、テレビで言っていることだという表情を見せたが、セレモニーとして受け入れた。

「皆さんもすでにお気付きのように、米国、ロシアは男女ともおります。その他の国は男性か女性の片方だけです」

さすがに会議場が少々ざわついた。それを察したかのように所長が話し始めた。

「これまで世界未来機構を通じて、研究論文やDNAデータのやり取りは可能でしたが、機構の重要な国である米国、ロシア、中国、英国が情報を遮断いたしました。この主要国が情報を遮断したことで、他の国も追随しているのが現状です。私はこのような事態を大変憂慮いたしております。さりとて日本のみが情報を提供する状態となっても無意味なことなので、日本も情報の提供を一時見合わせざるをえないと考え、現在は行っておりません。センターからは以上です」

それは仕方ないだろうという空気が漂った。

今度は、もう必要ないと陰口を言われている文部大臣が手を挙げた。この老人政治家たちの中でも高齢な方だ。

「子供は男だけでも女だけでもできません。米国とロシアは男女ともいるようですが、各国の駆け引きはどうなっておりますかな」

薄いブルーのシャツを粋に着こなした外務大臣が、促されて立ち上がった。

「現在、日本には男性一名と保存されている卵子があります。ただ今、日本未来センターの木村所長からご説明がありましたように、世界の約二百か国以上でZXY型がまだ発見されておりません。私は日本に両方あることを神様に感謝しております。私の耳にも、すでにどことどこが交渉に入ったなどの噂が入ってきておりますが、ここは世界が冷静になるまで見守るつもりでおります。ZXY型のメールが世界に発信されてから、まだ四日です。私たちは子供に恵まれず、すでに四十年近くになります。長い期間、ただ待たされました。少し冷静な時間を持ってもいいと考えております」

次に厚労大臣が立った。国の予算を最も使っている役所だ。

「本来は日本未来センターの木村所長の方が適切と思いますが、管轄の責任者として一言述べさせていただきます。ある信頼できる筋からの情報ですが、男女がいる米国とロシアでは、ZXY型同士による受胎が成功したそうです。わが国でもすぐやれとの声があるのは重々承知しておりますが、私はひとつの失敗も許されないと思っております。そこで、もう少し各国の状況を見て、完璧に準備し、万が一にも失敗のないようにしたいと考えておりますので、しばらくのご猶予をいただきたくお願い申しあげます」

皆がなるほどというようにうなずいた。幸いなことに苦手な外交をせずに前に進めるとあって、会議は明るい雰囲気に満たされていた。

次に労働大臣が手を挙げた。この大臣は女性だった。

「ZXY型とは一体どのようなものなのでしょうか。なぜこんなにも時間がかかったのでしょうか」

日本未来センターの木村所長が官房長官に促がされて、再び立ち上がった。

「誰でも自分の身体にDNAを持っております。百パーセント同じDNAの人間はおりません」

ここで説明をやめて、所長は皆を見回した。その表情には、自分たちは高度なことを研究しているのだという主張があった。所長はさらに続けた。

「今回、ZXY型DNAがどのようにして発見されたかは、それを発見したロバート・マイヤー博士が亡くなっておりますのでわかりません。わかっているのは、人間の持つDNA情報のうち七か所に散らばった情報が同じ型のものを、博士はZXY型と呼んでいたようです。また米国未来センターから、このZXY型DNAは血液型のように遺伝しないようだ、とのコメントが出ています」

「人間の突然変異なのでしょうか」

と、女性大臣がまた質問し、所長がすぐ反応した。

「突然変異ではないと思います。言葉には気をつけて下さい。ZXY型はあくまでもDNAのある部分が共通しているDNAの型の名称であって、何かまとまった個体や物質ではないのです。冒頭に言いましたように、人間のDNAは一人一人違います。両親から生まれたとき、両方からDNAを受け継ぎますが、兄弟や姉妹でもまったく同じではありません。少しずつ違う形で受け継ぐわけです」

短い間を置いてから、所長はまた話し始めた。

「このZXY型DNAの確率は現在、一億人に一人とか、五千万人に一人と言われています。大よそですが、現在の全世界の人口を五十億人とすれば、世界で五十人、男女を考えれば二十五人ずつになります。仮に確率を五千万人に一人としましても、この倍です。それになぜか、辺境の地や孤島で発見される例が多いような印象を持っています。このことから考えますと、このZXY同士の男女カップル自体ができることが極めて稀なわけです。それで三十七年もかかってしまったのではないかと推測します」

女性大臣がわかったような、わからないような顔をしていた。出席者もざわつき始めた。そこへ官房長官が割って入った。

「ZXY型の研究は木村所長の所で頑張ってやっていただくとして、国民からは子供誕生の期待が急速に高まっております。とにかく一人でも誕生させないと世論が持たなくなってきております。先ほど外務大臣や厚労大臣から慎重にことを進めたいとの主旨は、頭の中では理解しておりますが、ZXY型男性がいてZXY型の卵子があるなら、とても国民の期待をそらし続けるには無理があると思います。情緒的な言い方になりますが、私も一刻も早く子供の顔が見たいと思っております」

そうだそうだ、とあちこちから同意する声が出た。

これらの声を打ち消すように、国土大臣から爆弾発言が飛び出した。

「私がある筋から得た情報では、日本で発見されたＺＸＹ型男性は、殺人罪で終身刑を言い渡された人間だということですが、それは本当ですか」

4

一瞬にして、部屋が凍りついた。官房長官が首相や自治大臣と目配せした。

「それは噂にすぎません」

だが、国土大臣は引き下がらなかった。

「私が口にしたことは噂ですか。いいですか、今度生まれてくる子供は、新たな日本建国の父や母になる可能性があります。もしその男性が殺人者ならば、新しい国ができたとして、殺人者の子孫の国など世界のどこが相手にしてくれますか。その子孫は何を誇りにしますか。もし、首相周辺がこのことを隠して事を進めるなら、これこそ日本国民を騙しているとしか思えません。首相、どうですか」

国土大臣の言葉に、全ての目が首相に注がれた。

何かを言いかけた官房長官を首相が止めて、みずから立ち上がった。

「その件は私が話しましょう」その一言で部屋の中は静まり返った。「国土大臣が言ったことは本当です。これまでいろいろな経緯があって、日本は死刑制度を廃止しました。その代わりに、以前の死刑に相当する罪は終身刑となりました。

国土大臣の指摘ですが、いずれわかることですのでお話しします。彼は現在五十六歳です。五年前、彼は妻殺害の容疑で起訴され、裁判所で審理された結果、有罪と裁定されました。今回、私は改めて裁判の内容を法務大臣から説明を受けました。証拠はきちんとそろっており、以前の判例に従っても妥当な判決でした。

皆さんもご存知のように、私もここにいる皆さんも、自分のＤＮＡデータを国に提供する法律があります。判決を受けた彼も、犯罪を行う以前に、きちんと自分のＤＮＡデータを提供していました。それで今回、彼がＺＸＹ型であることが判明したわけです。

先ほど木村所長の方から、ＺＸＹ型は女性がアジア系かインド系、男性が白人系かアフリカ系との説明がありました。なぜ日本人である彼がＺＸＹ型なのか、勘のいい方はお気付きでしょう。彼は日本人男性を父に、ドイツ人女性を母にしているのです。彼はＺＸＹ型を母系から受け継いだのです。先ほどＺＸＹ型は血液型のようには遺伝しないと話がありましたが、彼の存在を考えると本当かと疑ってしまいます。素人考えですが、事実だけを見れば、母親の系譜から受け継いだとしか思えません。ただＺＸＹ型は発見されたばかりです。研究が進めば、いずれ判明すると思います」

数人が小さくうなずいた。首相は続けた。

「彼の父親はすでに亡くなっております。若い時に仕事でドイツに赴任し、現地の女性と結婚し、彼が生まれました。ところが彼が二歳の時に、母親は交通事故で亡くなったそうです。父親は帰国した後、日本人女性と再婚しました。互いに子連れ同士の再婚でした。

息子である彼は成人した後に医師となり、東京のある病院に内科医として勤務しておりました。彼の妻は妹として一緒に暮らしてきた義母の連れ子の娘でした。彼が殺したのは、妹でもあり妻でもあった女性です。

動かしようのない証拠、終身刑の身、しかも彼は日本でたった一人のZXY型男性です。国土大臣が指摘したことを私も考えました。皆さんも考えて見て下さい。彼を外した場合、日本には凍結保存された卵子だけになります。それも数千数万とあるわけではありません。すぐ思いつき、すでにやっていると思いますが、男性だけの国、女性だけの国の交渉はすでに始まっていると考えていいでしょう。言わばバーター取引（物々交換、一対一の等価取引）です。まったくの手ぶらよりましだとは思いますが、凍結保存した物だけで、相手とどれだけ交渉になるでしょうか。

一度は全て秘密裏に行おうと考えましたが、すでに国土大臣の耳に入ったように、これだけ情報機器の発達した世の中で、秘密にすることなどできない相談です。正直に言いますが、私はどうしたらいいのか判断できずにおります。何かいい智慧があったら皆さんからお借りしたい、これが現在の私の心境です」

出席者の何人かは、人種の問題は妻の浮気か暴行による強姦で片付くと考えたが、余りにも微妙な問題ゆえに、誰も口にしなかった。

しばらく沈黙があったが、自治大臣が手を挙げた。

「私はそれについて個人的に意見があります。結論から言うと、私は彼をZXY型の一人として使うべきだと考えます。国土大臣の言わんとすることも首相が決めかねていることも理解できます。

皆さんもよく考えてみて下さい。仮に日本が彼を諦め、どこかの国にZXY型男性の精子を――言葉が直接的すぎますので、『モノ』と言わせていただきますが――これを求めたとします。その男性が犯罪者でないとの確認ができるでしょうか。先ほど説明があったように、各国はすでにZXY型情報を開示しなくなっています。そうすると、日本はその背景の見えない『モノ』を、ただただ犯罪者のものでないであろうとして、子供を作ったり研究の核にしたりすることになります。現実の研究はそう成らざるをえないだろうと思います。果たしてこれでいいのでしょうか。

終身刑の判決を受けた彼は、すでに五年服役していると私も耳にしました。昭和平成の時代なら、仮出所しているかもしれません。ただ法律が変更になっただけで、彼はまだ刑務所の中にいるのです。絶対的尺度があってそれで決めたわけではありません。国会議員が決めたルールでそうなっているのです。法律の変更で解決が図れるなら、制度を昔に戻してもいいと思います。それに私は日本人の血の濃さを優先させるべきだと考えます」

あちこちで私語が交わされ、部屋中がざわざわし始めた。首相は腰を落とし、背筋を伸ばして目をつむった。官房長官と法務大臣が小声で話していたが、官房長官がざわめきを鎮めるように言った。

「みなさん、法務大臣から新たな提案がありましたので、ご説明していただきたいと思います。法務大臣、どうぞ」

いかにも真面目一徹な表情の法務大臣が立ち上がり、皆を小さく見回した。

「法務大臣として次のようにさせていただきたいと思います。実は過去に彼から複数回、再審の請求がありましたが、提示された新証拠に確証が持てず、これまで却下して参りました。このような新たな事態を踏まえ、また彼が日本人でたった一人のZXY型男性であることを考慮すれば、再捜査、再審を考えてもいいのではないかと思うに至りました。

先ほどの自治大臣のお話にもありましたように、外国に求めても、その人間は犯罪者ではありませんね、などと言ったら、それこそ交渉などできないと思われます。再捜査をして、彼が無罪である確たる証拠が見つかれば、問題は解消すると思います。ここは再捜査し、結論はその結果を見てからではいかがでしょうか」

官房長官が皆を見回し、多くがうなずいているのを見て、法務大臣に促した。

「それでは、皆さんのご了解が得られたということにさせていただきたいと思います」

法務大臣は出席者の顔を見ながら、最近読み返した裁判記録を思い出していた。事件は極めて単純な殺人事件で、小説のように憶測やトリックが存在する隙間などなかった。この会議場では、誰もが新たな証拠が見つかり、彼が晴れて無罪となり、この問題は解決するだろうとの空気になっているのを、大臣は重い気分で眺めた。あとは警察の捜査に期待するしかあるまいと心ひそかに思った。

会議が長引くと何が出るかわからない。官房長官はそこで閉会を宣言した。

「今日はこれにて散会します。会議の内容はくれぐれも外部に漏らさぬようにお願いいたします」

政治家は自分に都合の悪いことには石のように口が堅いが、他人の事は人気のコメディアンのように口が軽くなる。この会議の中身はすぐマスメディアに漏れた。そのマスメディアの一社がわざわざドイツの彼の縁者を訪れ、事件をどう思うかと尋ねた。

これが引き金となった。彼の母親はドイツ国籍であったが、祖母がフランス系、曽祖父がオランダ人だった。ドイツ、フランス、オランダは必死の努力にも関わらず、まだZXY型の人間が見つかっていなかった。彼らはすぐさま日本の外務省に捜査の開示を要求し始めた。特にドイツは彼にドイツ国籍があると主張し始めていた。この分だとフランスやオランダも彼に国籍を与えることは目に見えていた。

## 5

警視庁。

捜査一課長の水越栄治《みずこしえいじ》は伊藤《いとう》警視総監に呼ばれた。

その部屋には小川《おがわ》首相秘書官も同席していた。総監から水越課長への指示は事件の再捜査だった。直接、言葉には出なかったが、警視総監と首相秘書官の目と表情には、何がなんでも、国民が納得できる無罪の証拠をつかめ、と言っているように水越には思えた。

部屋に戻ると、噂を聞いて先に取り寄せていた事件の調書のコピーに目をやった。その殺人事件の概要を示せば、次のようなものだった。

問題の殺人事件は六年前の五月、東京都――区内で発生した。

夕方、老母池田千代子《いけだちよこ》が娘夫婦の家を訪れた。鍵がかかっていたが、近所に住む老母は家の玄関の鍵を渡されていた。二人がまだ帰っていないと思い、中で待つことにした。鍵を開けて家の中に入り、居間に倒れている娘池田マリを発見した。慌てて駆け寄ると、娘の顔に血の気がなかった。幾度も名前を呼び、身体を揺すっているうち、娘の頭から血が出ているのに気付いた。老母の頭に浮かんだのは、毎日のように再放送されている刑事ドラマだった。

――娘が殺された！

そう思った瞬間、慌てて壁の時計に目をやった。午後六時十五分を回っているように見えた。老母は時計を見たことで、すぐ犯人が捕まるような気がしながら警察に通報した。警視庁通信指令室がこの通報を受けたのは午後六時十八分だった。

警邏《けいら》中のパトロールカーが到着したのは、六時二十六分だった。警官が現状を確認し連絡を取り始めると、たちまち家の中は警察の人間でごったがえした。そんな時だった。運動着姿のこの家の主、池田譲治《じょうじ》がウォーキングから戻ってきたのである。時刻は午後六時五十五分だった。

夫は妻の死に驚愕したが、その態度は冷静だった。それが警察に疑惑を抱かせる最初の理由となった。夫と老母は警官監視の中、別々の部屋で落ち着かぬ時間を過ごした。遺体は死亡解剖のために警察病院に運ばれ、二人は個別に警察から簡単な聴取を受けた。警察の人間が全員退去したのは深夜の二十四時近くになった。それでも家の外には立入禁止のテープが張られ、交番警官が立っていた。その夜、老母は睡眠薬をもらい、眠りについた。これが事件の発端だった。

十日後、警察は被害者の夫の池田譲治を逮捕した。年齢は五十歳、職業は医師だった。彼の父親は有名私立大学の英文科を卒業して、銀行に就職した。五年後、ドイツのベルリン支店に海外赴任となった。独身だったからか、職場の女子社員と恋仲になった。彼女はすぐ妊娠し、結婚した。そして男児が生まれ、外国人風にジョージと名前がつけられた。これが池田譲治である。

ところが彼が二歳の時、母親が交通事故で亡くなった。その直後、東京本社の計らいだったのか、父親に帰国の辞令が出た。父親は二歳の息子を抱えて日本に戻った。それから一年後、ある人の仲介で、父親はやはり一女を抱えていた女性漆原《うるしばら》千代子と再婚した。

成長した池田譲治は私立大学の医学部に学び、その後、ある病院の内科医師となった。彼が結婚したのは大学院生の時だった。相手は義母の連れ子で、表面上の妹のマリだった。二人が結婚した理由の半分は、子供が少なくなり始めた時期にあたり、その当時も若者が少なかったからだ。マリはある情報系の企業に勤めていた。住居は父母と同じ町内の空き家を借りた。

彼の父親は平均的な銀行マンとして定年まで勤めあげ、その後ほどなく、急にぽっくりと亡くなった。譲治は二重の意味で母である義母に同居を申し入れた。だが気楽に暮らしたいと義母は断った。それ人生を自分の好きなように生きる、それが時代の風潮だった。譲治は義母の意向を受け入れた。それでも何かと理由をつけて、義母は譲治とマリ夫婦のもとをしばしば訪れていた。これが事件の起こった家庭の背景だった。

事件の概要は、被害者池田マリ（四十九歳）の死因が頭部陥没による脳挫傷で、凶器は現場にあった血のついた青銅製の花瓶と断定された。死亡時刻は法医学的見地から、午後二時から発見された午後六時の間とされた。現場に争った形跡はなく、家の内外からは被害者と母親と逮捕された池田譲治の指紋しか発見されず、第三者が侵入した形跡もなかった。また家の周りで不審者の目撃もなかった。

池田譲治の逮捕理由は――、

第一に凶器と見られた青銅製の花瓶に、被害者の血と彼の右手の指紋があったこと。

第二に被害者の右手中指の爪から、池田譲治の皮膚片と血痕が発見されたこと。

第三に池田譲治の左甲に長さ二センチのひっかき傷があったこと。

第四に被害者宅から十メートルほど離れたゴミ集積所の蓋つきボックスから、血の付着したワイシャツが発見され、このワイシャツは池田譲治の物と判明したこと。このゴミ集積場所は彼のウォーキング・コースにあり、付着していた血は被害者池田マリの物と判明したこと。

第五に、池田譲治には病院を出た五時からウォーキングから戻った六時五十五分までの約二時間のアリバイがないこと。彼は帰宅したあと運動着に着替えて、ウォーキングに出たと供述しているが、目撃者は発見されていない。

第六に義母は夫婦間に金銭や浮気問題があり、イザコザが絶えなかったと証言したこと。

第七に玄関ドアや窓に第三者が侵入した形跡がなく、夫婦と義母以外の指紋は出ていないこと。

第八に池田譲治は職場の女性二人と肉体関係があったこと。

第九に現場警官の証言から、現場に戻った池田譲治には取り乱した様子もなく、冷めた態度で被害者を見ていたこと。彼は被害者がすでに死んでいたことを知っていたはずだ。


以下は裁判を傍聴して、逮捕理由と対比させたメモである。それから抜粋してみる。

《裁判における弁護側の主張》

第一に青銅器の花瓶はこれまで十年近く居間に置かれており、池田譲治がいつでも触れることができる状況にあり、指紋がついていたと言っても、犯行時についたとの証拠にはならない。

第二と第三の皮膚片と血と傷は争った証拠としているが、池田マリと池田譲治が二人で居間にいたとき、池田マリが蹴つまずいて転びそうになり、彼に触れたときにできた傷で犯行時の傷ではない。

第四にゴミ箱から見つかったシャツについて、池田譲治は紛失したと言っており、また彼が捨てているところを見た目撃者も出ていない。シャツの血痕は池田マリの物と認めるが、DNA検査では池田譲治の汗と不明者の物（おそらく汗、少なく判定不能）が見つかっており、第三者がいると考えられる。

これに対し、検察側は特定不明の汗が付着していることは認めるが、それはとても少量で、DNAを復元できず、人物の特定には至らなかった。このシャツは池田譲治が仕事のときに着用したとも証言しており、通勤の往復や職場、昼食時などに第三者が軽く触れた可能性がある。現時点では『不明は不明である』としか言えない。

第五の犯行時のアリバイについて。池田譲治はウォーキングしていたと証言している。また彼の姿を目撃した人がいない点については、人口減の時代なので、東京の住宅地にいつも人の目があるとは限らない。目撃した人が見つからなかったからと言って、彼が散歩していなかった理由にはならない。

第六の義母の証言による金銭上の争い。義母は近年再放送されているテレビの刑事ドラマを毎日のように見ており、その影響を受けて、夫婦の裏はそういうドロドロした関係だと思い込んでいる。義母以外、夫婦が金銭で争っていたとの証言は皆無である。検察は、弁護側が義母を、テレビドラマの影響を受けやすい人間と差別的に見ていると反論した。

また第六の浮気証言について。子供が生まれない時代であり、また未来が見通せない時代にあって、人は享楽的あるいは刹那的に行動する人が多い。妻以外に肉体関係があった女性はいたことは認めるが、それが理由で家庭を破壊するような状況までには至っていなかった。彼の友人関係、近所からも夫婦が不仲だったとの声はない。

第七の、家の中から第三者の指紋が出ていない件。現代の窃盗の常習者は現場に指紋を残すことなどありえない。また素人のように錠に傷を残すようなピッキング（特殊工具を使って開錠する行為）などもありえない。以上から、指紋が出ないから侵入者がいないと決めつけるのは早計である。

第八に現場警官の証言。池田譲治は医者であり、職務上、一般人より死や重傷者と会う機会が多い。

冷静だということだけで加害者とするには無理がある。捜査全般に、警察は当初より池田譲治を容疑者と断定した捜査を行っており、このような偏向した捜査から得られた調書そのものは信用できない。だが、弁護士の弁論もむなしく、判決は池田譲治を有罪とした。その理由は検察の主張通りで、聞いた人なら誰でも納得しそうな通俗的なものだった。

『被告を有罪とする。理由は凶器となった青銅製花瓶の指紋、被害者の爪に残っていた皮膚片と血、被害者の血のついたワイシャツ。動機は金と女性問題、（以下略）』

水越は記録を読んでため息をついた。記録を読む限り不自然な印象はない。ささいなことで始まった夫婦ゲンカが一瞬エスカレートし、夫が近くにあった物を手にして妻を殴り、殺そうとまで思っていなかったが、殺害してしまったように見える。記録を見る限り、自分が裁判官だったとしても、有罪の判断をしただろう。単純な証拠ほど覆すのは難しい。

だが、上司も、政府も、多分国民の多くも、望んでいるのは池田譲治の無罪だ。それも、後で疑惑を持たれないほど真っ白な無罪の証拠が必要なのだ。事件の再捜査の噂が伝わってきたときから、組織上、水越は総監に再捜査を指示されるだろうと覚悟していた。今、正式に総監から再捜査の指示が出された。総監の表情を見たとき、現実は思っていたよりずしんと重たかった。彼は記録を閉じて、再び自分に問うた。

――おい、どうするんだ、生半可《なまはんか》な捜査だと、彼の有罪を払拭するどころか、有罪の上に、有罪の念押しをすることになってしまうぞ。

## 6

池田譲治の妻殺害事件の再審と再捜査が報道されると、事件は蒸し返され、テレビ番組や週刊誌や雑誌（この時代は電子版をネットで見る）でも特集が組まれ、内容は生真面目なものから荒唐無稽なものまで登場した。ただミステリー好きや裁判に詳しい識者からは、無罪を引き出すのは相当難しいとの見解が多かった。そのためか、街の酒を飲む場所やネットでは、政治家が無理やり無罪にしてしまうだろうとの声が多かった。

事件の再捜査を指示されてから十日後、捜査一課長の水越は科学警察研究所の女性鑑識官を伴って、パソコンと台に設置された大きなディスプレイを持って、総監室を訪れた。伊藤総監の隣には首相秘書官が控えていた。

水越課長は二人を前に事務的に説明し、その横で女性鑑識官がパソコンを操作し、ディスプレイに素早く図や写真を映し出していった。

「病院に依頼し遺体を借りまして、これは親族の了解も取っておりますが、あの青銅器の花瓶を使い、実際に頭蓋骨陥没《とうがいこつ》のテストを行いました」

法に触れなければ何をやってもいいと言ったが、総監はそこまでやるとは思っていなかった。

「実験は科学警察研究所の協力を得ています。実験はこの四例です。それとこのX線写真は被害者池田マリのものです」

ディスプレイに五枚の陥没した頭蓋骨のX線写真が並べられたが、警視総監と首相秘書官の二人にはどれも同じように見えた。

「写真A、女性四十八歳、スピード三十キロメートル。写真B、女性五十二歳、スピード五十キロメートル。写真C、女性五十一歳、スピード七十キロメートル。写真D、女性四十九歳、スピード九十キロメートルです。スピードは青銅器を振り下ろしたスピードです」

これだけの死体を集めるのは大変だったろうな、と思いながら総監は尋ねた。

「それで、この実験で何がわかったんだ?」

殺された池田マリのものを横に並べて、水越課長が答えた。

「Dの写真を見て下さい。陥没した周囲です。それとこれを比較して下さい」

「どこがどう違うんだ?」と、総監が尋ねた。

「池田マリの頭蓋骨陥没の周囲には細かい破片は認められません。ところがこちらの写真Dには細かい破片が認められます。ひび割れも大きくなっています」

そう答えて、課長は指し棒で問題の箇所を示した。

「そう言われてみれば確かに……」と、総監が言って、もう一度、写真に目をやった。

「明らかに違います。極端な言い方をすれば、片方はパンと瞬間的に当たった感じ、もう一方は徐々に圧力を加えられ、ぐしゃっと押し潰された感じです。この違いはＡＢＣでも同じく認められます」

総監が顔を上げた。「違うとどうなるんだ？」

「科学警察研究所の見解だと、硬い凶器だと大きなひび割れと細かい破片、柔らかい凶器だと中程度のひび割れで細かい破片はできません。つまり、今回の結果を見る限り、池田マリを殺害した凶器は青銅器の硬い花瓶ではなく、青銅器より柔らかい、例えば木製のバットのようなものが凶器ということになります」と課長が具体的に言った。

そのようなことかと、総監は小さくうなずいて言った。

「そうすると、青銅器についた指紋は意味をなさなくなる、そういうことか」

「はい、そのとおりです。凶器が青銅器の花瓶でなければ、それについていた血痕は偽装か、事件とは関係のない時期についたものです」

どこから見ても無罪の証拠は出てこない。その結果がこの頭蓋骨の実験になったのだろう。いかにもクソ真面目な人間の考えることだ。総監はアラを捜すように言った。

「一見、科学的に見えるが、食べてきたモノや本来の骨の性質などで、個人の骨はそれぞれに硬さが異なるだろう。君たちの実験は大変だったことは想像できるが、私には結果が科学的とはとても思えない。また、国民の多くが納得するものとも思えないがね」

小川秘書官は渋い顔をして口を閉じたままだった。

それから数日後、小川秘書官はひそかに官庁に近いSホテルの一室を訪ねた。相手は初めて会う人物だった。それもすでに現役を引退した禿頭《とくとう》の老人だった。

秘書官は紹介してくれた人に迷惑をかけないように、最大の礼節をもって応対した。老人は以前、裏で参謀と呼ばれ、企画室、秘書室という名の部署で働いてきた過去があった。

当然のことだが、組織には毎日、黙々と自分の職務をこなす人間が大勢必要である。これは論を待たない。他方、世の中には少ない数だがとんでもない発想をする人間がいて、状況に応じてその才能が必要な場合がある。そのような人間を軍師とか参謀とか呼んで政治の世界でもひそかに利用してきた。

秘書官は、この人物がある外交官人質事件を裏から解決した人物だと聞かされていた。秘書官は大いなる期待を持って、老人を整えられた応接セットの、いわゆる上座に座らせ、コーヒーを手配し、多少の世間話をしたあと、生真面目な顔を作り、本題を老人に持ちかけた。

「実は私の上司が現在少々困っておりまして、あなた様に神の一手をご教授願えないものかと……、囲碁も大変お強いとお聞きしていますので……」

この面会から一週間がすぎた。

東京の隣の神奈川県警の小林《こばやし》県警本部長から、東京の伊藤警視総監に電話が入った。総監はなぜ神奈川県警がと思いながら、受話器を耳にあてた。

『順を追って説明します。最近、うちの管轄内で捕まえた窃盗犯が、おかしなものを持っていました。高額な腕時計なのですが記念品でいいものです。裏に名前が彫られていまして、その人物を知っている職員がいました。その人物は書道の大家だったそうです。盗まれたものかもしれないと思い、その被害者家族に連絡をつけようとしたところ、その家族があの池田譲治の義母と殺された娘とわかりました』

聞いていた総監の心臓が急に高鳴った。耳の奥で話は続いた。

『その書道の大家、漆原蒼風《うるしばらそうふう》はすでに亡くなっていますが、その時計は弟子たちが還暦祝いに送ったものであることがわかりました。この大家の二度目の妻が池田譲治の義母の漆原千代子、再婚後は池田千代子で、その連れ子が殺された池田マリです。ですからその時計はその大家が亡くなった後に、妻か娘に残されたものと思われます』

総監は初めて声を出して訊いた。

「その妻に確認は取れたのですか」

『妻だった漆原千代子は再婚して、あの池田譲治の義母です。ところが現在は認知症が進行していて、ある施設に入っています。それで確認したくてもできないのです。娘さんは殺害されていますし』

「それで、その窃盗犯はその時計をどこで手に入れたと言っているんですか」

『拾ったと言い張っています。が、嘘ですね』

「嘘ですか」

『はい。その窃盗犯には前科があって、その手口はわかっています。その男は現金専門で、貴金属には手を出しません。男は自分が使用するつもりで、現金と一緒に時計を失敬したのではないかと思っています。捕まえたとき、男はその時計を実際に手にはめていました』

「その窃盗犯の手口はどうなのですか」

『それがその男の巧妙なところです。現金全部を抜き取ると、すぐ盗まれたとわかり、騒がれます。半分だけ抜き取れば、盗られた本人も何か妙だなと思っても、勘違いとか別のポケットに入れたかなとか、妻が抜いたとか、逆に夫がちょっと借りたのかなと思って、すぐには騒ぎ立てません』

「なるほど、ずるい知恵ですね」

『確か池田譲治の事件では、現場にも現金が入った財布があったと聞いています。もしその男が池田の家に忍び込んでいたとしたら、現金を少し残していたと思います。話を時計に戻して、書家の大家も実際にその時計を使っていれば、落とした可能性もあるでしょうが、本人はすでに亡くなっています。時計は高額ないいものでも、未亡人であるその妻にもその娘にも不似合いで、日頃使っていたとは思えません。遺品ですからどこかにしまっていたのではないでしょうか。もし、その男が池田譲治の家に盗みに入ったとしたら、その家の妻に発見されて、争った可能性があるのではないかと思い、こうして総監に電話した次第です』

　確かに怪しいと総監は口から出しそうになったが、抑えて言った。

「現金抜き取りの癖はわかりましたが、その他にその窃盗犯に何か変わった癖のようなものはありませんか」

『そうですねえ……、あー、そうそう、その窃盗犯はいつも職人のような姿に泥棒用具一式をナップザックに入れて、背負っています。その中に短い麺棒が入っています。直径四センチ、長さ三十六センチです。家庭でウドンとかソバを作る時に使う麺棒を、短く切ったものです。パスタやピザの生地作りも可能です。その男が言うには、護身用兼いろいろに使い道があるんだそうです。警官の警棒と同じ役割と考えていいでしょう』

ディスプレイを使って説明したとき、捜査一課長が、木製のバットのようなものと言ったことを総監は思い出した。受話器を持ち直して、慌てないようにゆっくりと言った。

「大至急、うちの人間をそちらに伺わせます」

## 7

その短い自称麺棒は東京警視庁の鑑識によって慎重に鑑定が進められた。その結果、わずかな血液が木に染み込んでいたことが判明した。それは慎重に削り取られ、以前より進んだ高い鑑識技術によって分析された。

その結果、その血液のDNAは池田マリのものと判定された。さらに池田譲治の裁判の時、ワイシャツの正体不明のDNAは、通勤や職務中に第三者が無意識にシャツに触れたのだろうと推定されていたが、このDNAも米国製の最新の分析装置と方法によって、この男のものと一致した。これで真犯人がその男だと確定したのも同然だった。

男の名は吉良孝介《きらこうすけ》といった。親は名前を真面目に考えたのか、ダジャレだったのか、彼の人生は結局こうなった。

男はこっそりまた厳重に東京警視庁に移送され、東京警視庁の捜査一課のベテラン刑事による尋問が始まった。警視総監と水越捜査一課長は、マジックミラーの後ろから尋問の様子をじっと見つめた。

男の身長は百六十八センチ、体重五十五キロ、やせ気味で身は軽そうだ。記録によれば窃盗の前科が三度あった。男は警察の尋問にも慣れているらしく、のらりくらりと逃げ、刑事をからかうようなこともあった。しかし所持していた自称麺棒から出た血の分析結果を突きつけられると、観念したのか少しずつ質問に答え始めた。時には注目を浴びた若い芸人のように得意顔でしゃべることもあった。それを一筆書きのように繋いで無難にまとめると、次のようになる。

「あの家に盗みに入った途端、夫婦が帰ってきてしまいました。そこで納戸のような場所に隠れました。そのうち亭主の方が運動着に着替えて、出て行くのが聞こえました。遅れて妻の方も買い物に出かけました。そこで納戸から出て現金を探そうとしたところへ、出かけたはずの妻が忘れ物か何かで戻ってきて、そこで鉢合わせしてしまいました」

「顔を見られたので殺したのか」

「殺すなんてめっそうもない。私は泥棒専門で強盗や殺しはしません。あのときはつかみ合いになり、むこうも私も必死で無我夢中でした。そのうち攻撃が無いので手を止めると、女が倒れていました。私は手に麺棒を持っていました。廊下の突き当たりに洗濯用のカゴがあり、上にあったシャツを取って、麺棒の血を拭きとりました。家を出るとき、そのシャツを持って出て、通りのゴミ箱に、外から血が見えないように丸めて、そこへ捨てました」

「亭主の犯行に見せるためか」

「いいえ。現場にそのような血のついたシャツを残しておくのは、まずいような気がしただけです」

「なぜ、麺棒を捨てずにずっと持っていたんだ?」

「あの事件の犯人は捕まりました。凶器は花瓶です。麺棒ではありませんから捨てる理由がありませんでした。麺棒に限らず、道具は全部自分で作ったものです。それぞれ使うのも慣れ、愛着もありました。そんなに簡単には捨てられません」

「腕時計はどうした?」

「隠れた場所の棚にありました。ちょうど目の位置に小さな箱があって、見ると腕時計でした。ちょうど腕時計を壊してしまったばかりだったので、頂戴《ちょうだい》することにしました」

　この事件捜査とは別に、マスメディアは毎日のようにZXY特番を報じ、A国で一人見つかった、B国でも一人見つかったと報じていた。各国が情報を閉じた状況では、噂だけが一人歩きしていた。

　世間のもうひとつの話題、池田譲治の事件に関し、マスメディアは警察ばかりでなく政府が他の仕事を差し置いてでも、総力を挙げて明日にでも結論を早く出せ、そんな空気を作り出していた。そんな雰囲気の中、池田譲治事件の再審が決定された。

　その頃から、警察からその事件の再捜査に関する情報が五月雨《さみだれ》式に漏れ、メディアは毎日のように報道し始めた。何日目かには、ついに「真犯人を拘束」の文字になった。さすがにその真犯人の名前は隠されていた。

　当初はあまりにも見え透いた構図だと、インチキ呼ばわりする人もいたが、頭蓋骨陥没実験の写真（そこまでやったのか、という好意的な声が多かった）、麺棒に付着した血痕の分析結果、シャツに付着していたもう一人の人間のＤＮＡの一致、高額な時計を持っていたことなど、テレビ報道はかなり丁寧に解説つきで取り上げた。報道は、赤ちゃんゼロ問題の影響を受けて、この五年の間にＤＮＡ鑑定技術が一段と向上したと繰り返したため、前の捜査や裁判が杜撰《ずさん》だったと非難される前に、多くの国民は好意的に池田譲治の無罪を信じ始めた。

　この再審裁判は後で日数を数えると、約二か月半で結審しているので、国民の圧力がいかに凄まじかったかがわかる。吉良孝介の裁判と池田譲治の再審裁判は巧妙な日程で行われた。まず吉良孝介の裁判をやり、次に池田譲治の再審裁判をやり、その次に吉良孝介の裁判の判決言い渡し、最後に池田譲治の再審の言い渡しとなった。

　吉良孝介の裁判は時計窃盗で始まったのだが、審理の途中で検察が殺人の嫌疑を持ちだした。その内容が池田マリ殺害に関係するものだとわかると、テレビ局は別の番組の放送中に、裁判の経過をテロップで入れた。

裁判中、証言台に立った吉良は泣いたかと思えば居直ったり、たまには人を食ったような態度を見せたりと、メディアの人間と一般人見学者の反感と憎悪を買った。ただ、本人は否認することなく犯行を認めた。そこにいた誰もが、おそらくこの男は池田譲治と交代して、終身刑になるだろうと考えた。ただし、判決の言い渡しは一か月後だった。

この裁判からほどなく池田譲治の再審裁判が行われた。裁判はこれまでの慣例を破りテレビで中継されることになった。調査をしていれば、テレビ放送史上に残る視聴率になっていただろう。

池田譲治の再審の弁護側には弁護士会のトップが立った。弁護士は裏で警察から渡された頭蓋骨陥没テスト結果と、さらに横浜で逮捕された吉良孝介の名を出し（実際はKと呼んだ）、彼の短い麺棒のDNAとシャツのDNAを逃れられない証拠として挙げ、池田譲治の無罪の証拠とした。それに対し、検察側は『然《しか》るべく（適切に、よいように、の意味）』と、その言葉しかないように繰り返した。

テレビの裁判放送を見ていた国民も、首相も、大臣も、政治家も、警視総監も、多くの国民も、納得できる裁判となった。審理は短時間で終わり、再審裁判は判決の言い渡し日を宣言して閉廷した。

水越捜査一課長は自室で閉廷後も一人でテレビ報道の解説を見ていた。彼自身は奇妙な裁判だと思っていた。あっちの裁判では検察が強く主張して弁護側がおとなしく、こっちの裁判では弁護側が強く主張して検察はまったく反論しない。かといって、日本の司法制度では同じ場でふたつの裁判の審理はできない。

裁判所の前からレポートするリポーターや町の声の圧倒的多数も、ＤＮＡ鑑定によって池田譲治の無罪を確信できたと語った。反対者は局内で出演している評論家と有名文化人の二人のみで、警察のでっち上げを臭わせた。それは番組の構成上のためと見られた。

アンケートや街の声が必ずしも法的な正義と合致するとは限らないが、それでも時流を作る。新たな証拠が見つかり、真犯人も見つかり、メディアが作るその時流はあからさまに池田譲治の無罪、冤罪《えんざい》を信じる大きな流れになりつつあった。水越はそれを確認してからテレビを消し、椅子の背もたれに寄りかかり、大きくため息をついた。

## 8

この池田譲治の再審裁判の裏で、もう一つのＺＸＹに関わることがひそかに進行していた。ＺＸＹ凍結卵子の保管に関わることである。

日本未来センターの中には、トップの木村所長が直轄するカムイ研究所があった。そこは昔のカムイ鉱山を利用した物理学の研究所として、地下六百メートルに実験室があるので学界ではよく知られていた。ここの地下の一室に、ミサイル攻撃にも耐えられる頑丈な扉が取りつけられ、最終的にＺＸＹ型凍結卵子が保管され、日本未来センターの組織のひとつになったのである。なお、地下の構造は外部に一切公表されず、現在は警察が常駐し、厳重な警備をしていた。

カムイ研究所のトップは木村所長が兼任、副所長は学者出身の藤原《ふじわら》フヒトだった。池田譲治の再審裁判の判決の日の、正確に言えば三日前、その学者副所長は都内千代田区にあるTホテルの一室に招待された。招待したのはノーベル賞を受賞した高名な医学博士、ドクター・ニューマンだった。

その学者はよく響く低音の魅力的な声で日本の文化を褒め、日本の工業力を褒め、ひとしきり挨拶のような会話をして、フヒトと笑顔を交わした。

そこへコーヒーが運ばれてきた。また運んできた女性は女優のような美女だった。博士が、私の秘書のミス――ですとフヒトに紹介した。秘書は笑顔ですらりと美しい右手を彼に差し出した。

えも言われぬ香水の香りを感じながら、彼は赤面して立ち上がり、手の平に汗が残っていないかと心配しながら彼女と握手した。彼女は彼の目をじっと見てにっこり笑うと、美しい後ろ姿を見せ、ドアの向こうに消えて行った。

フヒトはしばし腑抜《ふぬ》けのように見ていたが、そんな自分に気付き、赤面したまま座ると、慌ててコーヒーカップを手にした。

微妙な間を置き、博士はこう切り出した。

「ドクター・フヒト、あなたの研究対象に対する目の付け所、それに分析の手法は素晴らしい。私はかねてよりあなたの研究に注目していました」

フヒトは名前をきちんと呼ばれたことに感激した。「フヒト」を日本人のように滑らかに発音した博士が、自分の名前の発音を練習したことは確実だと思ったからだ。アメリカ留学時代、米国人は

「フヒト」の呼び方を、発音しにくいので、『ドクター・フジワラ』か『ドクター・エフ』と呼んだ。

博士は誠実な口ぶりでさらに続けた。

「現在、世界中の学者がZXYの解明に取り組んでいます。あなたもかなりの高レベルで研究していることは承知しております。今回こうして日本を訪れたのも、私はどうしてもあなたと組みたいと考えたからです」

「僕と、ですか」と彼は半信半疑で尋ねた。

「はい。私とあなたの優秀な頭脳を組み合わすことができるなら、大きな成果が得られることは目に見えています」

「なぜ、それほどまでに僕を?」

博士がにこやかに微笑んだ。

「ZXYタイプが発見されてから、ZXY同士がうまくいき、他のタイプがなぜうまくいかないのか、世界中の学者が必死になって取り組んでいるのに、まだ糸口すら解明されていません。私も取り組んできましたが、まだこれだという成果は上がっていません。私はこれまでの発想ではうまくいかず、その答えは東洋的発想にあるのではないか、との考えに至りました」

「東洋的発想ですか」

「はい。おそらく解明には西洋と東洋の発想の融合が必要なのです。日本人はこれまで、私たち西洋人から見れば、とてもユニークな発想で科学や医学に貢献してきました。特に日本の生産技術の発想は素晴らしいものです。さらに手先も器用ですし、神技と言われるメディカル・ドクターも多数おられます。発想と手先の器用さ、それは日本文化の特質です。私も自分のやり方を変えるために仏教や日本文化の本を読みました。お茶や座禅にも挑戦しました。しかし、私はこの年齢です」

博士は両手を広げて見せた。

「私は運良くノーベル賞をいただくことができましたが、のんびりしているわけにはいきません。人類は未曽有の危機に直面しています。私もなんとか貢献したいと思ってやってきました。多くの先生方の研究論文も読んでいます。ですが、私の中で何かが違うと警告するのです。その警告が何かわかりませんでしたが、ついにそれを見つけました。東洋的発想と西洋的発想の融合です」

「融合ですか」

「はい、そうです。融合です。光は粒子であると同時に波です。これと同じ理屈です。西洋的発想は粒子ばかりを追いかけているような気になりました。波であるという発想を併せ持たないと、光の本質は解明できません。ホクサイの「ビッグ・ウェイヴ」（葛飾北斎の富嶽三十六景「神奈川沖浪裏」の絵のこと）は、ホクサイが西洋の遠近法を取り入れたからこそ、あの構図の絵が完成したのです」

フヒトは確かにそうだと思った。博士が身を乗り出して言った。

「私はこの齢です。日本文化や東洋的思想を学んで、すぐ身につくとは思えません。それに人類にはそれほど時間が残されていません。私は私の代わりに東洋的発想ができる人間を探す事にしました。日本医学学会の中で最も優秀な人間は誰か。出身校や肩書きではなく真の実力者です。そこに一人の日本人の名前が忽然《こつぜん》と浮かんできました」博士が一呼吸置いた。「それがあなただったのです」

そこまで断定され、フヒトは口もきけず、ぶるぶる震える身体で、ただノーベル賞学者の目を見つめた。

博士はゆっくりと身体を起こした。

「どうでしょうか、私を助けると思って、協力していただけないでしょうか」

博士はフヒトの目をじっと見つめた。

「私は名誉やお金を考えているわけではありません。人類はまさに滅びようとしています。滅んでしまえば名誉やお金など無意味なことです。それを阻止するために、立ち上がらない医師などいるでしょうか。あなたも戦っているはずです」

彼は大きくうなずいて見せた。彼は感動していた。世界の医学界で十本の指に数えられる人間が、人類に貢献するために自分に協力を求めている。それも自分はその人間から説得されているのだ。

さっき日本医学学会の真の実力者と言われて、心が打ち震えたが、ノーベル賞学者の人類に貢献しようとする言葉を聞いているうち、そんなことに感動するなんて、なんと愚かしいことかと自分を反省した。

博士がまた身を乗り出し、真剣な表情で言った。

「ドクター・フヒト、私に協力をお願いできないでしょうか」

唾を飲み込んでから、彼は大きくうなずいた。

突然、博士が抱きついてくるのかと思うほど身を乗り出し、フヒトの手を両手で握った。

「ありがとう、これで人類は救われます。我々は絶対に成功します。私はすでにノーベル賞をいただきました。研究成果はあなたの名前で発表して下さい。そうすればノーベル賞はあなたのものとなるでしょう。いや、そんな下世話なことより、人類にとって偉大な貢献として、あなたの名が世界の歴史に刻まれるでしょう」

横に控えていた外交官がにこやかに間に入り、興奮は収まった。その外交官が言った。

「博士が日本に来るわけにも行きませんから、ドクター・フヒトが博士の下に来ていただくことはできませんか。現実的な問題になりますが……」

彼の頭に日本未来センターの所長の顔が浮かんだ。だが、すぐ返事した。

「大丈夫です。私が博士の下に参ります」

このとき彼の精神は絶頂にあり、最高度に高揚していた。

外交官は博士と顔を見合わせ、またフヒトを見てお互いに笑顔を作った。彼もその笑顔に気付き、笑顔を返した。

## 9

池田譲治の再審裁判は、時系列で言えば、藤原フヒトがドクター・ニューマンと面会をした四日後に結審されたのである。

　再審は異例のスピードで結審され、ネットではテレビドラマ並みの早さとの声があった。誰もが予想したとおり、池田譲治は無罪となった。理由は頭蓋骨陥没テスト結果、新たな犯人の出現、犯人の所持していた時計、短い麺棒に残っていた血痕のＤＮＡ鑑定、シャツのＤＮＡ鑑定結果、真犯人の自供と現場の一致などが挙げられた。

　弁護士会会長に伴われ会見に臨んだ池田譲治には、こんな質問が飛んだ。

「一部に政治家の圧力や外国の圧力で、警察が証拠を捏造《ねつぞう》したとの見方があることについて、一言お願いできませんか」

「ＺＸＹ型だから再審が決定され、無罪になった。これは法の下の平等に違反しているのではないかとの意見に対して、どう思われますか」

　池田譲治本人のコメントが欲しいのに、でしゃばった弁護士会会長が真っ向から否定し、一人でしゃべりまくった。さらにドイツ人のマスメディア関係者からは、

「ドイツではあなたが帰国することを熱望していますが、いつ帰国できますか」

と『帰国』の言葉まで使われた。終始、弁護士会会長が答弁し、池田譲治は、

「無罪になってうれしい。今は頭の中が真っ白で何も考えられない」と、これだけだった。

　弁護士会会長は、池田譲治が長い間、受刑生活を送ってきており、これから病院で健康診断を行うからと会見を強引に打ち切った。その口調は、あたかも刑務所では受刑者に満足に食事も与えていな

いとでも言わんばかりだった。だが、そこに集まったマスメディア関係者は病院と聞いて、誰もがやはりと思った。池田讓治はＺＸＹ型なのだ。

その夜、水越捜査一課長は、同期の山田捜査二課長を誘ってある料亭を訪れた。料理をつまみ、酒が身体にほどよく回った頃、彼は酒の盃を持ったまま言った。

「やっと片がついた。それもなんとか八方丸く収めることができた」

水越はそう言ったものの、腹の中には釈然としないものがあった。窃盗犯が逮捕されたタイミング、腕時計、短い麺棒、それに後で疑念を持たれるのを避けるかのように、東京からではなく横浜から真犯人が出てきた。余りにもできすぎだった。刑事としてのプロの感触は嘘だと訴えていた。男は確かに小ずるい嫌な人間性を見せていたが、根っからの暗さも、凶暴性も、洗っても落ちない犯罪者の臭いも伝わってこなかった。

これまで人を殺しても、泣きながら無実を訴えるような人間と、自分は長年戦ってきた。いくら巧妙に演じようとあの男は違う、と長年の経験が訴えていた。

誰かが緻密な筋書を書いたのだ。確かに頭蓋骨陥没テストは凶器が青銅器の花瓶であることを否定した。だが、あのテストだけでは池田讓治に疑惑が残ったままになる。犯人は池田讓治、母親、外部の人間のいずれかだ。池田讓治が無罪ならば、残るのは二人だ。だが母親は認知症で裁判ができない。そうすると残りは外部の人間しかいない。それに今回の再捜査に一年も二年も時間が与えられていたわけではない。世の中の空気はすぐにでも結果を要求していた。それも無罪を。

窃盗犯が横浜で逮捕されたのは本当のことだろう。そこで時計と表面の丸い短い麺棒を登場させた。野球のバットでは大きすぎる。多分、尋問の段階である意図を受けた人間がそれらを滑り込ませたのだ。次に、窃盗犯が横浜から東京へ移送された際に、おそらく窃盗犯が入れ替わったのだ。顔の知られていない役者だ。警視庁における尋問、さらに裁判の被告席に立ったのは役者の方だ。彼は期待どおり、憎まれ役を演じ、池田譲治を無罪にさせ、国民の満足する状況を作り出してくれた。

直感はそう言っている。あの男が犯人だなんて、とても相槌《あいづち》を打って大きくうなずく訳には行かない。だからと言って私が騒いでどうなる。反論の証拠は直感か。そんなものは誰も相手にしない。事件は解決した。首相も総監も満足する結果だった。もちろん日本国民にとっても。

この結論をまたほじくり返す勇気は、水越にはなかった。彼は腹の中のいたたまれない思いを酒で無理やり押えて、山田にビールをすすめた。

山田はビールを注がれているのをじっと見つめたまま、酔った口調で言った。

「日本は無罪になった池田譲治を得て、新しい未来を切り開く時がやってきたぞ。それにどうやら我々は、日本に新しく生まれる赤ん坊を見て死ねそうだ。この三十七年の間、子供を見ずに死んでいった人たちにも、あの世で、池田譲治の無罪を晴らしたのは俺たち警察だって言うことができる」

そう言われても、いま一つ気分に乗れない酒の席、そこに突然、水越のスマホが鳴った。

「何だ、こんな時に。無粋な。出なくていい。切れ、切れ」

山田が酔った声でわめいた。それでも商売柄、水越はスマホを耳にあてた。一声聞いて背筋が寒くなり、全身に悪寒が襲った。

「何だ、また事件か。そんなの若い連中にまかせろ！」

山田がまたわめいた。だがスマホを持ったまま、水越が山田に向かって言った。

「たった今、池田譲治が病院の屋上から、飛び降り自殺をしたそうだ」


試合に勝って勝負に負けた、そんな思いを持ちながら水越はタクシーで現場に向かった。

自殺現場の病院は警官とマスメディアと野次馬でごった返していた。アルコールもどこかに吹っ飛んだ彼は現場に入った。投身自殺、それは警察にとって時々ある事件だった。だが、池田譲治の自殺現場にはやるせなさと脱力感が漂っていた。遺体はすでに運び去られていた。死んだとは言え、今後はZXY研究の対象となってしまうのだ。水越は病院の中に入り、彼がいた部屋に向かった。

階段と通路には新築の匂いがあった。さらに当のその部屋に入室するなり、病院が最大限の配慮をして、池田譲治を病院に迎え入れたことが読み取れた。部屋のテーブルの上に薄いノートがあった。

水越は歩み寄った。それには和歌がきれいに並べて書き写されていた。鉛筆が挟まれたページの、平安の女性歌人のある歌の上に、鉛筆で〇《まる》印がつけられ、横に走り書きが残されていた。それを読み、彼は名状しがたい恐怖を覚えた。と同時に、どこかで俺は日本一の知恵者だと高笑いしていた者――政府の中には国のやること、つまり自分の行動は正義だと信じている者がいる――に、神が鉄槌《てっつい》を打ち下ろしたと思った。

『俺は動物園のパンダではない。人間だ。父母と妻の元に行きます。池田譲治』

○（1972）夢や夢うつつや夢とわかぬかないかなる世にか覚めんとすらん　赤染衛門《あかぞめゑもん》

目の前で起こっていることは夢なのだろうか、それとも現実なのだろうか。私はまだ夢の中にいるのか、それとも現実にいるのだろうか。男女の恋愛の苦しさを歌にしたものだが、池田譲治は自分の人生の変化をこの歌に重ね合わせたようだ。

この和歌を作った赤染衛門は、第六十六代一条天皇（即位980～1011）の頃に活躍した女流歌人である。無期懲役だった池田譲治は刑務所内で、文化財の修理技術を学んでいた。そのような関係から昔の和歌に興味を持ったらしい。

世の中の誰もが、彼は無罪になり、新たな人生に踏み出すことで、喜びで満たされていると勝手に想像していたのだが、その男は自ら自分の未来を消し去ったのである。

自殺の一報を聞いたとき、佐藤首相の体内に湧き上がったものは、大変なことになったというかき乱された思いと、激しい怒りだった。直ちに伊藤警視総監が首相官邸に呼びだされ、鬱《うつ》の空気が充満した一室で、直接の上下関係がないのに、首相ににらみつけられ、どなられた。

「なぜ、彼に警備をつけていなかったんだ?」

どなられた警視総監も怒りで紅潮した顔を向け、こうなりゃ相手が誰だろうと構うものか、というケンカ腰の口調になった。

「彼に警備をつけるなど、どこからも要請はありませんでした」

首相も興奮して立ち上がり、警視総監を指さしてどなった。

「いいか、これは要請があるとかないとかの問題ではない。彼は日本でたった一人の男だったんだぞ。貴様はそれを」

目をぎらつかせ赤ら顔になった警視総監も負けてはいなかった。早口になって言い放った。

「警察はなんでもかんでも勝手にはできません。法律に従って動いています。彼は無罪になった民間人です。病院の門に警官を配置したのは、警察独自の判断です。これが我々にできる精いっぱいのことでした。それとも容疑者のように、警官たちを彼の周りにいつも張りつけておけばよかった、とでもおっしゃりたいのですか。それはどのような法律の第何条ですか」

「屁理屈《へりくつ》をこねるな! 彼がどのくらい重要な人間か、君にはわからんのか。彼が死ぬぐらいなら、刑務所に置いといた方が良かったよ」

警視総監には、相手が総理大臣だという敬意の思いはすでになくなっていた。こんな理不尽な言いがかりに、負けてはならないという思いでいっぱいだった。

「そこまでおっしゃられるなら、私も言わせていただきます。私は複数の政治家から、彼が無罪になるように捜査をしなおせと圧力を受けました。あなたからも毎日のように電話をいただきました。結果論から言えば、無罪になった彼をどう扱うべきか、政府なり国会で必要な法律を作り、我々警察に指示するのが筋ではなかったのではありませんか。さっきも言いましたように、彼はあなた方政治家のご期待どおり無罪になりました。従って」

警視総監は顔をぐいと突き出した。

「彼は警察の管轄下から外れたのです。彼は街中を歩いている普通の民間人の一人になったのです。その彼を警察が管理下に置くには法律が必要なのです。ところが政府も政治家も、何にもしていないではありませんか」

首相はどなり返そうと思ったが、身体を震わせ血走った目をした警視総監を見て、急に気持ちが萎《な》えると共に、どなったところで、死んだ人間は戻ってこないと思い直すと、急に怒りが身体の中で小さくなっていった。

同じ頃、都内のホテルの一室では、ノーベル賞受賞学者を名乗るドクター・ニューマンが、テレビで池田譲治の転落死を報じたニュースを、ソファーにゆったりと座り、ブランデーのグラスを片手に、微笑みを浮かべて見ていた。

# Ⅱ　凍結卵子盗難事件

## 1

池田譲治の死は大きな衝撃をもって世間に伝えられ、日本の燃え上がった期待の火に、上から水がかけられたような状態になった。だが、希望の火が消えたわけではなかった。数は公開されていなかったが、凍結卵子が保管されていることが、国民にも知れ渡っていたからである。

『日本のＺＸＹ凍結卵子は、ミサイル攻撃でも大丈夫な山中の地下施設に、厳重な管理の元に保管されている』

このように国民は信じていたのである。

改めて紹介すれば、そこは廃鉱を利用した地下の物理実験室があり、政府は日本の緊急重要度第一位の事項として、そこにミサイル攻撃にも耐えられると言われている扉を取りつけ、その中に凍結卵子を保管した。

現在の所属は日本未来センター・カムイ研究所の名称になっている。研究所のトップは木村所長兼任で、実際は副所長の肩書を持つ藤原フヒトが管理していた。

その肩書がつくまで、彼は昔で言えばT大病院の院長の立場にいた。それが法改正でそのまま日本未来センターの組織に組み込まれ、第一義は赤ちゃんゼロ問題の研究、その次が従来の一般医療とその研究となった。

彼は組織図からは見えないが、学者たちグループのトップにいた。医療現場にもそれぞれの分野のボスがいた。組織図のトップの木村所長は俗に言えば本社機構の事務方のトップ、いわゆる理事長のような立場にいた。

凍結卵子がカムイ研究所に保管されることが決まった段階で、木村所長の指名で肩書映えのする藤原フヒトがカムイ研究所の副所長に任命された。そこで初めて二人の間に直接的な上下関係が生まれた。所長は口では彼を組織全体の副所長のように話すが、実際は、日本未来センターにたくさんある研究所のひとつの副所長にすぎなかった。

所長と副所長の直接上下関係になるまで、フヒトは木村所長が嫌いではなかった。ところが、実際の上下の関係になると、木村所長の欠点が目につくようになった。また、ささいなことで所長から注意されることもあった。ついこの間までT大病院の院長の立場にいたフヒトは、指図されたり口答えされたりすることなど皆無だった。

新しい組織で、新しい上下関係を経験するうち、彼にとって所長は煙たい存在を通り越し、いつも頭を押さえつけている重石のような存在になっていた。それどころかセンターに辞表を出しても、所長は何の痛痒《つうよう》も感じないのではないかとさえ思っていた。それが少し悔しかった。そのような不満に、海外の持たざる国の組織が彼に手を伸ばしたとしても、何の不思議もなかった。先にホテルでの面談を紹介したが、後段もあるので、それを付け加えておきたい。

## 2

東京、Tホテルのある部屋でフヒトは、体が自分の体ではないほど興奮していた。何といっても、この目の前にいるノーベル賞受賞学者が自分を高く評価してくれているのだ。

そのノーベル賞博士は笑顔で彼に言った。

「ZXY研究は今、世界各国がバラバラに行っています。過去のいきさつもあります。昔、そうは言っても二十年以上も前ですが、研究者は一堂に集まって研究していました。ところが集まってやると、どうしても方向性が固まってしまい、正しければいいのですが、間違っていると、戻ってやり直さなければならず、時間がかかりすぎると指摘されました。結局、成果が得られず、現状のようにバラバラにやって、問題を多方面から研究する方が早道だという方向になってしまいました。

今はZXYタイプが見つかり、一部の学者は可能な限り研究者が集って、お互いに意見を交換しながらやった方がいいと主張しています。確かにアイデアというものはケンカのように意見を戦わす中で、刺激されてひらめくものですからね。ドクター・フヒトはどのようにお考えですか」

フヒトは研究方法に対して、取り立てて言うほどの個人的な思い入れはなかった。博士の口ぶりが、昔のように研究者たちが集まってやる方法を好んでいるように思えたので、こう答えた。

「ＺＸＹタイプが見つかった以上、研究者は可能な限り力を結集して、解決を急ぐべきだと思います。博士が何度もおっしゃられたように、人類には時間がありません」

博士は父親のように笑みを浮かべ、大きくうなずいた。

「やはり、あなたは私が見込んだ人だ。私もドクター・フヒトの考えに賛同します。あなたが言われるように、人類にとって時間はほとんど残されていません」

突然、博士は深刻な表情になった。

「人類は自分の作ったレッドデータブック（絶滅危惧種一覧）に載ってしまいました。けれども、誰もそんなことを思ってもいないでしょう。今回、人類はＺＸＹタイプを発見したと言っても、たちどころに人類を救う物ではありません。まだその理由も具体的な対処方法も見つかっていません。人類の現実は最大時と比較すれば、人口は半分になってしまいました。私が入手できた情報の最年少の女性はすでに三十七歳です。人口のピラミッドや釣鐘は宙に浮かんでいます。ＺＸＹタイプの女性は、公表を信じれば、二十数名にすぎません。それも三十七歳以上です。悲しいかな、すでにメノポーズ（閉経）した女性もおりました」

博士はフヒトの目を見つめた。

「現在、ＺＸＹタイプの人間が見つかった国は喜び、すでにＺＸＹタイプの受精に成功したと報じられています。ＺＸＹタイプの人間が見つからなかった国は嘆き、持てる国に子供を譲ってくれるように哀願しているのが実情です。男だけの国、女だけの国、男女両方ともいる国、持たざる国、世界はこの四つにわかれてしまいました。こんなことで争っている時間などないはずです。ZXYタイプの女性は二十数名にすぎません。年齢も三十七歳以上です。彼女たちから卵子を採取して、代理出産させたとして、一体どれほどの子供が生まれるのでしょう。まあ巧みにやっても五百でしょうか、千でしょうか。それも国の壁があり、子供たちは世界中バラバラです。彼らが本当に人類の種《しゅ》として生き延びて、発展し、現代の我々の文化や文明を引き継いでくれると思いますか。ドクター・フヒト、どうですか」

突然、話の矛先を向けられて彼は戸惑った。だが、博士の思いに答えなければならないと思った。

「国を越えて、早急に取り組むべきだと思います」

「私もドクター・フヒトの考えに賛成です。問題は国ではなく、人類全体の問題なのです。問題を早急に解決し、人類の未来に道をつけることこそ、我々科学者に求められていることなのです。先ほども言いましたように、ZXYタイプの女性は世界中から集めてもわずか二十数名にすぎません。彼女たちから子供は生まれるでしょう。けれども我々人類がこれまで築いてきた有形無形の文化や文明を、その子供たちが全て引き継ぐことができますか。いいえ、不可能です。不可能、これほど悲しい言葉はありません。

我々の祖先が築きあげ、我々が維持してきた文化が、地球上から永久に消えることなど、私にはとても耐え難いものです。情緒的だと言われようと、私にはどうしても耐えられません。ドクター・フヒト、あなたは奈良の大仏や優美な五重塔が朽ちていったり、土に埋もれたりしてゆくことに耐えられますか」

そんなことを考えたこともなかったが、彼は急に日本の文化を愛しく思い、首を横に振った。博士はさもそうだろうというように、大きくうなずいて見せた。

「ＺＸＹタイプの人間は少なすぎます。ＺＸＹが生物の種として生き残ることは不可能です。これが現実だと思っています。解決策はZXYタイプでない女性が子供を生めるようにすることです。これが私の研究のテーマです。ＺＸＹタイプでない女性は、世界中合計すれば、まだ百万単位の数字のはずです。彼女たちが子供を生めるようになれば、人類を救うことができます」

フヒトは頭の中で計算した。日本にいるＺＸＹタイプでない女性は約十万人、毎年閉経《メノポーズ》になってセンターを去る女性が多数出ている。彼女たちに子供を生む可能性がでてくれば、日本文化もギリギリのところで、次の世代に引き継げるのではないか。

博士は真剣な表情でさらに続けた。

「深刻なのは、その女性たちの中から閉経《メノポーズ》になる女性が、毎年出ているという現実です。時間的猶予はありません。ドクター・フヒトが言うように、我々は国の壁を越えて対応しなければなりません。そこで、私は新しいプロジェクトを作ることにしました。参加予定者は、――」

博士はフヒトの他に二人の高名なドクターの名を口にした。一人はすでにノーベル賞受賞者であり、もう一人は毎年ノーベル賞候補に噂される人物だった。現実的な名誉感が彼の全身をまた包んだ。

近くに立っていた外交官が近づいてきて、ブリーフケースから書類とペンを取って机に置いた。

「これはまだ仮になりますが、プロジェクト参加へのご署名をお願いできませんか。向こうにお移りいただくに当たっては、研究所の近くに住居をご用意いたします。国を越えて人類のために貢献して下さるドクター・フヒトに申しあげるのは下世話なことですが、サラリーに相当するものは、現状の二倍ということでどうでしょうか。さらに研究の成果に対してはボーナスの形にさせていただきたいと考えております。とにかくつまらないことで研究を阻害させないことが私の役目だと思っています。細かい点は本契約の時に詳しくご説明させていただきたいと思います。いかがですか」

「いつごろ本契約になるのですか」

「先ほど話したように、私たちに時間の猶予はありません。早ければ早いほどいいと思っています。そうは言っても、ドクター・フヒトにも都合があると思いますが」

博士がにこやかに微笑んだ。

彼はその仮契約書の大文字を見た。「フェニックス・プロジェクト」とあり、その下には、人類のために研究を捧げるといった高邁な文が、条文のような形式で印刷されていた。下の方に署名場所があり、すでに二人の博士の署名があった。彼は下の空いている場所を見て、また心が震えた。

――この人たちと同列で、共同研究ができるなんて……。

彼は気持ちが高ぶったまま、思い切って万年筆を手に取り、キャップを外した。彼は高ぶる心のまま署名した。その署名を見ながら、いつもよりは下手な字だと悔やんだ。だが、これでいよいよ新しいスタートだ、と自分に言い聞かせた。

　外交官がその書類を受け取り、署名を確認してブリーフケースに納めた。博士がおもむろに立ち上がった。

「ドクター・フヒト、これであなたは私たちのプロジェクトの一人になりました。人類のため、国境を越えて頑張りましょう」

　差し出された手を、彼は汗ばんだ手で握り返した。

「こちらこそ、偉大なプロジェクトに参加させていただいて光栄です。私も人類のために研究に邁進《まいしん》するつもりです」

　博士も小さくうなずき笑顔で言った。

「また近いうちにお会いしましょう。あなたに内諾をいただき安堵《あんど》しました。私は日本に一週間ほど滞在しますが、できれば一緒の飛行機に乗りたいものですね」

「はい……」

　フヒトは曖昧に笑って答えた。

　外交官が腕時計に目をやった。博士はうなずき、テーブルを離れ、三歩ほど歩きかけて振り返った。

「そうそう、ひとつ言い忘れていました。研究のための研究材料は各自が準備することになっています。まさか同僚の研究者に、研究材料を貸してくれというわけにはいきませんからね。これは学会の常識ですから、契約書にはうたっていませんが」

博士はそう言って彼に小さく笑みを返して、外交官に伴われてドアの奥に消えた。

## 3

フヒトはその部屋を出ると、エレベーターホールまで歩き、空いていたボックスに乗り、一階で降りた。ロビーの近くまで歩き、そこで立ち止まって周りを見回した。

ここは有名なホテルだが、米国やヨーロッパのホテルを経験した身には、建物自体に驚きはないが、利用している人の顔が先ほどのノーベル賞学者のように、皆、知的で教養があり、自分より立派な人間に見えた。

——自分など、まだまだだ。

学会のごく狭い範囲なら自分の名も通用するが、世間に通用する賞などを受賞したことはない。ホテルの受付で名前を言ったとき、担当者が驚き、緊張した態度に変わるような人間にならなければならないと思いなおした。

彼は高い動悸《どうき》のままホテルを出ると、通りを歩きだした。久し振りだから銀座までぶらぶらしようと考えた。その頭の隅にドクター・ニューマンの最後の言葉があった。

——ブツをどうする？

あのノーベル賞学者が言ったように、参加予定の学者を見れば、いずれもZXYタイプの人間が発見されている国である。つまり彼らはすでに研究材料を持っている。自分にも可能性がないわけではない。自分が所属する日本未来センターには卵子が六個保存されている。その経緯は知らないが、赴任した時にその事実だけを知らされた。

大切に保管する意味は理解するが、日本はそれを金庫の奥にただ凍結保存しているだけなのだ。このままだと研究もせず、凍結保存された卵子を抱えて、日本民族は滅んでしまうかもしれない。

日本ではZXYタイプの男性が発見されていた。ドイツ人の血を引く池田譲治という男だ。この男の再審裁判が現在進んでいる（注：この面会をした時点のことです）。

センターにある六個の凍結保存の卵子を使い、うまく代理出産できたとしても子供は六人にすぎない。六人の人間に日本の文化を引き継がせようとすることなど、無理なのは誰の目にも明らかだ。博士の言うとおり、ZXYタイプでない女性に子供が生まれるようにすることが、医学に携わる者の使命のはずだ。

フヒトは木村所長を説得し、卵子の幾つかをフェニックス・プロジェクトのために提供してくれるよう頼み込んでみようと思った。問題解決の時間は残されておらず、国境を越えてやらなければならない研究なのだ。プロジェクトメンバーを考えれば、成功の確率は最も高いだろう。だが、頭に不安の影が差し込んだ。

――所長は、国の決定が、国の決定が、と口にするのではないだろうか。

フヒトから見て、木村所長はもはや研究者や医療従事者ではなく政治屋だった。政治家の中を巧みに泳ぎ、現在の地位にしがみついているとしか思えなかった。

他方、政治家も素早い判断などしたことがない。反対論が出て議論が割れれば、すぐ先送りする。自分が所長を通し、正式にプロジェクトのことを説明し、研究のための卵子提供を申し出ても、YES《イエス》でもNO《ノー》でもなく、申し出自体が店《たな》ざらしにされるだろう。

――それに、所長が自分に嫉妬《しっと》を抱くかもしれない。

所長を差し置いて、副所長である自分のところに話が舞い込んできたのだ。彼は所長の性格を考えた。それは大いにあり得ると思った。

――所長がプロジェクトのことを、政府にねじ曲げて伝えるかもしれない。

自分にも知り合いの政治家はいるが所長ほどではない。それに自分が所長と渡り合えるほど政治的駆け引きに長《た》けているとも思わなかった。それなら盗め、という声が頭に湧き起った。それは次第に大きくなっていった。

――私は私利私欲のために盗もうとしているのではない。人類のためだ。

だが、盗みは盗みではないかという意識もあった。

――私は人類のために尽くそうとしているのに、それを国家の壁が阻もうとしている。一体、正義とは何なのだろうか。

フヒトはしばらく考えを頭の中でいじり、足して二で割った結論を出した。六個のうち三個を研究用に持ち出し、三個は残そう。これは人類にとっての正義であり、日本人としての国に対する良心だ、と考えた。

彼がそう思い、周囲の景色に気付いたとき、そこは銀座の日本一有名な交差点だった。博士に面会する前、彼にはまだ医学に対する素朴な情熱が残っていた。しかし今、ニンジンを鼻先に突きつけられ、全身が名誉欲に覆われていた。

## 4

博士との面談から半月後（池田譲治の自殺から十二日後）、フヒトは自家用車でB県カムイ研究所に向かっていた。

所長は今日も研究所に来る予定にはなっていない。決行する準備はすでにできている。彼は助手席に置いてある携帯ポット型の特殊容器に目をやった。それは母校の大学の工学部の知り合いに頼んで作ってもらったものだ。この容器を手にしたときは、神が味方してくれたとさえ思った。

ZXYの池田譲治が自殺し、今の日本には六個のZXY凍結卵子だけが残された。これが日本の現状である。神が池田譲治の自殺を見越して、自分にドクター・ニューマンを差し向けてくれた、とさえ彼は思いこんでいた。

そのような人間のことだから、その六個の凍結卵子を核にしてZXYの謎を解き、日本に残されている十万人の女性たち全てが子供を生める技術を確立することが、自分の使命だと思いこんでいた。

また日本でそれができるのは自分だけだとも思っていた。

フヒトは車を走らせながら、今日のスケジュールを頭の中でまた確認した。凍結卵子を入手したら、最も近い空港に真っ直ぐ行き、そこから外国へ飛ぶ。手配は全部済んでいる。それで新しい研究生活が始まる。準備に抜かりはないはずだ。

ただし、どんなに細工しようとブツを持ち出したことはいずればれるだろう。だが海外に逃げるだけの時間は十分あるはずだ。また、あのプライドの高い所長が自分の管轄下でブツが盗まれたなどと口にできるだろうか、いや無理だろうと考えた。

車は高速道路から一般道へ降りると、田園の中の県道を走り、次第に山に向かった。他に車が一台も走っていない。ここまで来ると、目になじんだ景色が多くなる。彼は道路を悠々と走りながらずっと考えていた。まだ少しだけ迷いがあった。

——しかし俺がやらなくて、誰がやれる。問題は時間だ。若い女性がいなくなった後で、原因がわかっても何にもならない。時間が正義なのだ。ＺＸＹは数学者フェルマーの最終定理ではない。三百六十年後に解明されても何の意味もない。

最近、ネットにあった投稿論文を読んだ。いくらか先を越された感はあったが、半歩先のレベルだ。自分にだってもう少し掘り下げたいものがあると思った。

そのようなことをいろいろ考えているうちに、日本未来センター・カムイ研究所に到着した。そのときは東京の家を出たときと同じく、きっぱりと気持ちが固まっていた。

入り口には、銃を抱えた機動隊員姿の男が二人、車のゲートにも顔見知りの警備員が二人立っていた。一人が車の前に立ち、車を停めると、もう一人が運転席に寄ってきた。

「申し訳ありません。指示がありまして、ここを通る人全てのＩＤ（組織が発行した個人証明書）を確認しなければならなくなりました」

「私も、ですか、厳しくなったなあ」

警備員がごまかし笑いを浮かべた。彼は胸からＩＤカードを出して警備員に渡した。

「すみません」

警備員が受け取り、ゲートの中の人間に渡した。正面の建物の屋上に銃を抱えた二人の男が見えた。

すぐカードが戻ってきた。

「すみませんでした」

正面の黒い鉄のゲートが開かれた。彼はゆっくりと駐車場に向かった。

駐車場に車を入れると管理棟に向かった。建物の入り口にも警備員が立ち、ＩＤカードの呈示を求められた。普段なら頼もしいと思っただろうが、これから盗みをやろうとしている身には少なからずの恐怖を覚えた。それでも何食わぬ顔で建物に入った。肩には、彼のトレードマークになっている小型の携帯ポットをかけていた。彼を知る人は、中身はコーヒーだと思っている。

フヒトはロッカーで上着を脱いで、裾の長い白衣を着た。手に黒い手提げカバンを持ち、肩に携帯用ポットをかけた。それは彼のいつもの姿だった。

通路に出ると、すれ違う人たちが挨拶してきた。彼はそれに笑顔で応え、事務管理棟の一番奥から二番目の自分の部屋に入り、携帯ポットを机の端に置いた。

椅子に座り、コンピューターのスイッチを入れ、メールを全部確認した。それから秘書が机の上に並べておいてくれた郵便物、書類を全部確認した。いつもの作業だった。

チェックが終わると、立ち上がって白衣を脱ぎ、携帯ポットを肩にかけ、また白衣を着た。彼はいつものように、黒いバインダーだけを手に持って部屋を出た。

これはこの建物に出勤したときの行事なのだ。廊下では、研究メンバーや警備員がすれ違うたびに彼に頭を下げた。所長は月に一度形式的にしか来ない。だから、研究所の中ではフヒトが実質的に最高責任者なのである。

とはいえ、彼も東京での学会や民間の研究所に行くと言って、たびたび外出していた。彼はある大学の特任教授の肩書や、国のあるプロジェクトのメンバーの肩書を持っていた。もちろん学会のメンバーでもある。また彼は研究所敷地の建物の一部に小さな住居スペースを与えられていたが、ほとんど使ったことはなかった。妻は東京にいるが別居して長い。

また、ここはカムイ研究所を名乗っているが、研究らしいことは何もしていない。ＺＸＹ型卵子の保管場所になった途端に注目されただけで、数人いる研究員肩書のメンバーは自分の趣味のような内容を研究している。

フヒトの副所長としてのここでの仕事は、一日一度、凍結卵子を目視で確認することになっている。

彼はこれからその確認に向かったのである。

　エレベーターの前に警備員が立っていた。彼は自分のＩＤカードを出すと、警備員が敬礼してカードを受け取り装置に滑らせた。彼は恭しく戻されたＩＤカードを受け取り、笑顔で訊いた。

「異常はありませんか」

「はい、ありません」

　警備員は緊張して答えると、開いたエレベーターのドアを押さえるように手を伸ばし、フヒトに言った。

「どうぞ」

　彼は警備員を騙すのが心苦しかった。中へ入ると、警備員がまたきちっと頭を下げてドアボタンを押した。ドアが閉まるとエレベーターが動き出した。

　何事も起きない、今日は昨日と同じだ、と自分に言い聞かせた。センターに来るまでの道路の警備、センター入口の警備、建物内の警備、それは万全かもしれない。だが内部はこのとおりだ。実質的に最高責任者である自分がその気になれば、ブツを盗み出すことなど、いとも簡単なことだ。彼は自分がブツを入手したら、こんな警備はやるまいと自分に言い聞かせた。

　特注して作られたエレベーターは、一気に地下六百メートルまで下った。ドアが開くとまた別の警備員が待っていた。警備員がフヒトを見て、背筋を伸ばして敬礼した。彼が研究所に来た日は、だいたい定時に、ＺＸＹ型卵子の保管状態を確認する。これが彼の行事のひとつになっていた。

そんなことはコンピューターで監視すればいいと、誰もが思うだろう。コンピューターは電気で動く。保管容器につけた異常用センサーにも、微弱だが電気が流れる。ショートすれば熱が発生する。影響ないほどの熱だが、反論されれば、誰も百パーセント安全だとは言えない。入室に際し、目の網膜識別装置も検討されたが、故障したらどうなるか、装置が銃で撃たれたらどうなるのかなど、特に政治家の圧力があり、手動のメカが併用された。入室の形式も老人政治家の頭の中で理解できる範囲になった。

警備員はフヒトの顔を見て、何の疑いも持たず、通路のドアを開けてくれた。彼はそこを軽く頭を下げる素振りだけで通り抜け、通路を進むと大金庫のようなドアがあった。

そこにも警備員が立ち、彼に敬礼した。彼も小さくうなずき、ドアの装置に自分のＩＤカードを滑らせ、テンキーに暗証番号を入力した。

すぐに小さな赤いランプが緑色に変わった。警備員の一人が大きなドアの取っ手に手をかけ、脚を踏ん張って、重いドアを開けた。

この扉に関し、映画を見すぎた政治家が、警備員が敵に脅されたり、家族を誘拐されたりして、敵に協力する場合があると言い、その保管室に入れるのは所長と副所長だけと決まっていた。

そこは四畳半ほどの角のない真っ白な部屋だった。天井のＬＥＤライトが部屋を無機質に照らしている。フヒトが中に入るとドアが閉められた。一応、温度管理のためとなっている。彼は部屋の中央の小さな机にバインダーを置き、着ている白衣のボタンを外し、白衣の下に隠していた携帯用ポットを身体の前に回した。

目的のブツはこれまた特注して作られた金庫に保管されている。フヒトは、民主主義の決定の結果である金庫を見た。それから手袋をはめ、いつものように機械式回転錠の数字を合わせ、金庫を開け、小さな容器を手元に引き出した。

老政治家たちは熱発生の危険がある電気は可能な限り少なく、どうしても必要な場合でも微弱にと言い張ったのだ。その箱型容器には温度センサーがつき、細いコードが繋がれ、上の管理室のコンピューターと繋がっていた。

フヒトは携帯用ポットの蓋を取った。中から白い煙が少し出た。容器は改造してヘリウム溶液を仕込んだものだ。

慎重に、凍結卵子の保存容器の蓋を開けると、そこからも白い煙が出た。彼は素早く中央の小さな容器を引き抜くと、これまた、携帯用ポットの中に素早く移して、蓋を締めた。

さらに凍結卵子の入っていた容器の蓋を閉め、そっと金庫の中に戻した。最後に金庫を閉め、回転錠を回した。これで終わりだった。当初は半分の三個だけ持ち出すつもりだったが、凍結卵子を分割して持ち出すなど現実にはできないことだった。

彼は白衣のボタンを留め、周りを見回してからマイクを通して言った。

「ドアを開けて下さい」

少し声がうわずっているような気がしたが、すぐドアが開かれた。

彼の身体が全部外に出ると、警備員がまた脚を踏ん張ってドアを閉めた。それを見ながら、この扉の厚さは何の役にも立っていないと思った。

後は逆のコースだ。警備員たちには何も疑われず、フヒトは地上まで戻った。何も知らずに敬礼する警備員に、彼は胸の中で手を合わせた。

部屋に戻ると、彼は携帯ポットの蓋にゆるみがないように、きつく締め直した。また池田譲治と卵子を提供した女性のZXYデータの入ったメモリー（記憶素子）を、自分の机の引出しから出して、バッグに入れ、目を閉じて数を十、数えた。

それから、電話機にマークのあるボタンを押して、秘書兼庶務の秘書に言った。

「さっきスマホに連絡が来て、急に東京に出かけることになった。何かあったら、私のスマホの方に連絡して下さい」

『そうしますと、今日はお戻りにはなられませんね？』

「今日は無理です」

『承知しました』

その声を聞きながらフヒトは胸が痛んだ。

白衣を脱いでいつものようにと思いながら、携帯ポットを肩にかけて車に向かった。警備員は駐車場から車を出す時まで、彼に向かって敬礼していた。彼は警備員に胸の中で謝罪した。

――皆には申し訳ない。こうするしか日本が生き残る方法はないんだ。今度帰国する時は絶対にお土産《みやげ》を持ち帰る。約束する。

　フヒトはうつむきかけた気持ちを無理やり奮い立たせた。

　車をゆっくり門から出し、横目で建物を見た。もう戻らないつもりなので寂しさがこみ上げてきたが、ここで疑われてはと思い、いつものように真面目な顔を作り、片手で警備員に合図して、アクセルをゆっくりと踏みこんだ。

## 5

　本当は何も起こらないはずだった。だがフヒトが知らないことが進んでいた。

　この日本未来センター・カムイ研究所の地域を選挙区にしているのは、与党の有力議員の一人だった。その与党の有力議員は以前から、凍結保存されているZXY型卵子を、自分の目で一度見たいと思っていた。首相の提案で、国会議員が研究所を訪れることは自粛することになっていた。そうなればなったで、この大物議員のような人間が出てくるのも必然だった。

　研究所の警備は地元の県警が行っていた。その国会議員亀田《かめだ》はセンター所長の木村に直接電話を入れ、ひそかに警備状況を視察したいと申し入れた。あくまでも警備状態視察である。

　役人は昔から議員に弱い。それでは『極秘に』ということになった。そこには暗黙の了解事項で、はっきりとした言葉では言わず、「あそこ」「あれ」「それ」の代名詞会話で、地下の金庫に案内することも含まれていた。亀田議員は墓参りと称して故郷に戻った。それは昨日のことだった。

朝、一台の車が議員の家にやってきた。運転していたのはセンター所長の木村だった。議員がその車に乗り、一時間ほどかけて研究所に着いた。それはフヒトが出たほんの五分ほどの違いだった。出会わなかったのは、道路網から見れば議員の家が逆方向にあったからだ。

木村所長は秘書から副所長が出勤したが、東京に出かけたことを聞かされた。木村所長はフヒトのことなど気にもせず、亀田議員とコーヒーを飲み、それからおもむろに地下に向かった。

エレベーター出入口の警備員、さらに保管室の二人の警備員、各々が肩に銃をかけていた。銃に見慣れていない亀田議員は恐ろしさを感じたが、安心感も強くなった。最後に、開かれた金庫室のような保管室のドアの厚さにまた驚かされた。

「このドアの厚さは?」

「五十四センチあります。特殊合金でミサイルでも大丈夫です」

木村所長が自慢気に答えた。

「ミサイルでもか」

亀田議員はさも感心したようにドアを見ながら中に入った。規則では所長しか入れないのだが、警備員は姿勢を正したまま何も言えなかった。

「エレベーターの上下ではIDカードが必要です。途中の通路は警備員の操作が必要です。この金庫室はＩＤカードと暗証番号が必要です」

「暗証番号を知っているのは何人ですか」

「私と副所長の二人だけです。私が留守のときもありますので」

「なるほど」

　感心したように亀田議員が言った。

「ここにあるのが凍結卵子の保管庫ですが、これも特注です」

　その示した手の先には回転錠があった。

「この数字も私と副所長しか知りません」

「昔の金庫の回転錠のように見えるが？」

「電子回路というものは故障すると、外からでは対応が取れないことがあります。そこでわざわざ機械式の錠にしてあります。映画にあるでしょう、機関銃に撃たれるシーンが」

「なるほど」

　所長は小さな紙を出して、それを見ながら数字を合わせていった。一度、亀田議員の顔を見てから金庫を開けた。扉を引くと同時に中から少し白い煙が出た。

「この保管庫の中は、温度が一定に保たれるように制御されています」

　所長が近くの箱から手袋を取ってはめると、腰をかがめ、中からゆっくりと四角い箱を手前に引いた。箱全体から白い煙が上っていた。

所長が目で合図してきたので、亀田議員は近くに寄って、その箱に注視した。所長が慎重にゆっくりと蓋を取った。ところが、そこにあるはずのものが見えなかった。白い煙のようなもののせいかと目を凝らしたが、以前見た場所には何もなかった。

「どれが卵子なんだ。私にはよくわからんが？」

亀田議員が箱に顔を近づけた。勿論、卵子が肉眼で見えるはずもないが、その容器そのものがなくなっていた。

「所長、どれだ？」

反応がないので議員が顔を上げると、木村所長がぶるぶると震えていた。

部屋でパターの練習をしていたB県警の内山《うちやま》県警本部長に電話が入った。受話器を取った途端に聞き覚えのあるだみ声で、一方的にまくしたてられ、一言も発しないうちに電話を切られた。彼の頭に浮かんだのは卵子の盗難より、無能の烙印《らくいん》、クビの恐怖だった。

おろおろしているとまた電話が入った。受話器を取ると今度はどなり声だった。

『本部長！　副所長が持って逃げたようだ。時間から見てまだ高速には着いていないだろう。いいか、緊急配備だ。車はベンツのシルバー、ナンバーは東京、Ｆ＊、０８、７６、だ。絶対、管轄から出したらクビでは済まんぞ！』

また、一方的に言って電話が切れた。

県警本部長は慌ててメモ紙をつかんでマイクに走った。手が震えていたのでスイッチを全部入れて大声でどなった。

「保存されていた凍結卵子が盗まれた。繰り返す。研究所から保存されていた凍結卵子が盗まれた。犯人はシルバーのベンツに乗って逃走中。ナンバーは『東京F＊０８７６』。高速には絶対入れるな。可能な人間は全員逮捕に向かえ。絶対管内から出すな」

自分でも支離滅裂だと思いながらも、大声でどなっているうち落ち着きが出てきた。本部長はまたマイクに向かって、さっきよりは落ち着いて言った。

「保存されていたZXY型凍結卵子が盗まれました。繰り返します。研究所から保存されていたZXY型凍結卵子が盗まれました。犯人はセンターの副所長藤原フヒト。犯人はセンターの副所長藤原フヒト。シルバーのベンツに乗って逃走中。ナンバーは『東京F＊０８７６』。シルバーのベンツに乗って逃走中。ナンバーは『東京F＊０８７６』。研究所から高速に通じる道路を全て封鎖して下さい。繰り返す。研究所から高速に通じる道路を全て封鎖して下さい」

県警本部長は前よりもうまくいったと、ホッとため息をついた。

そこへ総務部長と企画課長が慌てて飛んできた。

「本部長！」

本部長は平静を装い、机の引き出しからタバコを取ってくわえた。その指が震えていた。総務部長が寄ると、火のついたライターを差し出した。

本部長は一息吸い込むと、少し落ち着いたような気になった。

「本部長、どういうことですか」と、総務部長が訊いた。

「どういう事情かわからないが、亀田議員から電話が入った。どうやら亀田議員がセンターで指揮しているようだ」

「副所長ですか、前に会ったことがありますが、とても温厚な人で盗むような人には見えませんでしたが」と、総務部長が首をひねった。

「わからん。とにかく亀田議員がそう連絡してきたんだ。間違いだったら議員の責任だ」と本部長が言い放った。

そこにまた電話が鳴った。総務部長が受話器を取ろうとしたが、本部長が止めた。

「いや、私が出る」

県警本部長が受話器を取ると、耳に聞こえてきたのは予想どおり亀田議員だった。本部長は落ち着いて電話機のスピーカーのボタンを押した。すると電話機自体から議員の声が大きく聞こえた。

『副所長はブツを携帯ポットに入れて、持ち出したようだ』

「携帯ポットですか」

『小さい魔法瓶だ。それくらい君にはわからんのか、こんな時に』

本部長は落ち着いて質問した。

「その大きさと色はわかりますか、至急、手配しますので」

『携帯用のものだ。旅行に持っていく程度の大きさだ。色は白だそうだ。多分、普通のポットではないと思うが、絶対に破損させたりするな。そーっと回収するんだ。いいな。そーっと、だぞ』

「わかりました」本部長は内容を素早くメモした。

『本部長、わかっているな、日本の未来がかかっているんだ。そのつもりでやるんだ。わしはセンターで指揮を執る。以上だ』

そう言われて、本部長はまた緊張した。と同時に、重圧が一気に全身を包んだ。受話器を置く手が細かく震えていた。

「本部長！」

総務部長が不安そうに言った。

本部長は平静を装い、メモを見ながら言った。

「君たちも聞いたはずだ。ブツは携帯用のポットの中だ。おそらく旅行に持っていく程度の大きさだろう。色は白、それに入れて持ち出したようだ。ブツの回収が絶対命令だ。ポットを破損させたり傷つけたりする行為は絶対にやってはならない。日本の未来がかかっている。ブツを無事に回収できるなら、犯人は一時取り逃がしてもいい。これを全員に至急伝えてくれ。いいか、間違うなよ。犯人逮捕は二の次だ。とにかくブツを無事回収することが絶対条件だ。これに失敗すれば警察どころか、県民全部が全国民の恨みを買うぞ。犯人逮捕ではないぞ、あくまでもブツの無事回収が第一優先だ」

6

その頃、フヒトは慎重に車を運転して山を下っていた。下りきった所に二人の警備員がいると思ったが、少しも気にしていなかった。それより彼を憂鬱にしていたのは、研究所の皆を裏切ったという罪の意識だった。

——秘書のアオイさんにも悪いことをしたな。

彼が東京からこの山の中に移ったとき、彼女も移ってきてくれたのだ。

——とにかく小を捨てなければ、大はできない。目先の感情にとらわれてどうする。このままでは、未来は皆一緒に滅ぶしかない。たった六人ばかりの子供を作ってどうするんだ。研究によって、この一万倍から十万倍の子供ができて、初めて日本は生き残れるんだ。

罪の意識が心に出るたびに、彼は自分にそう言い聞かせた。

フヒトの家の始祖はあの大織冠《たいしょくかん》藤原鎌足《かまたり》（中臣《なかとみの》鎌足）とされていた。彼の祖父は官学T大の学長を務めた。父も有名な学者だった。叔父、叔母、大叔父、大叔母、男性の従兄弟《いとこ》、女性の従姉妹《いとこ》、全員集まればひとつの派閥を作れるほどの学者の家系だった。母方も著名な学者や芸術家を輩出している家系だった。（注：大織冠はその時代の人臣の最高位の官位）

そのような環境にフヒトは生まれた。血の濃さと環境がそうさせたのか、彼は幼い頃から学業は優秀だった。T大医学部を卒業し、さらに米国の大学院に留学し、日本に戻って、若くして教授の地位に就いた。妻も優秀な外科医だった。

彼は自分の手で赤ちゃんゼロ問題を解決してやると強く思っていた。そのための勉強も研究も精力的にこなしてきた。研究者たちも専門家として彼の能力を高く評価していた。けれども、彼には研究を預かる責任者として、ＺＸＹが表面化する前から不満があった。

『実績を出さない研究は穀潰《ごく》し』、これはある雑誌に載ったタイトルだった。

彼は怒ったが、恐れていたように翌年の予算は削減された。それが毎年のように繰り返された。これでは幾つかの基礎研究さえも継続が困難になりつつあった。文部省と厚労省に訴えたがどうしようもなかった。彼は発表される海外の研究レポートを読むたび、日本がどんどん置いていかれる現実に心を痛めた。

こうして自分の思いと現実が乖離《かいり》していく中、彼の胸に『諦め』の文字が浮かび始めた。責任者として絶対に思ってはならないことだった。そう思うなら身を引くしかないのだ。辞めるか、続けるか、悩んでいたとき、ＺＸＹの衝撃が飛び込んできた。そして副所長の肩書がついた。

フヒトはテレビ番組に出演してセンターの副所長と紹介され、つとめて明るい表情を作り、日本の未来は明るいと語った。ＺＸＹの情報に最初に接した時、彼は直感的に、これを核に研究して、受胎可能な十万人の女性が子供を生めるようにしたいと思った。

ところが政治家は世論に押され、情緒的に一人や二人の子供の顔を見ることを第一優先にしてしまった。日本人はなぜこんな事態になっても情緒的なのか、と地団太を踏んだ。また、日本の現実も冷静に見ればお寒い限りだった。ここ十年間で医学研究用の設備は一時代以上も前のものとなっていた。その上、設備改善計画もない。ただ表面でわあわあと騒いでいるだけなのだ。

国民の期待と医学界の乖離《かいり》、政治家と医学界の乖離、世界の研究レベルと日本の研究レベルの乖離、そして新しい組織の所長と現場の研究者たちとの乖離、フヒトから見れば、日本は明るい未来どころか、ZXY型の出現によって、はっきりと失望を味わうだろうと思った。

そこへ高名なドクター・ニューマンから誘いが来た。多分、神が日本の実情を見かねて手を差し伸べてくれたのだ、と彼は思った。

――これしか日本を救う方法はないんだ。皆、許してくれ。

そう思い、フヒトはハンドルを握りながら、また胸の中で手を合わせた。


連絡を受け、研究所に最も近い町にいたその地域の機動隊隊長の河上《かわかみ》は、壁の地図を見てチームに指示を出した。本人も移動指揮車に乗り、直ちに高速道路からセンターに通じる線に向かった。

走りながら、また幾つか指示を出し、その答えも返ってきた。犯人の藤原フヒトの乗ったベンツはまだ高速に入った様子はなかった。その無線に意を強くして、河上は車を飛ばし山の方に向かった。

彼には今年四十一歳になる娘がいた。まだ受胎可能だった。もう孫が生まれることはとっくに忘れたつもりだった。それがZXY型の発見のニュースで思いが一変した。テレビ報道が、ZXY型の研究によって、受胎可能な女性ならば、全ての女性に子供が生まれる可能性があると言ったからだ。

彼はその県にある未来センターにいる娘に電話し、身体を大切にするよう、また好き嫌いせず何でも食べるよう、五つか六つの子供に諭すように話した。彼は電話しながら、もう子供が生まれたように、よかった、よかったと言って涙をこぼした。この県のセンターは規模も小さく家庭的だったようである。

それがなんと、そのＺＸＹ型凍結卵子が彼の地元にあるカムイ研究所に保管され、その警備チームに彼は加えられたのだ。その辞令を受けたとき、彼はこれも神様のお導き、代理出産でその卵子のひとつが自分の孫になるかもしれないと胸を躍らせた。それが盗まれたのだ。彼は犯人を捕まえたら、八つ裂きにしても足りないと憎悪をたぎらせていた。ところが、次の連絡で、ブツの無事回収が第一と言われ、確かにそうだと思い、努めて冷静に対応しようと思い直した。

無線で、まだ藤原フヒトの車は山の下には来ていないとの連絡があった。河上は車が来るまで道路を封鎖するように言い、さらに絶対にヤケを起こさせるなともつけ加えた。

河上が現場に到着した頃には、山から出ている国道、県道、町道、農道、遊歩道、登山道まで、警察によって封鎖が段階的に進んでいた。彼が車から出ると、彼の後についてきた機動隊員たちも、それぞれに車から機材を出し、道路に並べ始めた。彼はそれを見て思った。

——ここは絶対に通さないぞ！　さあ、来い！

# 7

フヒトはスピード違反で警官に一時停止を命じられることを恐れて、いつもより安全運転に徹していた。だからいつもより時間が長くかかった。

――さあ、いよいよ山ともお別れだ。

そう思い、彼が次のカーブを曲がったとき、前方に警察の車両が二台、横に停車しているのが見えた。彼は慌てて車を止めた。胸の動悸が一気に跳ね上がった。

――なぜ、今日に限って……。

盗んだことがばれたとは思えなかった。所長しか金庫は開けられないし、所長は今週末にならないと研究所には来ないはずだった。

行くか引くか、迷っていると、拡声器の声が聞こえてきた。

「センターから持ち出したモノを我々に引き渡し、すみやかにここから立ち去ってほしい。我々は君を逮捕するつもりはない。もう一度言う。センターから持ち出したモノを我々に引き渡し、すみやかにここから立ち去ってほしい。我々は君を逮捕するつもりはない」

フヒトは盗みがばれたことが信じられなかった。研究者として頭にすぐ浮かんだのは、センターに内密に、ブツの有無を検出するセンサーが、熱の出ない光ケーブルを通じて、取りつけられていたのだと思った。多分、それは政府か警察に直結されていたのだろう。

――畜生！

科学者なら、なぜそんなことに思いが至らなかったのか、彼は自分を責めた。その一方で、盗みがばれた以上、警察が見逃すはずがないと思った。

そう思った瞬間、恐怖が全身を覆った。

彼はギヤを入れ変えると、急発進して反転し、来た道を加速して戻った。

――どうする、どうする？

全身が恐怖に襲われ、泡立つ感じがした。

彼はただひたすら走った。何度もカーブを曲がり、何度もアクセルをふかした。

バックミラーを見ると、警察車両が追ってきていた。

――逃げなければ！

ただその思いでいっぱいだった。

少し走ると、右に細い山道が見えた。何とか車が入れそうだった。

フヒトはその道に無理矢理、車の頭を突っ込んだ。両側から笹が道を覆っていた。

その笹に側面をこすられながら車を進めた。

――こんなことで、夢が消えてたまるか！

ただ必死だった。しばらく左右に揺られながら走ると、広い場所に出た。

そのまま進めていると、後ろからついてくるパトカーに気付いた。

――畜生！

そこを抜けると舗装道路に出た。そこでスピードを上げた。

もう誰もこの道を走らないのか、道には石がごろごろと転がっていた。だが後ろから追いかけてくるパトカーを思えば、それを避けてハンドルを切る余裕などなかった。

車は上下に激しく揺れながら、猛スピードで走っていた。

すぐ車は急に広い道に出た。彼は下りの方向にハンドルを切った。このまま市外に通じていてくれればと期待を持った。

だが、走りだすと、道は急に登りになった。

ギヤを入れ替え、アクセルを踏んだ。その道も小石が表面を覆っていた。

彼は必死にハンドルを握り、車を走らせ、走らせ、走らせた。

やがて正面に見えてきたのは、山の赤い土壁の斜面だった。

道路はそこで切れていた。彼は車を止めた。

――しまった！　工事中の道だ。

それは正しくもあり、間違いでもあった。

赤ちゃんゼロ問題が起こる前に計画された縦貫道路が、将来性が見通せないことと、予算不足で中止となったものだった。

後ろにはパトカーが押し寄せていた。

背広にくるんでいたポットは助手席の足元に落ちていた。

それを拾い、彼は押し寄せる警察車両を呆然《ぼうぜん》と見つめた。

## 8

警察が一斉に銃を構え、フヒトを遠巻きに半円形に取り囲んだ。

彼は車からゆっくり出ると、警官たちを見回してから、大声で言った。

「いいか、ここには六個の卵子しかないんだ。子供が六人生まれたレベルでは、日本の未来はどうにもならない。常識で考えてもわかることじゃないか」

隊員たちは銃口を向けたまま、半円形の輪をじりじりと縮めていた。

フヒトはまた大声でどなった。

「いいか、人類には時間がないんだ。なぜ、君たちにはそれがわからないんだ。世界中の科学者が協力しあい、それこそ人類の智慧を結集し、ＺＸＹ型の謎を解明し、それをＺＸＹ型でない女性に適用しない限り、人類の未来はないんだ」

取り囲んでいた隊員の隊長、河上が手を横にして、隊員たちが輪を縮めるのを止めた。

フヒトは背広に包まれた携帯ポットを抱えながら言い続けた。

「今、日本で受胎可能な女性はわずか十万人にすぎない。日本の人口五千万人のうちたった十万人だ。

この女性たちが子供を産めるようにならない限り、日本は滅びるんだ」

　河上が落ち着いた大声で言った。

「それで盗んだのか」

「そうだ、もう時間がないんだ。受胎可能な女性の最年少の女性はもう三十七歳だ。政府は、十万人いると言っているが、来年は半分になるかもしれないんだ」

「盗んでどうするつもりだ？」

「研究用に使いたい。それだけだ。それで日本が救われるなら、許されるはずだ」

「なぜ、日本ではできない？」

「日本のレベルは設備も能力も三流だ。政治家は我々のことを無駄飯食らいと呼んで、毎年予算を削ってきた。設備も研究者も不足している。とてもZXY型の謎を解くことなどできやしない。できたとしても、そのときは受胎可能な女性がいなくなっているかもしれない。このまま政治家に任せていたら、日本は滅びる」

「そうか。でも、このような場所で議論をするのはやめよう。とにかく盗んだものを元に返せ。そうすれば我々はあなたを追ったりはしない。そう命じられている。あなたは好きな国に行って、好きに研究すればいい」

「それはできない。研究材料を持っていない研究者など、誰も相手にしない」

「それでは、あなたは入門証の代わりに、それを盗んだのか」

「違う、研究のためだ。私は人類のために、この命を捧げるつもりだ。いいか、ここにいる君たちも自分の子供が持てるようになるんだ」

河上がまた手を挙げて、隊員たちの動きを止めた。

「もう、いい。私の職務は盗まれたものを回収することだ。とにかく、そのポットをこっちへ渡すんだ。あなたを逮捕しなくていいと命じられている」

フヒトは首を横に振ってから言った。

「逮捕するとか、しないとかの問題ではないんだ。なんてわからない人なんだ。君たちは人類の未来を憂えていないのか。そんな職務など何になる。私からこのポットを取り上げれば、日本の未来はなくなるんだ。君たちにはそれがわからないのか」

フヒトは機動隊員たちを見回した。

「それほど君たちは、人間の未来より自分の給料の方が大切なのか」

一方の河上はまた落ち着いた声で返した。

「あなたがどこでそんなことを吹き込まれたか知らないが、あなたの言っていることは、テロリストやアジテーター（扇動家）が言っていることと同じだ。地域より国、国より世界、世界より地球、地球より人間、だがあなたがやっていることは、そんな高尚なことではない。泥棒だ。こそ泥だよ」

「違う、私は決してこそ泥なんかではない。これは人類の正義のためだ」

「人類の正義？　笑わせるな。あなたのやっていることはれっきとした泥棒だ。日本が気に入らぬなら、外国に行って好きに研究すればいい。それを誰も引き止めはしない。ただし、あなたが盗んだものは日本のものだ。それを返して出ていくなら、あなたを追ったりはしない。さっきも言ったように、私はブツの回収を命じられた。あなたの逮捕ではない」

フヒトが数度、首を横に振った。

「あなたは信じられない石頭だ。なぜ、私の本当の気持ちをわかってくれないのだろう。今、思ったよ。こうして日本は滅びるんだろうなって。私に銃を向けている皆に言いたい。私が言っていることのどこが間違っている？　これまで政治家がやってきたことを見てきたはずだ。池田譲治は自殺に追い込まれた。本当はドイツやフランスの圧力と国民世論に挟まれて、にっちもさっちも行かなくなって殺したとの噂がある。彼らは日本や人類の未来より自分がかわいいんだ。彼らは全員七十歳以上だ。どうせ生きてもせいぜいあと十年だ。未来のことなど考えていやしない。これが現実だ」

「政治家については私も言いたいことはある。だが、今ここでそれを議論しているわけにはいかない。あなたが言うように日本の設備が古く、また研究者が足りなければ、国として計画を練り直せばいい。確かに時間が切迫しているのもわかる。だがあなたは手続きを間違っている。正式にちゃんと手続きを踏んでやればいい。それが民主主義のルールだ」

「民主主義のルール？　そんなものを守っても、人類が滅びてしまえば何にもならない。今はできるだけ早く結果を出すことが求められている。多数決を採っている暇はない。とにかく、私にはこれが必要なんだ。どうしてもというなら、私を殺して奪い取れ。私は命など惜しくはない」

殺してと言った瞬間、フヒトは自分がとんでもない瀬戸際に立っていることを実感した。それで覚悟が決まった。彼が一歩前に出ると、隊員たちがぐっと身を引いた。

河上も負けていなかった。

「私だって命を賭けている。いいか、そんな盗んだもので成功して、子供が生まれたとして、その子供は喜んでくれると思うか。私はそうは思わない。子供には罪がないというがそれは違う。子供は親の因果を背負わされるんだ。背負わされる子供の身にもなってみろ。そうさせないようにするのが親の役目と違うのか」

「私だってそうしたい。だが時間がない。歴史には十年後二十年後のことを考え、断腸の思いで、決断しなければならない事だってあるんだ」

「違う。禍根は歴史にずっとつきまとう。歴史を学ぶたびに、子供たちは後ろめたい思いをしなければならなくなる」

「それは、それを学ぶ子供たちがいての話だ。子供がいなければそれもない。ここから子供たちを生み出さなければ、何にも変わらない」

そう言い、フヒトがポットに目をやったとき、側面が大きくへこんでいることに気付いた。不吉なものを直感し、恐る恐るキャップを開けて中を見た。

目に写ったのは割れた容器と底の方にたまっている乳白色のわずかな液体だった。このとき彼の心は停止した。

「ああ――」

瞬間、フヒトの肉体は絶叫し、震える手でポットを逆さまにした。壊れた容器の破片といくらかの液体が、乾いたコンクリートの舗装道路にこぼれて飛び散った。

彼はその前にひざまずき、自分をコントロールする機能が壊れたかのように、突然、大きな声で笑い始めた。

河上は何が起きたかを悟った。自分が死刑になろうと、この男だけは絶対に許せないと思った。みずから銃を構えると、藤原フヒトの額を狙って引き金を引いた。

この騒動の結果はとっくに出ていたのだ。もう全てが後の祭りだったのだ。それは日本にＺＸＹの情報が届いてから、わずか三か月余のことだった。

# Ⅲ　窮余の一策

## 1

凍結卵子盗難事件の経緯と結末は、厚労大臣から首相に直接報告された。あまりの事の大きさに首相は返す言葉を失い、大臣が退所したあとも視線が宙を漂っていた。

そのうち現実に戻って、いつものように大臣たちを招集して対策会議を開くことを考えた。だがもう半分の頭に浮かんだのは、体調不良などを理由に欠席する大臣が多く出る状況だった。

赤ちゃんゼロ時代にあって、首相の椅子は年功序列の輪番制のような軽いものになった。消えて行く歴史の最後の方に名を連ねるだけだ、と与党の重鎮たちは思っていた。佐藤大輔が首相になったのは順番が巡って来たからで、ほんの軽い気持ちで受けた。首相就任当時、彼はそれほどの重責を感じていなかった。それが突然、ZXYの大風が吹き出したのだ。

佐藤首相にしてみれば、自分が今のような状況に不適任なのはわかっていた。だが誰も火中《かちゅう》に栗《くり》を拾おうとはしなかった。日本にZXY型男性の存在がわかったとき、笑顔の人間が自然に寄って来た。ZXY凍結卵子が発見されたときもまた人が寄って来た。だが、池田譲治が自殺すると、寄ってくる人間は半分以下になった。今度は凍結卵子が失われたのだ。その空気は想像できた。首相は運命と思ってただひたすら耐え、よい風が吹くのを待つ、これが現状だった。

このとき首相は官房長官に指示し、最終的に、高校時代からの友人で、防衛省をすでに退官している江戸川《えどがわ》元参謀長だけを官邸に呼んだ。

やってきた元参謀長は、首相の陰鬱な表情を見るなり、旧友らしくあけすけに言った。

「顔色が悪いぞ。首相なんぞ、もういい加減、退いたらどうだ」

「そうしたいのはやまやまだが、誰も手を挙げない。これも私の運命だと思っている。それにいくら私でも、国民を見捨てるようなマネはできない」

「それだけの気力があれば、まだやれるよ」

脇に控えていた官房長官は、そのやり取りをハラハラして見ていたが、思わずした苦笑を手で隠した。なぜ自分ばかりが苦悩を背負わなければならないのか、そう思っていた首相は、ため息混じりに旧友に遠慮のない愚痴をこぼした。

「気が変になりそうだよ。日本が持っていたカードは全てなくなってしまった」

「研究所の副所長のことは、私も小耳にはさんだよ。こうなってしまってから本人や研究所を批判しても何にもならないが、池田譲治の件もある。まったく情けない。一体、日本人の根性はどうなってしまったんだ。嘆かわしいよ」

「嘆くのは後にしてくれ。私がお前を呼んだのは手段だ、何かの方法が必要だからだ。池田譲治は外国の勢力に謀殺されたという話が、ネットでは騒がれているらしい。今度の副所長もどこかの外国の勢力に何やら吹き込まれていたらしい。ふたつも失敗すれば、指導者として、今の国民にも先祖にも、馬鹿にされたり叱られたりする程度では済まない。何か手はないか」

首相は疲れきった目ですがるように旧友を見つめた。少し間があり、元参謀長が言った。

「それならば外国との交渉を早急に進めることだな。それと、ＺＸＹ型卵子を提供した女性は、現在どうなっている？」

目を向けられた官房長官が慌てて言った。

「三年ほど前に、センターを退所したと聞いています」

江戸川は視線を首相に戻して、突き放すような冷酷さで言った。

「日本には死んでしまったが、ＺＸＹ型男性の遺体が完全に保存されている。その彼女には申し訳なくなるが、ＺＸＹ型の女性ならば、センターを退所した女性とはいえ、研究材料にはなるはずだ。その研究は決して無意味にはならないはずだ。生死を別にすれば、日本にはＺＸＹ型の男性と女性がいる。突破口はこれしかないだろう。すぐに彼女を確保すべきだ」

「確保してどうする？」

「医学的な意味でだが、徹底的に、とにかく、とことん調べ尽くす」

「そんなことはすでにどこかの国がやっているだろう」

「それでは訊くが、その情報を無料《ただ》で見せてもらえると思っているのか。ネットのように質問すれば、回答をコンピューター画面にすぐ出してくれると思っているのか。冗談にも程がある。もし仮にZXY型のからくりがわかり、対策方法を完成させた国があるとする。その国の外交は核ミサイル並みの威力を発揮する。誰もが足元にひれ伏して、巨額の富を積んで、是非、その技術を教えて下さいと懇願するだろう」

首相が官房長官を見た。官房長官は矛先を向けられ、慌てて言った。

「江戸川元参謀長がおっしゃられている状況は仮の話です。仮ですが、その状況は想像できます。もし仮に日本がその技術を真っ先に見つければ、現在いる約十万人の女性が子供を持てるようになります。一人や二人ではありません、十万人の母親です。また、仮に日本が最初にその技術を完成させたら、世界の国々は日本にひれ伏して、教えて下さいと懇願するでしょう」

すぐに研究成果が出そうな話だが、首相は冷静だった。頭には池田譲治の自殺があった。

「その女性がセンターを退所したということは、民間人になったということだろう?」

「はい」と、官房長官は答えた。

「犯罪者ではない。法定伝染病者でもない。そのような一人の民間人を、国が拉致同然に拘束する法律など、国会議員は誰一人として賛成しないぞ」

江戸川はただちに反論した。

「こんな非常事態に人権も自由もないだろう。無罪になった池田譲治が『ヨーロッパに旅行したい』と言っていたら、日本は『個人の自由です、どうぞ』と言って、笑顔で行かせましたか。副所長の卵子窃盗も偶然で発覚したようだが、それがなければ、副所長は凍結卵子を持って出国していただろう。もしかすると、センターを退所した女だって、すでに日本にはいないかもしれないぞ」

首相も官房長官も口を閉じたまま黙った。

「国会議員が平時と同じで、何もしないでただ見ているだけなら、国会議員などいなくていい。もう一度言うが、何も持っていない国の方が必死で動いている。片方しか持ってない国も活発な外交の交渉を行っている。首相は彼らがルールや道徳を守ってやっていると思っているのか。公明正大に、正々堂々とやっていると思っているのか」

首相はそっと視線を外した。まだ詰問は続いた。

「この前の会議で、首相は凍結卵子を盗もうとした人間を、『現場で射殺してもよい』と言った。首相もやっと本気になったと私は思った。それが条件はもっと悪くなったのに、民主主義のルールですか。首相の本気はその程度のものだったのですか」

そこで元参謀長が言葉を切ると、しばし彼らには相当長いと感じられた沈黙があった。

やがて、首相がかろうじて政治の長らしい言葉で言った。

「官房長官、その女性を確保するように関係部署と調整してくれ。ただし、私は違法でいいとは思わない。知恵を絞れば何か手立てがあるはずだ。私が違法を許せば、日本そのものが崩壊する」

元参謀長は何も口を挟まなかった。首相は続けた。

「元参謀長の言わんとすることにも一理ある。ただし一理だ。議員たちの思いも私は議員の一人としてよく理解できる。また、私はその女性がまだ日本にいると信じたい。日本が外交の交渉の他にできることは、その女性にすがることしかないようだ。そうは言っても、すぐに答えが出るとも思えんが、日本にまだＺＸＹ型女性がいることは、神様のご意志かもしれない。官房長官、何とか知恵を絞り、法に触れないように、その女性の確保に努めてもらいたい」

全国から一人の人間を素早く捜し出すにはどうしたらいいのか。官房長官は頭の中に犯罪者の全国指名手配を思い浮かべていた。それが思わず口から出てしまった。

「渡邊《わたなべ》警察庁長官に相談したいと思います」

首相は深く考えず、反射的に言った。「とにかく頼むぞ」

このときの首相は、昔の殿様のように「よきにはからえ」程度の思いしかなかった。だが、官房長官は全権を任されたと思い、一方の元参謀長は、表面化しなければ多少のことは目をつむるとの意味に解釈した。

その日のうちに、未来センターにコンタクトした官房長官は、そのＺＸＹ型女性が『カノン』という名前であることを初めて知った。

午後に、官房長官は秘密裏に渡邊警察庁長官と会い、過去にＺＸＹ型卵子を提供した女性カノンの身柄確保を相談し、首相の御指示ですとつけ加えた。長官はしばらく考えていたが、国のためならばとうなずいた。長官はその件に関して、首相が警察に全権を与えてくれたものと解釈した。ＺＸＹ型女性カノン確保の指示は長官から酒井《さかい》局長へ、局長から部下の秘書課長の山下健人《やましたけんと》へと下った。山下は直ちに七名からなる特命チームを組んだ。七月十八日のことだった。

## 2

同日、ＺＸＹ型女性のカノンの確保を提案した江戸川元参謀長は、昔の部下で現防衛省幹部の一人、柳生薫《やぎゅうかをる》大佐と会った。大佐は女性だった。

彼女は防衛省の中でも異形だった。身長が百七十センチを超し、スタイルも評判がよく、制服をスマートに着こなし、長い髪と眉をブロンドに染め、省内では髪をアップにまとめ、化粧と立ち居振舞いはハリウッド映画女優風、サングラスもたびたび愛用していた。この彼女の外見を一部の人はひそかに「どぎつすぎる」「やりすぎだ」と批判し、一部の人からは熱烈に支持されていた。

赤ちゃんゼロ時代になり、未来を悲観した人々が、どうせそういう世の中なら、したいことをしようとする風潮が出て来た。その一つがファッションや化粧で、派手な格好をする人間があちらこちらに発生していた。大佐もそのような一人と見られていたが、彼女の方から言えば、自分のしたい化粧と格好をしているだけで、男性目線の『かわいい女』の化粧と格好だけは絶対にしたくないと思っていた。それでも彼女が下品ではなく、優雅さを併せ持っていたのは育ちのせいかもしれなかった。

その異形の女性大佐の部屋を訪れた元参謀長は、まず愚痴から入った。

「センターの副所長は、どこかの国に買収されていたようだ。とにかく今の政府のやることは見ておれん。世界からなぜ日本にばかりにと言われたのに、三ヶ月もしないで、もうお先真っ暗だ。誰もが両方ともあると浮かれてしまって……。

まあ、愚痴をこぼしても始まらん。センターの副所長が外国勢力に買収されていたことを考えれば、敵が政府や役人に、どこまで食い込んでいるか知れたものではない。私は自分が持たない国の人間だったらと考えてみた。まず公的には外交交渉だ。裏では買収、誘拐、窃盗、何でもする。国際法などにかまってはいられない。国や民族の存亡がかかっているからな。そこでだ、最もやり易い国はどこか。まずそこから考えてみた。得られた結論は残念だが日本だ」

異形の女性大佐は黙って聞いていた。元参謀長の演説口調はさらに続いた。

「ZXY型が発見されてから三か月だ。DNAコードもわかった。だがそのメカニズムがわからない。私は知り合いに尋ねてみた。まだ何か隠された秘密があるのではないかということだ。そんなことは誰でもわかっている。それが何かわからないから世界中で必死になって探しているのだ。官房長官はホルモンがどうのこうのと言っていたが、所詮、素人の考えだ」

元参謀長が半身を起こして言った。

「実は大佐に頼みたいことがある。日本には凍結保存されていたZXY型卵子があった。それを提供した女性はすでにセンターを退所している。だが女がZXY型であることに変わりはない。是非、その女の身柄を確保してもらいたい。その女性の名前はカノン、現在は所在不明だ。その女の資料はこれに入っている」

　元参謀長は大佐の方にＡ４版の封筒を滑らせた。彼女はその封筒を手元に引き取った。

「おそらく警察が動くのでしょうけれど、警察との関係はどうなりますか」

「別行動を取って欲しい。私は池田譲治の自殺も本当に自殺かどうか疑っている。それに自殺だったとしても管理体制がなっていない。さらに今度は、研究所の副所長の凍結卵子持ち出しだ。警察内部にはすでに買収された人間がいると思った方がいい。ＺＸＹに関わることは、後になってから『すみませんでした』では済まされない」

「我々は警察の滑り止めですか」

「そうではない。先に見つけたら身柄を確保してほしい。もし自衛隊が女の身柄を確保したら、私が首相に言う。先に確保した方に優先権がある。多分、官房長官は警察に依頼するはずだ。だが私の知る限り、こういうことは自衛隊の特殊部隊の方が適任だ。

　池田譲治の事件、副所長の事件、横で見ていて警察と自衛隊の違いがよくわかった。警察の組織は地方自治体に属している。彼らの責任範囲は地域だ。だが自衛隊は違う。自衛隊の責任範囲は国だ。警察も口では何とでも言えるが、人間の行動は日々の積み重ねが、いざという時に出てしまう。

　私なら、池田譲治の身柄は監視をつけて、拘束するか軟禁状態にする。センターの盗難も張子の虎だった。副所長の逮捕の仕方も、あれでは普通の窃盗犯の逮捕と変わらない。安全かつ確実に回収すべき卵子を抱えた彼を追い回すなど、私には信じられん。空港で待っていれば、ブツは何の問題もなく回収できたはずだ。彼らは事の深刻さをまったく理解していない。警察は、法に従って対応したと言い繕《つくろ》っているが、このままだと法律を後生大事に抱えて、国が滅びることになる。

それに政府も議員もひどすぎる。『頼んだよ』の一言だ。急いで立法し、特別チームを作るくらいの対応がなぜできない。池田譲治が死に、卵子が破壊され、口では『困った、困った』と言いながら、警察にその責任を全部押しつけている。

池田譲治が死んだとき、マスメディアの一部に『ＺＸＹ型は人間か』という記事が出た。その記事は、人権擁護を掲げる評論家や有名人を集め、ＺＸＹ型とて人間である、彼らの人権は尊重されねばならないと主張した。

けれども、世間は本当にそう思っているのか。大衆はマイクを向けられれば人権擁護を口にする。ところが池田譲治が無罪になったとき、彼が警察に拘束されることを、大衆は暗黙のうちに了解していた。だから彼がパトカーに先導されて病院に向かっても、誰一人として反対する者などいなかった。これが今の大衆の持っている正義の本音と建前だ。

本音と建前、別の表現をすれば柔軟な考えともいう。この思考で日本はそれなりにやってきたが、いつもどこかに脆《もろ》さと危《あや》うさを抱えていた。それが池田譲治の件に続いて、今回もまた出てしまった。凍結卵子が破壊されたと聞いたとき、私は日本が滅びると思ったよ。ＺＸＹを失ったからではない。やり方があまりにも稚拙だからだ。日本以外の国ではＺＸＹ型人間を国の最重要人物として、首相や大統領以上の監視と警備を行なっている。そんな法律があろうとなかろうと、だ。いいか悪いかの議論をする以前に行動している」

元参謀長はそこで切って、大きく息を吐き、さらに続けた。

「長談義をしてしまったが、日本はＺＸＹ型男性を失い、凍結卵子まで失った。他所《よそ》からなぜ日本ばかりにと、嫉妬と羨望《せんぼう》の目で見られたのはついこの間にすぎない。そう言った彼らは今ごろ、日本の体《てい》たらくを嘲《あざけ》り笑っていることだろう。

まあ、他人のことなどどうでもいい。冷静に現在の状況を考えてみれば、日本には子供は産めないがまだＺＸＹ型の女がいる。まったく持たない国より半歩は有利なはずだ。この女を確保し、研究し、そこから突破口を見出すしか手はない。持てる国は他所の国のことなど考えている暇などない。持たない国はもっと必死だ。非難されるのは覚悟している。まさに今が民族存亡の危機だからな。ルールがどうとか法がどうとか、言っている場合ではない。そこでここにやってきた。

女が協力を受け入れれば何の問題もない。問題は女が拒否した場合だ。女の身柄を拘束する法律はない。さっきも言ったが、人間の行動は日々の積み重ねがいざという時に出てしまう。拒否された場合、警察はまた従来どおりの方法で、何かの事件をでっち上げて、女を拘束するぐらいしか策がないだろう。

心配のひとつは副所長を引っ掛けた連中だ。彼らも現れる可能性がある。私が女の重要性に気付くのが遅すぎた。痛恨の極みだ。敵はもう容赦のない手を打っているかもしれない。それをかわせるのは日本には自衛隊しかない。大佐、これまで私は君に何かを頼んだことはない。だが今はそんな状況ではない。日本は最後のロウソクが消える寸前だ。このとおりだ」

元参謀長は元の部下、以前、自分の女でもあり愛人だった女性に、へりくだった態度を見せて頭を下げた。この老人はそのような姿を平気で他人に見せる。彼女は彼のそのような人間性を知っていた。

考えこむ風を装い、短い間を置いてから、彼女は答えた。

「そのようなことなら引き受けましょう。やり方はこっちに任せていただけますか」

「任せる。それと私の妻の妹が警察庁にいる。得た情報はそこから君に流そう」

3

江戸川元参謀長が帰った。

大佐はしばらく資料を見ていたが、電話で一人の男を呼び出した。その男はすぐにやってきた。名は真田《さなだ》一郎《いちろう》中尉、元ＰＫＦ（国連平和維持軍）のリーダーだった。制服姿で威儀を正して立っているせいか、鍛えられた軍人の臭いがする。彼女は椅子に座ったまま、上体を背もたれに倒し、女に戻ったように優しく言った。

「元気にやっていますか」

「はい。健康状態は申し分ありません」

「中尉のような経歴の人間に、土木作業員のような仕事しか与えられなくなった自衛隊には悲しくなりますが、予算が昔の千分の一、万分の一では仕方ありません」

　この時代の国の予算を見れば、厚労省管轄の日本未来センター以外は、壊滅的な状態を示していた。税収が極端に減り、税金投入を止められた公団、特殊法人が自然消滅した。中央省庁も多くが形骸化した。特に子供がいなくなり、学校が消えた文部省は紙の上の組織図にかろうじて名前があるレベルだ。自衛隊の組織は災害時の支援作業が残り、国の防衛関係や武器を使う職務はほぼゼロになった。

　また役所の仕事もいい加減になり、役職も曖昧になり、肩書などは極端でなければ、上司の腹ひとつで任命していた。だから今ここにいる大佐と中尉の役職に上下関係はあるが、それだけのことで、昔の役職名と肩書きの意味はない。

「ところで真田中尉、久しぶりに海外出張してもらいたい」

「どこへですか」

「どこでもいい。そのようにしたい。さっき首相から内密に連絡があった。凍結保存していた卵子を提供した女性を捜し出して、身柄を確保してほしいと」

「自分には、大佐のおっしゃられている意味がよく理解できませんが……」

「日本未来センター・カムイ研究所の副所長が、保存されていた冷凍卵子を盗んで逃げた。結局、その卵子は破壊され、彼も射殺された。この事件に先立って、ＺＸＹ型の池田譲治は死に、日本にはその女性しかＺＸＹ型はいなくなった、そのような事情だ」

「その女性はすでにセンターを退所したと聞いていますが……」

「子供が産めなくなっても研究用には使える。米国や中国に頼めば、子供も情報もすぐ譲ってくれるような状況にはない。このことは君にもわかるはずだ。現在の日本に残された道は、もはやこれしかない」

真田は黙ってうなずいた。

「もうひとつ、警察もその女を捜索するようです。つまり警察と自衛隊の競争です。ただし、考え違いをしないで下さい。首相は警察と自衛隊を競わせるつもりはありません。ただ一分一秒でも早く彼女を見つけ出したい、それだけの理由です。かといって、警察と自衛隊が反目しながら競争しても無意味なことです。そこで私は、中尉、君のチームだけでやることにしました。自衛隊が警察と同じように組織で動けば、警察とぶつかります。国内で警察と戦争などしたくありません。それが君のチームを選んだ理由です。君と君の仲間たちの活動期間中は、ヨーロッパでも米国でもどこでもいい、出張したことにします。何なら休暇にしてもいい。昔の経験を存分に生かしてもらいたい」

「承知しました」

「もうひとつ、政府も警察も発表していませんが池田譲治の自殺は他殺かもしれません。センター副所長も外国の機関に言葉巧みに買収されていたようです。持たざる国も必死です。ZXY型人間を手に入れて連れ帰るか、それが無理ならその国のZXYを殺す。自分たちだけが滅びるのは嫌なのです。警察もセンターも政府の役人も信用がおけませんが、自衛隊に国を売ろうなどという人間はいません。是非とも君のチームで女の身柄を押さえて下さい」

「わかりました。もし警察が先に見つけた場合、どのようにしますか」

「池田譲治の件があります。可能なら横取りしろ、これが答えです。ただし派手なドンパチをしないで、これが条件です」

「横取りですか」

「そうです。今言ったようにＺＸＹ型卵子が盗まれ、池田譲治まで謀殺されたとなると、相手は生半可な連中ではありません。警察内部や他の役所にも、すでに息のかかった者がいると考えるのが普通です。金も無制限に使うでしょう。そんな連中と戦えるのは、日本には我々しかいません。警察では無理です。女を確保したら、身柄は自衛隊が預かることになります。自衛隊こそ日本で最も安全な場所なのです」

「わかりました。それで具体的に私は何を？」

「まず、この資料を読むことから始めて下さい。読み終えたら即計画を立てて下さい。時間はありません。その前に言っておきましょう。その女性の名前はカノン。資料によれば、センターにいたときはかなりの問題児だったようです。こちらの要求を素直に受け入れないかもしれません。心してかかって下さい」

# Ⅳ　ヤマト村事件

## 1

A県の山間部にあるマキ市（架空）の郊外の交番でのことである。白髪短髪の中森《なかもり》五郎《ごろう》巡査が小さなバイクで地域の見回りを終えて交番に帰ってくると、パトカーが止まっていた。本署から何かの連絡かと思い、急いで中に入った。

予想したとおり、本署の総務課小泉《こいずみ》課長とその部下だった。中森巡査がヘルメットを取り、型どおりの挨拶をしながらも、お茶の準備を始めると、お茶はいいよと止められ、ある話を持ち出された。

「ところで、中森巡査は確かこの奥のヤマト村の生まれだって、昔、酒の席で聞いたような記憶があるが、そうだったかな」

巡査は一番下の公務員らしく緊張して答えた。

「はい、生まれはそうですが、私は小学五年生の時に山を下りて町へ移りました。今ではもうずいぶん昔のことになります。大人になってから村へ行きかけたのですが、山の方の道が台風や地震でやられて、車では行けませんし、歩いて行くのは大変なので、結局はやめてしまいました。そのようなわけで村へは一度も行っていません。村もそのうち誰もいない廃村になってしまいましたし」

「なるほど。ところで中森巡査の知り合いに、ヤマト村の出身の人はいませんか。実は、東京のお偉方から人捜しの依頼があってね。その尋ね人はヤマト村生まれの女性なのですが、役所の記録では、結婚して東京に移ったことになっているんだ。移った先の東京では旦那さんが亡くなった後、どこかへ引っ越したらしく、それで捜しているそうです。女性の名前は、旧姓でヤマト・ミロクさんというんだがね」

「何かやらかしたんですか」

「いいや、そのようなことではないよ。まあ、とんでもない世の中になってしまって、親戚の数は減るばかりだ。そのようなこともあってか、最近は遠い親戚まで調べることが流行っているらしい。そのたぐいの話だと思いますよ」

「そうですか、わかりました。あの村でヤマト家といえば、村の名家でした。ミロクさんは私が小学校の時、二学年上の上級生でした」

「なるほど」課長は写真のコピーを出した。「これはそのミロクさんの娘さんでカノンさんという名前だそうだが、今はどこかで母娘で暮らしているのではないかと、東京では言っているんだがね」

「そうですか」

中森巡査は、疲れ切った中年の主婦のような顔をしたカノンという女性の写真をじっと見つめた。初めて見る顔だった。

「巡査の知り合いに、少し当たってみてもらえませんか」

「わかりました。お急ぎですか」

「急ぐようなことは言っていなかったが、東京からの依頼だから早いに越したことはないでしょう」


このA県マキ市には以前、廃村になったヤマト村出身者が大勢いたが、時代と共に村で生活した経験者は減り、今では数えるほどしかいなかった。それも皆高齢だった。中森巡査が尋ねて歩いたその人数の範囲に、ミロクが東京からこの町や近くの市に戻っているとの話も、彼女を見かけたという話もなかった。そのうち、やっと収穫らしいものがあった。

「車で通ったとき、県道から昔のヤマト村へ通じる道を、登って行くどこかのお婆さんを見ました。ヤマト村はとっくに廃村になっているし、途中の道も台風でやられて、車はもちろんバイクも通れないと聞いていましたから、誰なのか不思議に思いました。キノコやワラビの季節でもないし……」

中森巡査はもしかしてと思った。今の世は日本中に空き家があふれている。都会や郊外の空き家に、それも立派な家に、勝手に入り込んで住んでいる人間が多く出ていた。巡査の管轄内でも数軒あった。すでに行政的に非居住区とされた場所（行政サービスなどの公的サービスが受けられない区域）は、そのような連中のしたい放題だった。また逆に非居住区に指定されても、頑固に我が家に住み続ける人もいる。亭主を亡くしたミロクが老いて、生まれ故郷に戻ろうと思っても何の不思議もない。

巡査は次の日曜日、天気がよければヤマト村に行ってみようと思った。それは東京の期待に応えるというよりも、自分の今の年齢を考えれば、これから数年後に生まれ故郷のヤマト村を見たいと思っても、肉体的に厳しいと予感したからである。

それに、中森巡査は定年で退職していたが、子供のいない時代は新人の補充もなく、本人が望めば嘱託として働くことができた。そこで彼は嘱託となり、周りの優しさもあって、これまでどおり巡査と呼ばれていた。このような背景もあり、彼は警察に対し、何か貢献したいと思ったのである。

## 2

次の日曜日は天気がよく、中森巡査は軽い山登りのスタイルで家を出た。県道をバイクで移動し、ヤマト村へ向かう昔の旧道は可能な限り、伸びた草の茎に足元を取られないように低速で、慎重にバイクで登って行った。行ける所まで行くつもりだった。

途中は山からの土砂崩れ、川側へ道が半分崩れている箇所があり、また道の上には大小さまざまな石が転がり、同じように大小さまざまな枯れ木が落ちていた。そのうち、どうしてもバイクを押して進むには無理がある所にぶちあたった。橋が落ちていたのである。そこにバイクを置いて、歩くことにした。

そこは昔、橋ができる昭和の大戦の以前、昔の村人は川まで下りて、浅瀬の場所の石に板を単に三枚渡しただけの場所まで歩き、そこを渡って通行したのである。中森巡査が子供の頃、鉄筋の橋はすであったが、川遊びに遠出してきて、その通称『三枚橋』で遊んだ経験があった。彼は髪も白く量も減った年齢になって、板のない三枚橋を、半世紀以上ぶりに石を飛び越えながら渡ったのである。

昭和の大戦の後、三枚橋の近くに鉄骨の橋が作られ、道もコンクリートで舗装された。橋ができるとヤマト村まで乗用車が走り、村の各家庭には軽自動車や小型のトラック、耕運機が普通のようにあった。だから今は、道路にひび割れと草が生えているが、当時の舗装道路の跡がずっと続き、まったくの山登りのような道ではなかった。ヤマト村に人が住んでいたら、また自治体に金があれば、すぐにでも修理できるだろう。

中森巡査の目に映る木々はどれも太く大きく見え、記憶より山は大きく変わった印象を受けた。それでも景色の中に遠い昔の記憶に繋がるものがあり、飽きることもなく登り続け、やがて巡査は懐かしい峠にたどりついた。道の脇の長い草の穂先が微風に小さくなびいている。その奥の草の中にコンクリート製の祠《ほこら》があった。巡査は数十年ぶりに、道の真ん中からその祠に向かって手を合わせた。

気を取り直し、峠から村を眺めた。それは懐かしく、ヤマト村は食器の大きなボウルのような地形の底にあった。双眼鏡を持って来ていたので、中森巡査はその景色にそれを向けた。

巡査の故郷は何もかもが夏の青緑に埋もれた世界だった。昔は整然とした美しい田畑とわかる景色があったが、今は村全体が緑の草に覆われ、森からせり出した樹木の葉、低い灌木《かんぼく》、背の高い野草、巨木になった昔の庭木、それらが新しい秩序を作っていた。その景色の中に、土蔵のような建物の一部が見えた。双眼鏡を横に少しずつ動かしたとき、何かを通りすぎ慌てて戻した。

「まさか、本当に……」

ゆっくり戻すと、緑の中に、洗濯物のような小さな白いものが見えた。前後左右の位置関係、記憶にわずかに残ったポイントから修正すれば、そこはミロクの実家だった。

「彼女は村に戻っていたんだ」

急に会いたいとの思いが湧き、村へ通じる道を急いで歩きだし、彼女の家を目ざした。頭の中では、映画なら洗濯物ではなく、家から立ちのぼる白い煙なのだろうなと、妙な思いを持った。

途中の、自分の生まれた家があった辺りは、すでに背の高い木立に覆われ、林になっていた。道の横の水田だった所は、草と灌木が入り混じった新しい自然界の秩序が競いあっていた。村の山際にあった畑は完全に林になり、そのような場所にあった人家や建物は草木に埋もれ、一部だけが残っている所もあった。家の裏の杉や庭木の松は今や大木となり、家が竹に乗っ取られたようになっている場所もあった。

村の中央道とも言える舗装されていた道も自然の力には勝てず、ひび割れた所から旺盛な夏草が生え、その生命力の強さに呑《の》み込まれたかのようであった。

そのうちやっとミロクの家の近くまで来て、笑顔で大きな声を掛けようと思ったとき、中森巡査は突然、職業意識に襲われた。

――課長はあのように言ったが、本当に犯罪には関係ないのだろうか。まさか東京で何かやって逃げてきて、ここに隠れているのではあるまいか。そうならば、彼女と親しくなるのはまずいし、母子と言っていたが、男はいないのだろうか。

中森巡査は足を止めると、道の端に移動し、身を縮めてそっと歩き出した。その彼に女性の声が聞こえた。

「お母さん……」

3

翌日の日曜日、中森巡査は警察の制服を着て、ある調査のため、市内を小さなバイクで走り回った。翌月曜日は交番に出ず、本署の小泉総務課長を訪ね、ミロクと娘カノンが廃村になったヤマト村に生活していることを、スマホでひそかに撮影した写真を見せながら説明した。

その話は課長の部下によって、調査報告書のような形に整理され、写真データつきで、A県警本部に送られた。さらに県警本部から折り返して幾つかの質問を受け、その文書は県警本部の中で体裁を整えられ、依頼元である山下健人の元へEメールの形で送られた。

『ヤマト・ミロクとカノンの母娘は旧ヤマト村（現在、廃村で非居住区、行政上はA県マキ市の管轄内）のミロクの生家で生活している。自宅の周りに畑を持ち、野菜を作っている。……（略）……、住まいは昔の母屋の一画で土蔵も使っている様子……（略）……、支援する人物は確認できず、また他の住民も確認できない。……（略）……、母親は草木染め（おそらく趣味）をしていて、その処理に使うミョウバンを入手するために、マキ市の特定の店を時々訪問している。店によれば母親は軽自動車を持っていて、生活物資を買いに、時々、下の町まで来ているとのことである。その車は県道沿いの産廃と残土置き場になっているあたりに隠していると思われる（未確認）。……』

このとき、A県警本部は東京本庁の幹部の個人的な人捜しだと考えていた。ところが数日後、A県松本《まつもと》県警本部長に、東京の警察庁・刑事部秘書課・課長山下健人の名で届けられたものは、マキ市警察署始まって以来の大ごとになった。

ただし、この大ごとは精神的な意味で、文書の中に『可能な限り小人数での確保を優先してもらいたい』との文字があったので、幹部たちは『秘密に』と言いながら、わさわさと動き始めたのである。それは次のようなものであった。

『老齢の母親が悪人に騙されて、娘を売り渡すという匿名の情報があった。誘拐事件の可能性があり、事件を未然に防いでもらいたい。ただし相手に気付かれる心配もあるので、可能な限り小人数でひそかに行動し、特に娘の確保に重点を置いてもらいたい』

今度、大捕り物があるらしいとの噂は、『秘密に』が合言葉のようになり、警察署内では知らない者がいないほど浸透し、『AとBが行くらしい、CとDは外れたそうだ』と言うようなひそひそ声が、あちこちで交わされた。

実行の当日は県警本部からも課長級の人が来て、本隊十名、補助四名、署内連絡係四名の他、署の幹部がずらりと会議室に集められた。おかしなことに、会議は全て声を一段と落として行われたのである。また直接関与しない一般職員たちまでそわそわし、事の成り行きを気にしていたのである。

やがて機動隊の服装に身を固めた本隊が、責任者の刑事課の高橋《たかはし》課長を先頭に会議室から出てきた。その最後に、制服を着た中森五郎巡査が道案内役で参加していた。

彼らが裏口から出て、駐車場に用意された車にそれぞれグループごとに分乗し、署長や幹部が見守る中、無言の敬礼で警察署を出ていった。それをまた、署内の全職員が無言で窓越しに見ていたのである。何とも奇妙な光景だった。

パトカーの隊列はサイレンも鳴らさずに県道を走り、しばらくしてヤマト村へ向かう旧道の入口に集結した。ここでも小声で、誰が何を持つか、誰と誰が残り、誰が村に入るのか、点検を終えると、課長の指揮で全員が装備の自己点検を行い、うなずき合い、本隊は中森五郎巡査を先頭に旧道を進み始めたのである。

このとき、中森巡査は人生の中でも数えるほどしかない緊張を覚えていた。第一は先頭に立つ道案内役の名誉であり、第二はヤマト村でミロクに声をかけなかった胸騒ぎが的中したことである。それに、あの優秀で頭のよかった彼女が、犯罪者であるなど想像もできなかった。その混乱もあった。

パトカーを留めた県道沿いの場所には二名の警官が残った。さらに壊れた橋の下の川の浅瀬（通称三枚橋）にも二名の警官が残り、本隊十名が気負い立った態度をにじませて村を目ざしたのである。

約五十分後、中森巡査は峠に到着し、さらに進み、昔の村の居住区の入口あたりに到着した。途中、文句ばかり言っていた高橋課長も、「村に着きました」との声に、元気を取り戻し、急に責任者としての口調になった。

「昨日の会議の手はずどおり、状況を確認してから動く。全員、持ち物、装備を再度確認してくれ。何度も言うが勝手な行動はしないように」

中森巡査を除く九人は重装備の機動隊そのものだった。そのうち課長を除く八人が銃を点検し始めた。それを見て巡査は改めて事件の恐ろしさを感じると共に、ミロクを思った。

――何かの間違いであってくれ。

「点検が終わったら加藤《かとう》と吉田《よしだ》、偵察に行ってくれ。決して功を焦るんじゃないぞ。中森巡査、二人について行ってくれ」

巡査が先頭に立って歩き出すと、課長が声を落としてどなった。

「それじゃ、丸見えだろう！」

腰を落とせと身振りで示し、もう見てはいられないという顔をして見せた。

## 4

そのミロクとカノンは何も知らずに、家に近い畑でキュウリの世話をしていた。

夏の強い日差しが地面を射し、むっとする暑さが二人を包んでいた。二人は首にかけた手拭いで汗を拭いながら、長い竹の棒を修理していた。

「お母さん、そろそろお昼じゃないかしら？」

「そうね。おソバにしましょう。戸棚にソバ粉があったはずよ」

「私が作るわ。力があるから」

「じゃあ、お願いするわ。私はもう少しやって、区切りのいいところで切り上げて戻るわ」

「はい、わかりました」

昔のカノンを知る人は、頬を紅潮させ、瞳をキラキラと輝かせている彼女を同一人物とは思えないだろう。彼女をまったく知らない中森巡査でさえ、二人のやり取りを、背の伸びた青いトウモロコシの陰から見ていて、耳にした誘拐の内容とは違いすぎて違和感を抱いた。

――一体、どこが誘拐なんだ。やっぱり間違いだ。

巡査は二人のやり取りを聞いてそう思った。人間、間違いは誰にでもある。この様子なら誰もが納得してくれるだろうと思った。だが、それは外れた。

村の中をひそかに偵察した二人が戻り、村にはミロクとカノンの母娘しかいないことが確認された。高橋課長は決断した。その二人は今、昼食中だ。食事は一番気の緩む時だ。あの山道を考えれば、逮捕は早いに越したことはない。仲間はいない、ターゲットは女が一人、救出するのは今しかない。課長は突入のサインを出した。

銃を持った二名ずつを家の正面と裏手に配置し、課長の手振りの合図で、重装備の四人が家の中に飛び込んだ。

男たちが突然家の中に入ってきたのに、母娘は驚き、何が起きたのかわからないうちに、母親のミロクは二人の男に身体を押さえつけられ、カノンは別の二人の男に抱きかかえられ、無理やり外へ引っ張り出された。

母親のミロクを横倒しにしていた二人の警官のうちの一人が多少慌てながらも、逃れようとする彼女に手錠をかけた。

「逮捕したぞ！」

その声に、外にいた高橋課長と警官たちは胸をなでおろした。彼らも母親は悪人の手先になっていると聞かされていたのである。

警察のいうカノン救出作戦は、とても映画のようにてきぱきとは行かず、見た人がいたら、ドタバタの田舎芝居に見えただろう。それも当然で、そこに集まった刑事たちは経歴ばかり長くても、荒っぽい捕り物や粗暴犯と対決したことなどなかったのである。制服姿の中森巡査は銃を構えた警官二名の後ろから、中腰でただ見ていただけだった。

逮捕劇は一瞬だった。カノンが抱きかかえられるようにして外に出てきた。さらに手錠をかけられた母親のミロクが、無理やり家から引っ張り出された。

ある意味興奮していた高橋課長が一歩前に出て、彼女に逮捕令状を示した。

「ヤマト・ミロク、娘カノンの誘拐拉致の現行犯で逮捕する、八月――日十二時四十二分」

ミロクが目をむいてどなった。

「何、馬鹿なことを言っているんだい。誰が自分の娘を誘拐する母親がいますか」

「言いたいことは署内で聞こう、連れて行け」

課長は、冷たく言うのはこのような場合の決まり文句のように思っていた。犯罪者に甘い顔をしてはならないのだ。

少し間を置き、カノンの腕をつかんでいる警官に課長が指示した。

「娘にも事情を詳しく聴く必要がある。警察に来てもらおう」

この高圧的な行為に、カノンは未来センターを直感した。

「警察は、私をまたあのセンターに戻すつもりですか」

それを聞いてミロクは何が起きたか、おぼろげに悟った。遥か昔、この国は生まれたばかりの赤ん坊を、法律だからと言って、犬や猫の子を親から引き離すように、ベッドから持って行ったのだ、情が湧かないうちにと。

カノンがわめいていた。私はただの民間人、警察に連れて行かれる理由などないと。ミロクは機動隊姿の人間たちに、今まで経験したことのない恐ろしさと、手錠ではなく、国という巨大なものが、自分と娘を呑み込もうとしているのを感じた。彼女はこれまで罪を犯したこともなく、役所の命令に異をとなえたこともなかった。それなのにこの男たちは急にやってきて、暴力でこの老人を拘束し、今も冷ややかに自分に視線を向けている。

――一体、この男たちの目的は何なの？

そんな彼女をよそに、高橋課長はスマホを取りだし、警察特有の言い方で、それも大声で本部に報告した。それはある意味、人生で何度もない有頂天の姿だった。

「十二時四十二分、犯人のヤマト・ミロクを逮捕しました。拘束されていた娘のカノンも無事に確保しました。これから二人を連れて、本部に戻ります。以上」

この報告に、署内では幹部たちが笑顔で握手する姿が見られた。また山の下のパトカーで待機していた二人の警官、三枚橋の所で待機していた二人の警官にも逮捕が伝えられ、彼らは互いに片手を軽く挙げ、手の平と手の平を軽くタッチしあった。

山の上では警察が、母親ミロクとカノンに靴箱にあったスニーカーを履かせ、山を下りる段取りを始めていた。ミロクは警官隊の中に制服姿の中森巡査の姿を見つけ、手錠をされたまま言い放った。

「おい、そこの中森五郎、私たちを見張っていたのかい」

全員の目が一人だけの制服警官に集まった。巡査は何も言えず、気まずい思いをしたまま、そこに石のように固まった。ミロクが続けた。

「私と娘を、こいつらにいくらで売ったんだ?」

高橋課長は顔を振って、早く連れて行けと命じた。

母娘と十人の警官たちは、一列になって村道に出て、歩き始めた。

カノンの近くを白いモンシロチョウがまとわりつくように飛んでいた。それに気付いた彼女は少し違った意味で、自分が昼食にソバを食べていたとき、瞬間的に別の異空間に飛ばされたような気になっていたが、自分が毎日生活している空間にいると改めて思った。そう思った瞬間に、うるさいほど蟬《せみ》が鳴いているのが耳に入ってきた。

## 5

孤立した村で村人を裏切り、村の利益を損ねた人間に対して、古来より村人が使ってきた言葉を中森巡査は浴びせられた。それは村八分より厳しく、地縁も血縁も切られるという意味を含んでいた。

巡査はこの村出身者にしかわからない苦汁を感じながら、意気が揚がる隊の一番後ろを、本当にとぼとぼと歩いていた。ところが、先頭が村の神社の前に来たとき、思いもよらぬ、マンガのような事件が起こった。

突然、「ワッ」という声がした。

中森巡査が頭を上げると、目出し帽をかぶった二人の男が見えた。一人は猟銃のような長い銃を警官たちに向け、頭を神経質に左右に動かし、もう一人は左手でカノンの腕をつかみ、右手に拳銃を持ち、それを彼女の頭に向けていた。

「いいか、この女を殺されたくなかったら、皆、銃を捨てるんだ」

そのときの彼の心境を語ることは難しい。初恋の人、小さな村で兄弟姉妹のように育った女性から、『売った』と言われたからか、本当に娘のカノンを助けようとしたからか、混乱した中森巡査は大声を出して、目出し帽の男に突進していった。だが銃声がすると、巡査は男に達する前に銃弾を腹に受けて、ばったりと倒れた。

それを見た警官たちはパニックになった、と同時に、身体は石のように動かなくなった。それでも責任者の自覚があったのか、高橋課長はなんとか精神を保った。最初に頭に浮かんだのは、相手を怒らせて、これ以上死傷者を出してはならないとの思いだった。

課長は両手を挙げると、目出し帽の二人に、聞こえるように、声を突っかからせながらも、必死に大声で言った。

「これ以上、ケガ人を出さないでくれ、頼む！」顔を仲間の警官たちに向けず、二人に顔を向けたまま頭を下げた。「このとおりだ」

一歩前に出ると、課長は身に着けていた銃の紐を外すと、銃の筒を慎重につまみ、ゆっくりと腰を落として足元に置き、背筋を伸ばすと、また両手を顔の横まで上げた格好をした。さらに警官たちに半身を見せて、課長は言った。

「おい、何をしている。銃を持っている者は早く銃を下に置くんだ、ゆっくりと」

警官の中に手柄を立てようなどと、隙を見て目出し帽の男に飛びかかったりしないかと思い、言ってはならない言葉を口にした。

「いいか。勝手に動いてケガしても、私のせいにするなよ。命あっての物種だぞ」

やがて警官たちがもぞもぞと動き、課長にならい、銃を前に置いた。中には機動隊のように盾を持っている者もいたが、それも置いた。

目出し帽の一人が慎重に銃を集めると、緊張した声で警官たちに命令した。

「おい、そこの二人、全員に手錠をかけろ」

カノンは立たされて、近くの若い杉の立木を抱いた形で手錠をかけられ、彼女はその姿で二人の目出し帽の男のやる作業を見ていた。

警官たち全員とミロクは手に手錠をかけられ、地面に座らされ、またその手の間に長いロープを通され、そのロープは神社の石の鳥居にきつく厳重に括《くく》りつけられた。

途中で、下からと思える高橋課長のスマホが鳴ったが無視された。目出し帽の一人が全員からスマホを取り上げ、電源を切ると、目の前の草ぼうぼうの中に投げ込み、やっとカノンを立木から解放した。ただし再び手錠を掛けた。

「さあ、来るんだ！」男はカノンの手錠を引っ張った。

「お母さん！」

「カノン！」

ミロクは立ち上がろうとしたが、無駄だった。娘が連れ去られようとしているのに、どうしようもなかった。それと、彼らは誰だろうとの思いがあったが、昔のように娘をさらって売る気なのではと、映画や時代劇のような発想しかできなかった。

実は、ミロクもカノンもZXYのことを知らなかった。町に下りたときに耳にしたかもしれないが、それがカノンのことだと知らずに暮らしていたのである。


神社の前の道の地べたに座らされた高橋課長は、うなだれて脚の膝頭に目をやりながら、これで自分はクビだと考えていた。その理由はカノンではなく、中森五郎巡査の重傷である。救援が遅れれば死もあるだろう。

一世一代の大捕り物に成功したと思ったのも束の間、状況は死者を出した現場責任者になってしまったのだ。中森巡査はすでに動かなくなっていた。かすれたうめき声も、喉《のど》で苦しそうに呼吸する音も聞こえない。三枚橋と呼ばれる場所に二人の警官を配備していたことを思い出したが、さっき犯人を逮捕したと告げたのだ。さっさとパトカーのところに戻ったことだろう。

目出し帽の二人が何者か想像できなかった。最初は母親ミロクの仲間だと思ったが、母親を助けるどころか、警官と一緒に手錠をかけ、会話を交わすことなく、そのまま行ってしまったのだ。課長は訳がわからず、とにかく救援が早く来ることを祈った。

それからどれほど時間が経ったのか、突然、音が聞こえてきた。警官たちが音のする方向に目をやると、山の上からヘリコプターが現れた。警官たちから「おーっ」と声が出た。数人がこれで「助かった」と声を出した。

そのヘリコプターは彼らの頭上を通りすぎると、その先で旋回を始めた。

「おーい、俺たちはここにいるぞ！」

数人が大声を出した。だが、

「おい、あのヘリ、県警と書いてなかったぞ」

「やつらは母親の仲間ではないのか」

「やつら、ヘリコプターで逃げる気だ」

皆が勝手に言いあっていた。高橋課長はミロクに訊いた。

「今、旋回しているあたりに何があるんだ？」

「元の小学校です」

「校庭だ！」と、高橋課長が叫んだ。

彼らは校庭に着陸し、東京が言ってきたように、娘を拉致して連れ去る気だと思った。だが、ヘリコプターを使ってまで、娘を拉致する意味がまるでわからなかった。

課長はミロクに訊いた。

「あんたの娘は一体何者なんだ?」

「ただの百姓の娘です」

6

元の小学校の校庭は、閉鎖したゴルフ場の一部のように一面に長い草が生えていた。それでも、地面が比較的平らであることに変わりはなかった。

二人の男は少し離れた地面にカノンを転がし、目出し帽を取り、ヘリコプターに向かって両手を大きく振った。それに呼応するかのようにヘリコプターは徐々に降下し始めた。

プロペラから吹きつける強烈な風に、二人の男たちは身を丸くして足を踏ん張った。カノンも顔を横にそむけた。ヘリコプターは着陸するためにどんどん高度を下げていた。もうすぐ着地すると思われたときだった。

ヘリコプターの風を懸命に避けようと、両手で頭を押さえて、屈みこんでいた二人の男たちの腹に、突然、矢が突き刺さった。二人の男たちは強い痛みに銃を放り出すと、思わず腹を押さえ、突き刺さった矢を見て悲鳴をあげた。

すかさず次の一本の矢が、高度を下げたヘリコプターの上を飛び越していった。草の間からのカノンの横目に細い白糸のようなものが見えた。

プロペラはその糸を巻き込むと、急に上昇を始めた。そのとき、龍《りゅう》のように舞い上がるものがあった。それはロープだった。その根元は校庭の鉄棒の柱につながれていた。ヘリコプターはロープを巻き込むと、空中でパタパタと苦しげにあえいでいたが、急にバランスを崩すと、地上に落下した。が、映画のような爆発炎上はなかった。

大きな破壊音に思わず顔をそむけて目をつむったカノンの元に、迷彩服の男が走りこんできた。手にはボウガン（弓矢銃）を持ち、顔には人相がわからないように赤と黒と緑の色を塗っていた。彼女は恐怖に身をすくめたが、素早く男が言った。

「救出にきました。真田一郎と言います」

筋肉質の肉体、男の迷彩服の左上腕部に日の丸の刺繡《ししゅう》があった。

「自衛隊？」

「はい。事情は後で話します。すぐ追っ手がやってきます」

どうやったのか、真田は魔法のようにカノンの手錠を外した。

「さあ、ここを離れましょう」

真田はボウガンを背負い、カノンの手を取ると、冒険小説の表現なら豹《ひょう》のように、足早に校庭と昔の村道を走り抜け、やがて小さな川に出た。

そこには、彼と同じ色を塗った顔と同じ迷彩服の男が三人、待っていた。彼らは二人に近寄ってくると、真田とそれぞれが片手を軽く挙げ、手袋をはめた手の、手の平と手の平を軽くタッチしあった。彼らは目だけで話していた。三人がカノンに目を向けた。真田が背中からボウガンとナップザックを下ろして言った。

「私のチームを紹介します。我々は勝手に『the knights《ザナイツ》』と呼んでいます」

そう言われても、カノンはまだ現実ではないような気がしていた。

「俺が通称スペードのジョン」と真田が自分を指さした。

「彼がダイヤのジョージ」細い電信柱のような男性でメガネをかけていた。

「その隣がクラブのポール」彼は丸顔の学生がそのまま大人になった感じだった。

「最後がハートのリンゴ」彼は小柄でいたずら好きの少年という感じだった。

真田がさらに続けた。

「警察は二、三時間の時間の余裕をくれると思いますが、ヘリコプターの連中はわかりません。近くにもう一台いるかもしれません。すぐ着替えて下さい」

「着替えるの?」

「そんな格好で逃げることはできません」

ジョージが畳んだ衣服を差し出した。男性四人が後ろを向いた。カノンは戸惑ったがこうなれば着替えるしかなかった。

カノンが同じ迷彩服姿に着替え終えると、今度はリンゴが笑顔で登山靴を彼女に渡した。ジョージとポールが彼女の脱いだ衣服を足に縛りつけ、靴はビニール袋に入れて、背中のバックパック（リュックサック）の外に縛りつけた。

真田は用意していた大きなリュックサックを担ぎ、両肩をぶるんと一度揺すってから、カノン用のナップザックを手に持って言った。

「車はA地点とB地点、バイクがC地点。うまく逃げおおせたら、D地点で」

「了解」

「それでは」

三人はまた互いに軽く片手を挙げ、手の平と手の平を軽くタッチしあい、村から登る山道へ向かって歩きだした。その足取りも競歩のように速かった。

「さあ、私たちも行きましょう」真田がカノンを促した。

「どこへ？」

「ひとまず川の上流に行きます。川沿いに小さな家があったので、そこで様子を見ます」

村にとどまると聞いて、カノンは真田に言った。

「早く、お母さんを助けて下さい」

「とにかく様子を見ましょう。ヘリコプターの連中のことが気がかりなのです。それに犬を連れてきて、あなたを捜すでしょう。だから……」

真田は跡がつかないように、小石が広がる川辺を選んで水の中に入り、カノンに手を差し出した。

「犬が来るでしょう。犬から逃げるにはこれしかありません」

そう言われて、彼女は真田に手を引かれるまま、水の中に入って行った。

## 7

真田とカノンは上流に向かい、途中から川を出て、少し歩き、草と灌木と大木の緑の枝に埋もれた家にたどりついた。

家の中は彼が雨露をしのげる空間を作っていた。二人はヘルメットを脱いで、適当に離れて腰を下ろした。彼はクレンジングクリームとテッシュで顔を拭い始めた。

そのうち真田が顔の色を落とし、タオルで顔を拭って、カノンの方を見た。

彼女は待っていたように質問した。

「真田さん、て、言ったわよね？　教えて、警察はなぜ、私がお母さんに拘束されているって誤解したのですか。それになぜ自衛隊まで来たのですか」

真田はカノンに答えた。

「ＺＸＹのことを知っていますか」

「いいえ。それは何ですか」

やはりという表情を見せ、真田は簡単に説明した。ＤＮＡのＺＸＹ型が米国で発見されたこと、それが受胎可能であること。自殺した池田譲治のこと、日本には保存された凍結卵子があったが破壊されたこと。最後に、その凍結卵子がカノン、あなたの提供したものであったこと。

「あなたは、そのＺＸＹ型女性なのです。日本でたった一人の」

カノンが驚いて尋ねた。

「たった一人？　この私がそのＺＸＹって女で、日本に一人しかいないって言うの？」

「はい。世界でも女性は二十名から三十名と言われています。あなたはもうセンターを出ていますが、ＺＸＹ型であることに変わりはないのです。日本政府は研究のためにあなたの身体が必要なのです」

「私のことはわかったけど、なぜお母さんまで逮捕されなくちゃならないの？」

「あなたは研究のために政府に協力しますか」

カノンは急にこわばった表情になった。

「断るわ。あんな連中に身体をいじりまわされるなんて、絶対嫌よ」

「それが答えです。あなたが協力を拒否すれば、政府は手を出せません。あなたの身柄を拘束する法律もありません。どうするか。あなたの母親を犯罪者にして、あなたから譲歩を引き出す。それが狙いでしょう」

「警察がそこまでやるの？」

「今は正義とかなんとかを言っている状況ではありません。世界はまたものすごい競争の世界になっています。あなたの身柄を確保する方法について、考えたのはおそらく東京の役人でしょう。地元の警察は、あなたが本当に誘拐され、拘束されていると思い込んで動いていたはずです」

「それじゃ、あの銃を持った目出し帽の二人とヘリコプターは誰？」

「世界にはＺＸＹ型の男性も女性もいない国が約二百あります。その国もあなたを狙っています」

そう言われて、カノンは身を縮めた。彼は続けた。

「警察から情報が漏れているふしがあります。それで私のチームが特命を受けました」

「さっき『救出に来た』と言っていたけど、それで私をどこかへ連れて行くのですか」

「日本で最も安全な場所です」

「自衛隊の中？」

真田が黙ってうなずいた。

「結局、私をモルモットにするつもりですか　私は絶対嫌です」

「このままだと殺されるか、外国に売り飛ばされます。それでもいいのですか」

「そんなの私に関係ないわ。私はここでお母さんと平和に暮らしたいだけなのよ」

「誰もあなたを一般人とは見ていません。とにかく私はあなたの命を守ることが任務なのです」

そう言われて、カノンはまた身を丸くした。

そのとき、またヘリコプターの爆音が聞こえてきた。真田は右の手の平を立て、話をやめさせた。

彼は三脚に据えたカメラの方へ移動した。部屋の中が雑然としていたことと、他の話題に気を取られ、カノンはカメラの存在をはっきり認識できていなかった。彼はそのカメラを空に向けた。

「警察のヘリです。これで神社前の警官たちは大丈夫でしょう」

「私たちも出て行くの？」

「いいえ。あなたの母親は逮捕されています。おそらく警察に連行されるでしょう」

「お母さんは助けてもらえないのですか」

「助けたら、私はあの目出し帽の男たちと同じ、誘拐犯になってしまいます。それは得策ではありません」


ここで、このカメラについて説明を少しつけ加えておきたい。カメラは最新の狙撃銃の標準器にも使えるもので、狙う相手の画像を取り込める仕組みが組み込まれていた。つまり、狙う相手が大勢の中に紛れていても判別し、直ちにその人物を狙えるものだった。カノンの外見はセンターを退所したときと現在では別人に見えるほど変わっていたが、顔の骨格が変わらない限り、機器は人物を間違わない。彼はすでに元校庭で彼女に出会う前に、彼女の確認を済ませていたのである。

警察のヘリコプターが最初に運んだのは、撃たれた中森五郎巡査だった。夜の報道では、救出時はまだ息をしていたが、病院にて死亡が確認されたとあった。

二台目のヘリコプターは交替するようにやってきた。市立病院の救急搬送用のヘリコプターだった。そのヘリコプターは校庭から、重傷を負ったヘリの操縦士一名、ボウガンで撃たれたカノン誘拐犯二名を病院に運んでいった。これが現代の救急搬送の順番なのである。

この廃村になった地に、テロ犯、警察、病院の三機のヘリコプターがやってきたのだ。村は市街地から遠く離れていたが、それでも最も近くに住んでいた麓《ふもと》の住人はその異様さに気付いただろう。

これらのヘリコプターの動きに続き、麓で待機していた警官が連絡を受けて、村まで上がってきて、神社前で手錠とロープで動けなくされていた警官たちを自由にした。そのうちに警察の幹部がまたヘリコプターでやってきた。午後三時をすぎた頃には、それに呼応するように続々と人間が村へ上ってきた。


真田はカメラのディスプレイでそれらの様子をつぶさに見ていた。カノンは間断なく、同じような質問をしては彼を困らせた。

「ねえ、お母さんはどうなったの？」

——最初のヘリで山を下りたようです。

「最初の？」

——警察のヘリです。撃たれた警官が乗せられ、それに同乗させられたようです。

「撃たれた警官は死んだのですか」

——わかりません。二台目のヘリは病院の救急搬送用でした。校庭からヘリの操縦士と、あなたを誘拐しようとした目出し帽の二人を乗せて、病院に向かったようです。

「犯人を、ですか」

――ケガ人が優先されます。これが現代の搬送順番のルールです。違和感はありますが。

8

警察庁。

酒井局長と山下にとって、状況は予想もしていないことだった。単に民間人の、女性二人の身柄確保のはずだった。

「山下君、一体どういうことだ?」

局長が怒りを込めてどなった。

「入った連絡によりますと……」

山下はA県警から入った情報を順に説明した。母親を逮捕した状況、連行状況、目出し帽二人組によるカノンの強奪、中森巡査が銃撃されて死亡したこと、警官たちの手錠をかけられた状況、元小学校校庭で発見されたヘリコプターのこと、ボウガンで撃たれて重傷を負った二人の男、さらにカノンが正体不明の第三者に強奪されたこと等。

「ボウガンで撃たれた男の身元はわかったのか」

「はい。持っていた免許証と身分証明書から、一名は外務省職員の可能性が出てきました」

「外務省？　もう一名は？」

「まだ判明しておりません。重傷を負ったヘリコプターの操縦士は個人経営の観光会社の経営者で、ヘリコプターはその会社の持ち物です。三日前から貸し出されていたそうです」

「三日前？」

「はい。………」

それは情報の漏れを意味していた。

「それで、ヘリコプターを襲ったグループは一体誰なんだ？」

「まだ判明しておりません。現在、警察犬を使って跡を追っていますが、女性を拉致して、山の方へ逃走を図ったようです」

「警察から女を奪った連中と、女を連れていった連中は別か。それとも同じグループで最初から仕組んだのか」

「わかりません。何しろ世界には持たざる国が二百はありますから」

「それにしても、本当に下手なサスペンス映画のようになってしまった。それで女を拉致した犯人は山に登ってどうなる？　どこかへ下りる道があるんだろう？」

「ある程度登ると、別の沢筋へ下りる道にぶつかります。おそらく女性を拉致した犯人たちはそのルートを使うと思われます」

「山を越えるようなことはないのか」

「女性を連れてとなると難しいと思います。それに時間もかかります。時間がかかればヘリコプターもドローンもありますから、逃げるのが難しくなります。隣の谷筋が最短のルートです」

「そんなことを言ったところで、彼らも馬鹿ではないだろう。ヘリコプターに引き上げるという方法もあるぞ」

怒気をこめて局長が言った。山下が慌てて答えた。

「はい。すでに予想される最も近い沢筋の出口には警官を手配しました。空からのことも考え、ヘリコプターを持っている会社の状況も調べています」

「そんな警察が待ち構えているところへ、ノコノコと出てくるとは思えんがな」

「一応、県警と消防団にもお願いして、広域に、怪しい車や人間を見たらすぐ通報するように手配しています。女連れですから、長期間、山にとどまることはできません」

だが山下は、地元警察がモタモタと体制を整えているうちに、犯人たちはとっくに下山してしまっているだろうと推測していた。けれども、情報を完全に伝えなかった東京としては、現場に口を出す訳にはいかなかった。彼は弁解するように言った。

「現地の警察の行動が一日早かったら、こんなことには……」

「起きてしまったことを悔やんでも無意味だ。だが上も政府のお偉方も、ＺＸＹ型女性が世界からどういう目で見られていたか、やっとその厳しさがわかっただろう」

日が落ちると、真田とカノンはペットボトルの水で携帯食を摂《と》ると、顔に虫除けのクリームを塗り、寝袋に入った。同じく村では、地元警察署の二人の警官が、元学校の校庭のヘリコプターの残骸の横に、テントを張って夜を過ごした。こうして、後にヤマト村事件と呼ばれた事件の一日目がすぎていったのである。

9

翌日、朝の陽光は校庭に残ったヘリコプターの残骸やテントばかりか、ヤマト村全体、その背に連なる青黒い山々を強い光で目覚めさせた。

今朝はいつもの静けさと違い、夜が明けた途端に、朝早くから装備した警官・消防団と大量の人間が村に上ってくると、犬を先頭にして山道をぞろぞろと登っていった。空からは音を撒き散らしながらヘリコプターもやってきて、小学校の校庭に臨時の本部が作られた。複数のドローンも村の上や山道の上を飛んでいた。

午前中、真田は横になったりカメラのディスプレイを見たり、装備を点検したりして時間を過ごしていた。カノンが目を覚ましたのは九時すぎだった。彼は彼女に村の様子を説明し、二人で携帯食を口にした。彼女は返事をするものの、ほとんど口をきかなかった。態度も妙におどおどしていた。

実は、一晩寝て昨日の興奮が収まると、カノンは真田にある恐ろしさを感じ始めていたのである。

口は丁寧だが、テレビドラマや小説に登場する軍隊の男、彼女はこれまでそのような人間に会った経験はないが、そんな印象を持った。

考えてみれば、真田はたった一人で目出し帽の二人をボウガンで撃ち、その状況を確認するでもなく、重傷を負ったらしいヘリコプターの操縦士を無視して、素早く現場を去ったのだ。彼らを殺さなかったのは、おそらく警察に彼らの身元を調査させる気なのだ。

待っていた男たちも心配するでもなく、登山の待ち合わせのような和やかな雰囲気だった。彼らはカノンの着ていたものを足に巻きつけ、山に向かった。最初から警察犬が来ることも予測していた。彼らはこのようなことに慣れているのだろう。

事件は昨日のことだ。地元警察の態勢が整え終わる前に、おそらく三人は安全な所まで逃げているのだろう。それに多分、数日前から村に入り、ミロクやカノンの様子、また目出し帽の男たちも監視されていたのだろう。カノンはそれを思うとぞっとした。何の痛みも感じないで、ボウガンを撃ち、もしかすると人を殺せる人間たち……。

その真田はラジオのイヤホーンを耳にあて、カメラのディスプレイを見続けていた。その先には東京から急遽《きゅうきょ》駆けつけた機動隊特殊部隊らしい一団もいた。

動きがあったのはちょうど十二時を回った頃だった。村で人の動きが慌しくなった。小学校の校庭ではテントが畳まれ始めた。そのうち拡声器の声が聞こえてきた。

「犯人は拉致した女性を連れ、ミサト町から東に向かって逃走中。繰り返す、犯人は拉致した女性を連れ、ミサト町から東に向かって逃走中。村に入った皆さんはすみやかに村から退去して下さい。繰り返します。皆さんはすみやかに村から退去して下さい」

おそらく犬を使った調査で、隣の沢から東方面に逃げたことになったのだろう。

「いよいよ第二幕が開きました」

そう言って真田はカノンの方を見た。その好戦的な目に彼女はドキッとした。彼がまた村にカメラを向けた。気の早い連中はすでに村の出口に向かい始めていた。そのうちヘリコプターが二機現れると、山の方に向かって飛び、この地での捜査中止のアナウンスを拡声器で流し始めた。

しばらくすると、山から人がぞろぞろと下りてきた。真田がその人数を記録していた。幹部らしい男たちはヘリコプターで去っていった。警官たちは数人ずつグループを組み、村から退去し始めていた。その顔には笑顔さえ見せていた。

それでも最後の人間が山から下り、村を出て行くまでに、二時間近くかかっていた。彼がメモの人数を確認してカノンに言った。

「さあ、私たちもここから出ましょう」

「私はここに残ります。もう皆いなくなったんでしょう？」

「それはできません。万が一ですが、ジョージたちが捕まれば、あなたがいないことがばれてしまいます。そうなれば警察はここへ戻ってきます。今度は失敗しないために、村を徹底的に調べるでしょう。そうなったらとても逃れられません。それにあなたのお母さんは、警察にとってあなたに対する人質なのです」

「お母さんは警察に捕まったままになるの？」

「あなたのお母さんは何も知らないでしょうけれど、あなたが警察に出頭するまで、警察は絶対に釈放しないでしょう」

「それで、お母さんはどうなるの？」

「ありもしない口実をつけられて、留置場行きになるでしょう」

「何もしていないのに？」

「今回の捜査でおそらく百人からの警官が導入されたはずです。東京からも人が来たでしょう。警官が一人亡くなっています。警察上層部にとって、勘違いでしたでは済みません。警察は証拠をでっち上げてでも起訴すると思います」

「それなら私は出て行きます。私が警察に行けば、誤解も解け、お母さんは解放されるんでしょう？」

「いいえ、解放されません。あなたは国に協力したくないと言っています。多少協力したら許されると思うのは甘すぎます。日本にはあなた一人しかいないのです。ずっと協力させ続けるためには、あなたのお母さんは国にとっても大切な人質なのです」

「何とかできないの？」

少し考えていたようだったが、真田がカノンに言った。

「自分が助け出します」

「それ、信じていい？」

「これまで、約束を破ったことは一度もありません」

ただし、この村には住めないし、あなたはずっと国に協力し続けなければならない。真田のその思いをカノンは知ることはできなかった。

そのうち、携帯ラジオが逃走犯人たちのことを報道し始めた。だが真田は静かに笑った。どこかの馬鹿が何かをやらかして、誘拐犯に勘違いされて追われているらしい。ラジオを聞き終えると、彼は用意していたバックを開き、中から衣服を取り出した。

「さあ、あなたもこれを着て下さい」

それは警察の機動隊のものだった。


着替えた二人は草の生い茂った中を抜け、村道に出た。以前の舗装道路を割って生えていた草が、意識したように踏みつけられていた。カノンは家に寄りたいと言ったが、真田は許さなかった。彼女が素直に家から出てくるとは思えなかったからだ。それに夏とは言え、山の時間は短いのだ。彼女は彼の威圧的な声に仕方なく従った。

二人が村を出る峠まで来ると、カノンは自分の家のあたりに目をやった。戻れるかどうかわからないと思うと急に涙がこぼれた。

「なごりは尽きないだろうが、そろそろ行きます」

真田はずっとラジオのイヤホーンを耳につけていた。カノンが彼に尋ねた。

「スマホは持っていないのですか」

「持っています。あなたは知らないかもしれませんが、今のスマホはかなり広い範囲まで電波が飛ぶ方式ですから、日本全国どこでも使えます。その一方で、警察や自衛隊がその気になれば、その持ち主がどこにいるか、場所を特定できます。さらに特殊な機器を使えば、その会話やEメールさえも見たり聞いたりできます。多分、この地域には電子的な網が張られたはずです。ここからジョージたちに連絡したら、一発で発見されます」

「ラジオは?」

「ラジオは電波を出しません。受信するだけです」

「それで、ラジオはお母さんのことを、どう言っているのですか」

「あなたのお母さんのことには一言も触れていません。逃げた三人のことばかりです」

「捕まったの?」

「いいえ。彼らは逃走用に車をあちこちに隠しています」

「ヘリコプターがあるんじゃないの?」

真田が珍しく笑った。

「彼らは昨日のうちに、すでに隣の沢に下りています。今日は朝から近くのゴルフ場でゴルフしているはずです。帰りはタクシーと車でバラバラに移動し、誰かが警察の尋問を受けても何の問題もないでしょう。犯人の目撃情報は赤の他人です」

自分の計画は完璧だと言っているようにカノンには聞こえた。その言葉のとおり、そんなに休んではいられない、早くしろとでも言うように、彼はきつい目で彼女を促がした。

このようにせわしく強制するような真田の口調が、下山の途中、三枚橋近くの急坂で、ちょっとしたハプニングを生んだ。彼にせかされたため、カノンは足を滑らせて転んだときに、腰を打ち、右腕にすり傷を負った。ケガの手当ては簡単だったが、彼女は腰痛で歩けなくなった。そこで彼は仕方なく、彼女を背負って川を渡り、その後も背負ったまま山を下りたのだ。

彼は耳まで赤くなったカノンを背負ったとき、肩にかかった手から石鹸《せっけん》のいい匂いがしたのと、背中全体に女性特有の柔らかい肉体を感じた。さらに耳元で呼吸する彼女の息がまさしく艶っぽいものに感じた。それが彼をいい方に変えた。彼が急に寡黙な紳士になったのである。

山を下りた真田とカノンは、道路横の産廃と残土置き場（赤ちゃんゼロ時代になって、業者がいなくなり、いつしか個人が大型廃棄物や中古の車を勝手に捨てに来る場所になってしまっていた）に隠していた中古車に乗ると、県道に出て、町の方向に向かった。時間にすれば、警察の最後の一隊が引き揚げてから四十分ほど経っていた。それでも、もし県道ですれ違った車がいても、運転する彼の機動隊姿から応援部隊だと思ったことだろう。

真田の運転する車は、マキ市街の手前で右に折れ、いわゆる非居住区に入って行った。人間の手の入っていないすさんだ雰囲気のする中をしばらく走り、車を停めて、身支度を整えてから、再び車を走らせた。

そして、ある家の庭先に乗り入れ、軽くフォンを鳴らすと、一人の老人が家から出てきた。真田は車から出て笑顔を作った。彼はTシャツに短パン、サンダル姿に変わっていた。

「叔父さん、お久しぶりです。甥《おい》の一郎です」

少し間があったが、老人の顔がほころんだ。

「おー、一郎か、どうした?」

「近くの湯《ゆ》ノ沢《さわ》温泉（架空）に来たので寄らせてもらいました」

「そうか、それは大変だった。さあ、中へ入って、入って」

「叔父さんには言ってなかったんですけど、職場結婚して女房も一緒に来ているんです」

カノンは真田の横に並び、老人に頭を下げた。

「一人も二人も同じことだ。さあ、入って、入って」

老人は疑う素振りも見せず、そう言った。途中で車を止めたとき、カノンは真田に言われて、町はどこでも見かける四十代の女性の格好になっていた。彼女はこの老人が第三者の目を恐れて、わざとらしい演技をしているのかどうかわからなかった。車は家の横の目立たない場所に移され、二人は老人の家に入った。そのとき彼女は真田の後ろについて、そーっと静かに歩いていたのである。

この佐々木《ささき》老人は自衛隊のＯＢでも後援者でもなく、元大工で自宅の作業場で毎日、鉋《かんな》で板を削るのを日課にしている。板を削っては刃を砥ぎ、また板を削る、ただ毎日そうして時間を過ごしているのだ。

真田によれば、老人は軽い認知症で、以前、彼が甥と間違われて知り合い、今回はそれを利用しているという。彼の計画では事件が落ち着く五日後、自衛隊の車輌で二人を目立たずに回収するというものだった。つまりそれまで、鉋屑《くず》が放つ木の香りのする老人の家に、二人は潜伏する予定だった。

## 10

防衛省。

夜には、大佐にジョージから連絡が入った。

『無事、家に戻りました。疲れましたが少し眠れば大丈夫です。兄貴にも宜しくお伝え下さい』

大佐は突然、女に戻ったようにねぎらいの言葉を口にした。

「わかりました。またいつでもいらして下さい。いつでも歓迎します」

『ありがとうございます。それでは失礼いたします』

大佐は受話器を置き、ディスプレイに出した地図を見つめた。

真田中尉からの連絡はしばらく後になりそうだが、彼女は心配していなかった。彼はこれまで一度もミスをしたことがない。

彼女は椅子の背によりかかり、江戸川元参謀長を思った。

——もしかしてあの老人は……。

元参謀長はトップに上り詰める直前に、設備の人間が業者と収賄問題を起こし、その責任を取って退官した。今回は最初、旧友の首相を助けるための単なる助言だったのかもしれない。だが、今は復帰を狙っている。電話の声でわかる。頂点に立てなかった分、今はその上を狙っている。

——それで自分はどうする？

多分、ＺＸＹの女を押さえ、兵隊を持つ者が最終的に勝つ。それは女も男も関係ない。あの老人も警察も手が出せない、首相さえも。自衛隊が国の組織として妥当に処遇され、それにもまして、女が男にかしずくような世の中を変えられるかもしれない。彼女はそう思い、冷めた目でまた地図に目をやった。

実は、彼女にはもう一人の隠し玉がいた。

真田もカノンも、すでに村を去った警察も知らないことがあった。二人の車が去った後、小さなナップザックを背負い、首に通信社の記者証を下げた男性が、ヤマト村に向かったのである。男は登山の経験があるのか、ヤマト村へ続く昔の旧道をすいすいと進む健脚を見せた。

警察の連中の半分の時間でヤマト村に到着すると、手書きの地図を見ながら、ミロクとカノンの住んでいた家にたどりついた。日本の警察らしく、母屋の玄関の前には黄色と黒を交互に配したテープが、第三者の侵入を阻止するかのように横一線に張ってあった。

男はそのテープを避け、慎重に建物の中に入った。男は写真を撮るでもなく、家の中を見回した。確かにそこにはさっきまで生活していた跡があった。男は昔からの旧家らしい家の中を気ままにあちこちのぞいていた。しばらくしてから家を出ると、時計と日没を気にしながら、また帰路の道を一気に急いだ。

日が落ちた頃、村から下りた彼は、隠していた中古のバイクで最も近い新幹線の駅に行った。駅に着くと記者証を首から外し、構内に入ると、売店で缶ビールを買い、乗降客のまばらな光景を眺めた。彼の持ち物は小さなナップザックひとつだった。

新幹線の時刻を確認してから、彼は誰も座っていない長椅子に行き、スマホを取りだして電話しようとした。が、少し考えてから相手を呼びだした。

『斉藤です。今は新幹線の——駅です。これから東京へ戻ります』

「お疲れ様でした」

耳に大佐の声が聞こえた。彼は通話を切りスマホをしまった。

彼は大佐が手配した人間の一人だった。このどうでもいいような内容の電話は、「会って直接報告します」という約束事だった。明日でもいいことなら電話の必要もない。つまり、東京に帰ったその足で、六本木（防衛省がある）に行き、直接報告することを意味していた。

電話を受けた大佐は、そんなわざわざ口頭で報告しなければならないこととは何だろう、と想像してみた。が、何も思いつかなかった。


その自称斉藤は午後十一時すぎにやってきた。待ちきれなくて彼女はすぐ訊いた。

「報告したいこととは何ですか」

「これです」

ナップザックから取りだしたものは女性の生理用品だった。男は派手な化粧の彼女に、何の感情も現さずに、さらりとモノを出し、さらりと言った。

「男が口にするのは少し恥ずかしいのですが、カノンが使っていたと思われる部屋にありました」

「彼女の部屋に？」

「はい。カノンは未来センターを公的に退所しました。私の記憶は定かではありませんが、閉経《メノポーズ》したと思われた女性が、環境の変化でメンスト（生理の英語、menstruationの略と思われる）が再び始まり、子供を産んだと、何かで読んだ記憶があります。もしそのようなことが本当にあるのなら、極めて重大な事です」

彼は男として言いにくい言葉を、新幹線の中で、該当する英単語をスマホで調べたのだろう。大佐は冷静に疑問を質《ただ》した。

「これは今の世の中に必要のないものです。どこにも売っていません」

「はい。ですが未来センターから持ち出したとも思えません。私もいろいろ考えました」

「その結論は？」

「昔の防災用品の中には入っていたと、若い時に聞いた記憶があります。災害時に困る女性がたくさん出てそうなったと」

「歴史的にはそうです」

「それで、母親が結婚して家を出た頃、実家に残したのではないかと考えました。帰省したときのために」

「なるほど、母親が実家に残していた。すると四十年、五十年ものですね」と大佐が少し頬を緩めた。

「私にはいつのものかわかりませんが、これが意味するところは極めて重大です」

「確かに、電話やメールでやり取りするような内容ではないですね」

「はい。現時点でこのことを知っているのは母親のミロク、私、それに大佐だけです。今一緒にいる真田中尉もそのうち知ることになるかもしれません。これは敵がすでにあの家を独自調査していない場合のことですが」

「確かに……」

「それと、政治家にこの情報を漏らすのはとても危険です。その果てにメディアに漏れれば、大変な騒ぎになります。最悪、池田譲治の二の舞に成りかねません」

「そうですね。わかりました」

大佐は別の意味で緊張した。もしかすると、日本は子供を産める女性を手にしたのかもしれない。その思いに少しだけ女性として嫉妬の思いもあった。また絶対に第二のＺＸＹジョージにしてはならないし、絶対に国が彼女を確保しなければならない、と思った。

「大変重要で貴重な情報、ありがとう。他には？」

「いいえ、以上です」

「内容はわかりました。よくやってくれました。今日はゆっくり休んで下さい。それからこの情報はとてもセンスィティヴ・イシュー（sensitive issue）、取扱いに慎重を要する微妙なものです。誰にも漏らさぬように、くれぐれもお願いします」

「承知しています」

男はきっちり頭を下げて、部屋を出て行った。

ドアが閉まったのを見てから、大佐は机の右端に置いてある小さなカレンダーに目をやった。今週末には、真田がカノンを連れて自衛隊に戻ってくるはずだ。彼女はカノンという女性を思い、興味とも権力ともつかぬ静かな興奮を覚えた。

## 11

翌日、ヤマト村の誘拐事件騒動は、ヘリコプターを使った拉致事件として、警察に都合のいい形で報じられた。

『警察に誘拐の匿名情報があり、警察がヤマト村に向かったところ、犯人一味と遭遇し、ひとあし違いで犯人の一部が女性を拉致したまま逃走した。また犯人の一部はヘリコプター事故で三名が重傷、犯人側と警察の争いで、犯人が警官一名に発砲し、昨夜、その警官が死亡、……』

報道は、事件の内容がまだ明らかになっておらず、また拉致された女性の人物特定も完全に取れていないとの理由で、カノンの名前は通称名Kとされた。母親については一言も触れられていなかった。

警察情報を報道機関に流した山下は、上司の酒井局長と話し込んでいた。

「ボウガンで撃たれた連中の身元が判明しました。外務省職員と海外に出て技術指導を行っていたNGO（非民間国際援助団体）の人間でした。彼らは世界が協力してZXY問題にあたらないと、人類は滅びると言っているそうです。どうやら後ろには、センターの副所長を買収していたグループがいると思われます」

「売国奴め。それより女を拉致した連中はどうなった？」

「まだ判明しておりません。現在も捜査を継続しています。実はその件なのですが、A県警から、母親が娘を海外に売り飛ばすというのは本当か、尋問したがとてもそのようには思えない、と言っています。母親の方は弁護士を通じて、人権擁護委員会に訴えると言っているそうです。県警は扱いに困り、もし問題が発生したら、東京に責任を全部とってもらうと言っています。メディアに漏れると面倒です」

「警察から情報が漏れているようだ。あの女性がＺＸＹ型だということは、まだ一部の人間しか知らない。漏れないうちに母親を東京に移せ」

「わかりました。早急にそういたします」

「しかし、まいったな。ＺＸＹジョージは自殺し、研究所の副所長は射殺された。今度は警官が撃たれて死んだ。これで死人が三人出た。ところがＺＸＹカノンは所在不明だ。もしかすると網をかいくぐって、もう外国籍の船に乗っているかもしれないぞ」

「いいえ、まだだと思います。空港、新幹線の駅、高速道路の検問所、船の発着、到着所には、ひそかにカノンの写真を設定した容疑者自動検索システムを設置しました。そう簡単には、船までたどり着けません」

「だがな、山下、この前、テレビでやっていたぞ。そのような本人確認をする機械を騙す方法っていうのを」


そのころ、ノーベル賞受賞者ドクター・ニューマンを名乗った男は、日本から東南アジアのある首都に向かう飛行機に乗り、離陸する音や機内の様子を身体に感じながら、ふっと機体が浮き上がったのを感じて、やっと気持ちを軽くした。

　そして、マキ市の非居住区に潜伏したカノンは、老人の家で一晩横になると腰の痛みもずいぶん退いて、時間経過と共によくなり、事件発生からの急激な変化に戸惑いながらも、ミロクに教え込まれた手料理を作ったり、掃除をしたりし始めた。ただ時折、母親のことを思っては涙していた。

　真田は時々、車でどこかに出かけた。カノンは彼がこの老人の家に来てから、別人のように人が変わったと感じていた。いつも背中から見守ってくれている、そんな感じがしていた。センターは檻《おり》の中の動物を逃がさないように監視する目だった。彼の目は母親とも違い、初めて受ける異性の包み込むような優しさを感じさせた。ただし、まだ冷静さもあった。

　――私は男性を映画や小説の中でしか知らない。男がいて女がいる生活に憧れているんだわ。

　老人の家で真田は妻に優しい夫を演じ、カノンは夫に従う妻を演じていた。老人には夫婦と言った手前、一部屋で寝起きしなければならなかったが、最初の夜は用事があるからと真田は車で出かけた。帰ってきたのは朝だった。次の日もそうだった。三日目はさすがに彼女が真田に言った。彼はわかったと答え、みずから睡眠薬を口にして自分が先に寝た。

　この家は非居住区にあり、公共の電気も電話もなかった。最初はあったのだが、台風で壊れて使えなくなり、修理されなかったのだ。それでも、老人は長年連れ添った妻が眠るこの土地を離れたくないと、町に移ることを頑《かたく》なに拒否していた。カノンは、この老人も自分の死を見つめていると感じた。

母親に、東京からなぜヤマト村に移ったのかと尋ねたとき、母親は心安らかに死ねる場所だからと答えた。この老人にとって、この場所が心安らかに死ねる場所なのだろう。

多分、このような老人は日本中にいるのだろう。また町に移った人たちにも、それぞれに事情はあろう。自分はセンターの中で育ち、外のことは、本とテレビの映像と他人の口から語られたことでしか知らない。昔風に言えば、世間知らずで、さらに珍しい動物のように育てられたのだ。だが、思い出したくもない。口にしたくもない。女だけの世界はある意味すさまじく、ある意味残酷でもあった。そこをやっと出たのだ。

役所で自分が生まれた住所を調べた。ところが行って見ると、すでに母は引っ越していなかった。どうするか、思いついたのは、母の故郷に行けば、一人か二人か親戚がいて、母の行く先を知っているのではないかということだった。センターにいたときに、父はすでに亡くなったと聞いていた。だから母親を捜そうと思ったのである。

ネットで調べ、新幹線に乗り、地方の交通機関を利用し、最後は歩いて、旧ヤマト村へ入った。そしたらそこに母がいた。こう言えば、涙の物語になるかもしれない。ところが互いに書類上の母と子で、お互いに共通した思い出を持たなかった。懐かしさは互いになかったが、最後は、孤独に疲れていた母親が娘を受け入れた。

母親は娘にまず村のあちこちの地名から教え始め、水の扱い、炊事、風呂、洗濯をひとつずつ仕込んで行った。時間が経つにつれ、二人の間に現実的な感情が芽生え、母親は「お母さん」と呼ばれることに満足を覚え、実生活でも娘となったカノンは叱られながらも覚えることに、生きて行く道具を手にしているような気がしてうれしかった。またセンターでは経験しなかった日本の古いしきたりや風習のようなものを、新鮮な感覚で受け取った。

三年がすぎる頃には、二人は多くを語らなくても、意が通じるようになった。カノンは事細かに言われなくとも、みずからきびきびと身をこなすようになっていた。そのような時期に、男たちが突然、家の中になだれ込んできたのだ。

母はあの山の中で、たった一人で生活していた。ここにも寂しい老人がいる。軽度の認知症だそうだ。老人は甥が訪ねてきたと思って喜んでいる。騙すのは心苦しいが、うれしそうな老人を見ていると、カノンは本当のことが言えなかった。

## 12

マキ市警察署。

「事件に関しては一切しゃべるな。訊かれても、君が答えることのできるのは、質問の窓口は広報一本です、これだけだ」

そう念押しされ、武田英人《たけだえいと》は黙って頭を下げて退室した。腹には怒りと同時に情けなさもあった。

事件のとき、彼は副責任者としてヤマト村に行った。肩書はマキ市警察署刑事課の部長刑事《デカチョー》だった。

事件後、ヤマト村に行った刑事たちは全員、県警本部から来た刑事たちに、「無能者め！」という軽蔑の視線を向けられたまま、代わる代わる二日間、状況説明という名の尋問を受けた。この尋問の前に高橋課長は中森五郎巡査の死亡を聞いて、みずから辞表を出した。このため、副責任者だった武田が代表のような形になり、他のメンバーより一日余分に尋問され、こってり絞られた形になったのである。

尋問から解放された彼は職場に顔を出し、自分の机に向かわず、「市内に巡回に出る」とだけ言って、県警本部から来た代理課長の冷ややかな視線を感じつつ、そのまま駐車場へ向かった。

彼はいつも使っている普通の自家用車に見える警察車両に乗り、警察署を出た。彼にはこの三日間、頭の底でずっと考えていたことがあった。女の行方である。

『奴らは女を連れて、どうやって村を抜け出たのか。一度、山へ登り、別の沢へ下りて逃走したと見られている。たしかに、その下の町では目撃者の勘違いもあったようだが、女は煙のように消えた。どのようにしたのか』

武田が脳ミソを絞った結論はこうだ。隣の沢に降りたグループと女を抱えたグループの二つがあった。女を抱えたグループは村のどこかにじっと潜み、警察がいなくなった後、恐らく闇夜の中を、あの通常の道を下って山から脱出し、下で待っていた別の仲間と合流した。つまり女はまだこの市内のどこかに潜伏し、ほとぼりが冷めるのを待っているはずだ、と。

武田はパトカーをゆっくりと走らせながら、部下の加藤と吉田に連絡を取り、通りで二人を拾った。

コーヒーショップや飲食店で愚痴っているところを見られて、通報されるのも避けなければならない。そういう意味でパトカーの中が一番安全だった。

彼は車を走らせながら、気心の知れた二人に自分の考えた中身を説明し、今後のことを言った。

「これから市内をシラミ潰しに調べる、協力してくれ。あの誘拐事件に関係する人間がまだ市内に潜んでいるかもしれない。俺はこのまま黙って引き下がるつもりはない」

「それは自分も同じです」と加藤が言い、「私も、です」と吉田も言った。

「いいか、南北は市役所通り、東西は旧街道で、旧市内を東西南北の四つに分け、一軒ずつシラミ潰しにくまなく調べる。対象はヤマト村事件に関係することだけだ」

「はい」

「中森巡査は撃ち殺された。高橋課長は無理やり辞表を書かされた。上も東京も俺たちに何かを隠している。ヘリコプターを使った誘拐事件だぞ。それもあんな山の中で、だ。俺たち、現場も舐《な》められたもんだ。現場の刑事の意地ってものを見せてやる」

その日のうちに大体の調査範囲と段取りを決め、武田たち三人が実際に行動を始めたのは翌日、つまり真田中尉とカノンが佐々木老人の家に潜伏して四日目からだった。

# Ⅴ　東京へ

## 1

真田とカノンは穏やかな夏の日の夕方、縁側に座り、夕日を見ながら缶ビールを飲んだ。家の中では老人が酔っていびきをかいていた。明日、この家を発つと彼が言った。二人が並んで縁側に座ったのは、少し感傷的になっていたからかもしれない。

「真田さんはこれまで、どんなことをして来たのですか」

二人の会話は、彼女のこんなぎこちない言葉遣いで始まった。

真田は自衛隊員らしく固い言葉で答えた。その声には緊張感すらあった。

「この歳までずっと自衛隊一筋です。自分は、いいえ、私は若い時、ある国にＰＫＦで行きました。チームの連中はそのときの仲間です」

「どんな国へ行かれたのですか」

仕事で知り得た他人の情報、取引企業の状況や内情、仕事によっては他国の中で仕事をし、その中で知り得たものを、他者に向かって口にするときは注意を要する。特に公務員の場合は外交問題になることすらある。真田はそのような常識を持っていた。

「私の行った国は――」

と始まり、その国を批判するようなことも、その国の国民を嘲笑することも、反対に過大に評価することもせず、観光案内や教科書に書かれているような内容だけを口にした。また慣れないその言葉遣いは、しゃちこばったものだった。

ひととおり説明し、話が一段落すると、真田は思い出したようにビールを一口飲み、大きく息をついた。彼はさっきから彼女の方を一度も見ていなかった。

カノンはカノンで最初に出会ったころの緊張も解け、リラックスして真田の話を聞いていた。彼の説明が終わったのを感じ、ありがちな言葉でその場をつないだ。

「他にも何か面白そうな国へ行ったのですか」

「面白いっていうのはその国の人に失礼になります。そうですね、私が行った別の国は、日本なら顔をしかめるような選挙制度を作った国があります。国の名前は言えませんが、税金を払う人にだけに選挙権を与えるという制度です。理由は簡単、選挙するにも金がかかるからです」

「時代に逆行しているわ。日本でも明治時代にあったはずよ。それこそ不平等じゃないの？」

真田の顔がほんのりと赤い。本当はアルコールに弱いのかもしれない。

「それでは聞きますが、選挙権はないが税金もなし、選挙権はあるが税金もある。人々はどっちを選ぶと思いますか」

「それは税金の額によると思います」

「私が行った国の人は、選挙権はないけど税金なしの方を選んだ人が、圧倒的に多かったのです。その国は空腹をなんとか満たすだけのような生活レベルでしたから」

　そう言って真田はまた夕焼けに目を戻し、話を続けた。

「その国も日本から見れば異質な国で、人々は伝統的な移動生活をしていました。だから税金を払ったこともなければ、選挙をしたこともないのです。部族の長や年長者がそれなりに役所の役割を肩代わりしていました。それが突然、国の制度が変わりました。ところが彼らは新しい選挙を好まず、税金を払うことも拒否したのです。

　世界の先進国と言われている国はどうでしょうか。私の見る限り、選挙権は権利だからあって当たり前、だけど税金は払いたくない。それでいて何か困ったことがあれば、国に助けてほしいと要求する。そんな印象です。これでは国の制度が持ちません。民主主義って結構カネ食い虫なんですよ」

「公務員が多すぎるのよ。それに無駄に金を使っているわ」

「税金はどんなに安くても不満が出ます。どんな制度も維持するには金が必要です。昔のローマ帝国時代、市民のサービスにかかる金は、他国を侵略したり、植民地から収奪したりしていました。国がそれ相応の理想でやって行くには、それに必要な資金が必要なのです。その資金を得るには、どうやら永遠の経済発展が必要なのです。これは可能でしょうか。ローマ帝国も植民地にする対象がなくなると、国が衰退に向かいました。まあ、この部分は私の個人的な考えですが。

事実上定年がなくなった現在の日本には、選挙もあり、選挙権が国民全員にあります。でも、税金を払わない人が半分いると思います。今は親からの遺産があるから回っているようなもので、それがなかったら、個人も国もとっくに破綻しています。

私が行ったその国のその制度を作った人たちも、子供が生まれなくなる世の中を想定していたわけではないでしょう。多分、世界中を調べてそうしたのだと思います。

世界には、民主主義イコール選挙と考えている国もあります。また民主主義は多数決でいいところを集めれば、素晴らしい政治ができる場合があります。けれども料理にたとえれば、皆の意見を集めて作った料理が、誰もが食べたくないまずい料理になる場合もあるのです。民主主義は成功という結果を約束してくれるわけではないのです」

このような選挙や税金の話題が自分の好みに合わないのか、カノンが話題を変えた。

「ふと思ったんですけど、真田さんは神様がいるって信じている方ですか」

「私は宗教の神を信じていません。多分、親の影響です。ただし日本人として、お寺や神社にはお参りに行きます。また自分がわからないことや回答できないことは、都合よく神様が決めたことにして、神様の名を利用します。

中学生のとき、友だちに誘われて近所のキリスト教会に行ったことがあります。私は入信したつもりはなかったのですが、牧師さんが私のことをジョンと呼び、そのときから、その友だちは私のことをジョンと呼ぶようになったんです。からかう意味もあったと思います」

「ジョンは音楽とは関係なかったんですね」

「関係ありません。海外に行ったとき、私は自称ジョンと名乗っていたので、残りの三人も自然に音楽グループのメンバー名になってしまったんです」

真田が無理に笑顔を作って、ビールを口にした。顔がかなり赤くなっていた。

カノンもビールを口にした。はからずもこうなってしまった奇妙な一週間だと、カノンは思っていた。ヤマト村で警察の様子をうかがっていたときや山を下りるとき、真田の目は仕事をきっちり遂行しようとする自衛隊員の目だった。それがこの老人の家に来てから、彼の目は優しくなり、言葉も穏やかになった。また自分に対する態度も、女性に対するまっすぐで紳士的なものとなった。仕事のことは一切口にしなかった。老人との会話は本当の叔父と甥のように見えた。

自分がここを逃げ出す可能性をどう考えていたのか。ちょっと町へ買出しに行ってくると告げて、彼は三度ほど家を離れた。そのたびに、食糧や衣類と一緒に、老人が好きそうな菓子を買ってきた。カノンにはついでだったからと言って、探したとしか思えないスイーツを買ってきてくれた。

また視線が合うと微妙に外すようになった。多分、照れ屋なのだ。カノンの胸から真田に対する恐怖のようなものが消え去り、信頼のようなものが生まれていた。奇妙な連帯意識も芽生えていた。それは男が女を意識し、女が男を意識する、それとも少し違っていた。本当に違っているのか、恋愛経験のない彼女にはわからなかった。自分が彼と老人のために食事を作り、うまいと褒められて喜びを感じ、ハッとなったことがあった。ただ、自分が本で読んだ男の人がいる家族の実際とは、こんな雰囲気なのかと思った。

彼とザ・ナイツの仲はどの程度なのか。今、彼は私の前に私的な部分を少しずつさらけ出している。アルコールのせいばかりとも思えない。おそらく私を、自分をさらけ出してもいい人間だと認めたからだ。それなら私も自分をさらけだそう。それが相手に対する礼儀ではないか。それに男性とこんなに打ち解けて話す経験は生まれて初めてだ。

2

カノンはごく自然に自分のことを話し始めた。

「私は真田さんとはまるっきり異なる世界で生きてきたように思います。物心ついた歳《とし》にはすでに母から離され、センターの施設に入れられていました。そこで三十七歳まで過ごしました。幼稚園、小学校、中学校、高校、大学と、機械的に教育を受けました。食べ物も、洋服も、したいことも、表面上は何の不自由もありませんでした。周りが全員そうでしたから、不自然な環境とは思いませんでした。

ところが四年前に、私はそこを追い出されました。そのときはお金も少しはあったし、何にも考えないで夢のような街、夜になってもまばゆい光に満ちた街、銀座、新宿、渋谷などに、毎日のように出かけました。とにかく遊びや買い物が楽しくて……。それがそのうち、なんだか空しくなって、ある日、気付いたのです。私って誰、どこの子なのって？

村に行って、母親に訊かれたとき、私は母親にはそう説明しました。半分は本当で半分は嘘です。お金がもう限界でした。でも、自分のアイディンテティー（identity）を見つけようとしたことは本当です。

母に会って、自分の名前の由来を聞きました。ヤマト村のお寺の観音様《かんのんさま》（観世音菩薩《かんぜおんぼさつ》）から採ったそうです。母のミロクの名は同じ寺にある弥勒菩薩《みろくぼさつ》が由来だそうです。私の祖母に当たる人が母の名をつけたそうです。私もその寺にお参りに行きました。境内には太い公孫樹《いちょう》の木があって、秋にはきれいな黄色の景色になります」

「そうだったんですか。観音様と弥勒菩薩ですか」

カノンが少し頬を緩めた。

「真田さんがさっき、『空腹をなんとか満たすだけの生活レベル』と言いましたが、あのヤマト村でも昔の人はきっと生きるのが大変だったと思います。お母さんが言うには村にはふたつの落ち武者伝説があるのだそうです。よくある平家の落ち武者と、もうひとつは源氏の落ち武者です。母はおそらくどっちの権力者がやってきてもいいように、二枚舌を使ったんじゃないかって言っていました。でも変ですね。母にも言っていないことまで、真田さんにはすらすらと話せるなんて……」

「思いを隠し続けることは苦しいことです。それを誰かと共有する。これでずいぶん楽になります。奥さんが旦那に言えないことを友だちに話す。旦那が奥さんに話せないことを同僚に話す。世間にはよくあることです。そこには多分秘密を自分一人だけで持つ苦しみから逃れるだけではなく、何か秘密を隠していると相手から疑われ、相手を傷つけることを恐れることもあると思います」

もうひとつは相手を信用しているから話すという人間関係の暗示、真田はこれを口にしなかった。カノンはそんなことを意識せずに話していた。他方、彼の方は彼女に信用されていると感じた。彼女の話はさらに続いた。

「お母さんは厳しい人です。思えば、情けないことに、私は本当に何もできなかったし、それまで全部他人が用意してくれたものを食べ、着て、住んで、遊んできました。センターを出て、村へ行き、お母さんに『一緒に暮らしたい』とお願いしました。

ところが実際生活してみると、料理はできない、畑仕事はできない、力仕事は無理、家の中の掃除すら満足にできませんでした。あげくに、村の中や畑や近くの山を自由に歩くことすらできませんでした。お母さんが私に言いました。母が死んでも、私が一人でも生きていけるように鍛えてやると。あなたは最後の世代だから、どんなに困ろうと誰も助けてくれる人がいない。いくら泣いても叫んでも、熊や猿は助けてくれないぞ、って。

こうも言ったんです。死ぬ時は人間として死ねるようにしてあげたいって。母は今でも時々紅《べに》をつけています。なぜだかわかりますか。動物と人間が違うのは文化があるからだって。こんな山の中のひどい所だから、いつ事故に遭うとも限らない。誰か助けに来てくれる場所でもない。畑や山で突然死が襲っても、人間の証《あかし》をつけて死にたい。あの世で両親や先祖に会っても、きちんと挨拶したい、そう思って……」

カノンが途中で涙声になった。しばらくしてまた話し始めた。

「お母さんにぶたれたことがありました。私は生まれてから他人に手を上げられたことがありませんでした。そのときは心底怖いと思ったし、『あっ、母は本気なんだ』と感激もしました。

一緒に生活していていろいろわかりました。母はヤマト村の生まれだけれど、お嫁にいって東京の生活の方が長いんです。いろいろなことも昔の細い記憶をたどって、私のために本やメモを見ながら、やっているのが実態なのです。

ある時、母と海まで行き、二人で実際に火を燃やして、塩を作ったことがありました。茶色の汚い色だったけど、皆私のためにやってくれているんです。機織り、米作り、野菜作り、料理、全部です。食料を得ることができて、初めて生きて行ける。最も単純で明解な原則です。それにささやかな行事や和歌や俳句……、これは人間であることの証明のようなものです。食べるだけなら動物も同じでしょう。動物は季節に感じて和歌を詠んだりしません。

私は母に会うまで、未来を考えたことがありませんでした。今思えば、ちゃらんぽらんだったんです。いつも誰かが与えてくれる生活があったし、誰も本当に私のことを真剣に考えてなんかくれなかったし、私自身だって自分のことを真剣に考えたことがなかったんです。この年にもなっても、一人では何にもできない人間になっていたんです。それを今、母が必死になって、普通の人間になるように、仕込んでくれているんです」

陽が落ち、空に月が出ていた。風もまったくなかった。二人はしばらく黙った。ぬるい空気が夏を示しているかのようだった。

カノンがまた話し始めた。

「お正月の話……。村に雪が降る前に、町に出て大きな魚を一匹買って帰り、塩をまぶして日陰につるしておきます。それを大晦日《おおみそか》に切って食べるんです。山の中では大変なごちそうなのです。大晦日は大掃除をした後、しめ飾りも新しくして、着替えて年送りの儀式、儀式といっても家にある神棚に榊《さかき》とお神酒《みき》を供え、ロウソクに火をつけて、手を合わせるだけ。半紙を切ってシデという紙を作るんだけど、神社でよく見かけるあのギザギザした紙、名前も知らなかったし、作り方も知らなかった。それもお母さんが教えてくれました。

元旦には正装して神社に初詣、帰ってきて形ばかりのお屠蘇《とそ》、お酒、雑煮をいただく。昔は親戚やご近所の人がお互いに年賀の挨拶に行き来して、大変にぎやかだったそうです。それから和歌を詠み、それを読み合う。二日は書初め、二人で好きな和歌を半紙に書く。お母さんはお茶をやっていたので初釜、七日は七草粥《がゆ》……。でも、三年のうち一回は大吹雪で、初詣の日にちがずれたんです。

年越しも正月も、こんな年齢になるまで、私は毎年なんとなくテレビを見て、神社に初詣に行ってただ手を合わせてきました。村にはテレビがないけど、一年無事だったことを感謝しながら神様に手を合わせ、少しばかりのごちそうをいただく。初詣で今年一年の無事を祈り、手を合わせる。最初はとても感激しました。失敗もありました。今年は三度目だから驚かなかったけど、やはり厳粛な気持ちになりました。

それに最初の冬、『凍《い》てつく』という言葉の意味がわかったような気がしました。季節ごとにお母さんはそれなりに行事を行い、私にその作法を教えてくれています。確かに私はセンターの学校で教育を受け、英語も多少はわかるし、コンピューターも使うことができます。その一方で、年の越し方も正月の迎え方も知りませんでした。七草粥の七草の名前さえ知りませんでした。学校教育で言えば、私の方が高いのかもしれませんが、本当は何にも知らなかったのです。それまでは黄色いくちばしで、ああだ、こうだ、と理屈ばかりをこねまわし、そのくせ、いつもイライラしていました。

村に来て、それはセンターの食事と比べれば粗末なものだけど、キュウリはキュウリの味をしているし、トマトはトマトの味をしっかり出しています。それに心が落ち着いています。考える暇がないほど忙しいからと思ったこともあったけど、違っていました。ある日、自分が強くなったことに気付きました。くよくよしなくなり、何でも自分でするようになり、困っても自分で考えるようになりました。昔、習った言葉で言えば、肉体の自分と精神の自分が一致したからだと思います。これもお母さんの厳しいしつけのお蔭《かげ》だと、とても感謝しています」

庭で虫が鳴きだした。遠くに小さな光が見える。蛍かもしれない。

「お母さんは村に移ってから、『いい歌が詠めるようになった』と言っています。私も何となく、その雰囲気がわかります。風が吹く、雨が降る、雪が降る、あそこだと、家の中にいるのに、外と切れているって感じがしないんです。風や雨が泣いたり語りかけたりしてきます。山に入ると若い木は滑らかな木肌で、太い老木はあちらこちらが折れたり瘤《こぶ》を作ったり、その上に木肌はざらざらごつごつしていて、苦労したんだなって、思わず語りかけたくなります。

草は草の命を持ち、木は木の命を持っている。万物には命がある。そのような感性を磨かないといい歌は作れない、お母さんにそう言われました。お母さんは石や鍋にまで命があるって言っています。私はそこまでは思いませんが、お母さんの歌は擬人化やただ自然が美しいだけとも違うんです。何て表現したらいいのかわからないけど、自然の空気と一緒に呼吸しているって言うか、私なんかとは感性が違うんです」

「幸せそうですね？」

「はい、充実していました。ところで真田さんのお母さんは？」

「私が小学生の時に、病気で死にました」

「ごめんなさい。触れてはいけないところに触れちゃって」

「いや、多分、生きていたら、きっと心配をかけ通しだったと思います」

「私もお母さんに迷惑をかけています。私が変な体に生まれたばかりに……。ＺＸＹとかいうＤＮＡでなかったら、何も起こらず、村で平和に暮らせたのに。警察に事件がはっきりするまで、私をセンターに戻すって言われたときは、ぞっとしました。どうしてだかわかりますか。いろいろ身体をいじくり回され、切り刻まれ、死んでも天然記念物の希少動物のようにホルマリン漬けにされそうで
……」

「いくらなんでも、そこまではしないでしょう」

3

しばらく沈黙が続いた。そのうちカノンの声が一段低くなり、暗いこもった口調で話しだした。

「これは母にも打ち明けられませんでした。私の心には無理やり傷つけられた、決して消えることのない傷があります。幾つになっても生々しすぎて、思い出したくもないことですが、決して風化してくれないのです。

私が十八の時、ハンサムな医師がいて、私はその男を好きになりました。ところがその男は、『妊娠するかどうかの実験だ』と言って、仲間の医師たちと一緒に私を強姦《レイプ》したのです。センターは屑《くず》どもの集まりです。センターの中で娼婦《しょうふ》のようになった子もいます。若い女性が『研究のためだから』と言われて、台の上で脚を開くことを強要されてきました。あの場所を出るまで……。

私はある時、言いました。『私の人権はどうなっているの』と。そしたら、笑ってこう言われたのです。『衣食住、税金で生きている人間には、人権なんてものはないんだよ。何なら山でも海でも行って、私には人権があるって叫んでみな。食事なんか出てきやしないぞ』って。

最終的に、私には外に逃げ出す勇気がありませんでした。ただ面白おかしくあそこで生きる。本も音楽もコンピューターも、それなりの限定的な自由もあった。そんな生活に慣らされ、何かおかしいと気付いていても、もうどこにも行けなくなっていたのです。

それが私に生理がなくなると、『もうお前は女じゃない』と言われて、研究協力費名目の二百万円をつけて追い出されたのです。それが若い女性に台の上で脚を開かせ、体をいじりまわされた代償だったのです。センターにいたときは、実験動物のままで死んで行くような気がして、たまらなく嫌でした。

センターを出て、やっと束縛から解放され、自由になりました。しかし内心傷つきました。もうあなたは女ではないという言葉は残酷で、胸に突き刺さりました。もうあなたは人間ではないと言われたような気がして。センターを出て完全な自由になったけれど、とても虚しく、妙な気分でした」

長い沈黙があった。やがて真田が詫《わ》びるように言った。

「自分はずっと男の世界で生きてきました。女性のことはよくわからないし、女性とこんなに話したこともありませんでした。でも男の一人として、やつらが君にやった非礼はお詫びします。誠に申し訳なかった」

「何も、真田さんが謝ることはないわよ」

「いいえ。自分もそこにいたら、きっと笑いながら仲間になっていたと思います。自分はこれまで、それほど真剣に女性のことを考えたことがありませんでした。自分の心の中に、女性を真面目に考える思いがなかったのだと、あなたの話を聞いてやっと気付きました。この年齢になって気付くなんて、ほんとにアホですね」

「真田さんのことを、ちゃんとわかってくれる人がいなかっただけよ」

「そう言ってくれるのはありがたいのですが、きっと自分のどこかで女性を物扱いしていたんです」

「真田さんって、外見より優しいじゃないの」

「そう急に言われても……」

真田が狼狽《ろうばい》した。カノンはさらに続けた。

「私はセンターを出て、もう一度、母の子供になることをやり直し、初めて人間の生き方を教えられたような気がしました。初めて人間になったような気がしました。たった三年だったけれど。

あなたは信じられないかもしれないけれど、センターを出た頃の私はガリガリに痩せていて、白髪頭の、ポパイのオリーブのようでした。それが村で生活するようになって、炊事洗濯、薪《まき》割り、森での枯れ木拾い、野菜作り、米作り、機織り、草木染め、神社やお寺の掃除、体がいくらあっても足りなくて猛烈に働きました。だからお腹も空きました。食事も好き嫌いしてはいられず何でも食べました。食事もたっぷり摂るようになりました。それでも疲れが取れなくて、夜は横になるとすぐ眠りました。そんな生活を半年一年と続けるうち、筋肉もつき、身体も毎日に適応できる身体になってくれました。村に来たときは髪には白髪が混じっていたのに、今はずいぶん減ったように思います」

真田はカノンを背負ったときの石鹸の匂いと、女性特有の柔らかい肉体の感触と、耳元で呼吸する彼女の艶っぽい息を覚えていた。

「子供が欲しいですか」

「どうしてそんなことを？」

「そんな気がしたものですから……」

「子供は欲しいわ。一人で死んでゆくのは怖いもの。それに子供がいたら、きっと母が喜ぶと思うわ。センターにいて私は研究用に卵子を採取されるとき、心の中で叫んでいました。絶対に子供になるなよって。でも今ならそうは言わないわ。お前の祖母になる人のためにも、かわいい子供になってくれって」

「そうですか……」

「でも残酷な思いよ。仮に子供が生まれたって、一人や二人でどうやって生きて行くの？　このままだとその子供たちだけが残ることになる。真田さんの話では、米国やロシアでは子供が生まれているって聞いたけど、日本に子供が産まれても、その子供は太平洋なんか横断できないし、モスクワまで旅することもできないわ」

「だから今、世界中が必死になってZXYを研究しているんです」

「それで、佐渡《さど》の最後の朱鷺《とき》（英語名Japanese《ジャパニーズ》 Crested《クレステド》 Ibis《アイビス》）のように、私を捕らえようとしているのね。私は朱鷺じゃないわ。人間よ。それに私はセンターを絶対に信用しない。米国に行って、そこで研究するなら協力するかもしれないわ。でも、母はヤマト村を絶対に離れないし、私も二度と母と離れたくないわ」

「米国でも同じ扱いかもしれませんよ。二十四時間監視の……」

「見えていない分、よく考えているのかもしれません」

「でも、そんなに日本って国を信用できないですか」

「日本は好きよ、自分の国だもの。でも運営している人たちが信用できないのよ。私の身体をオモチャにしたセンターの医師たち。私を一人では生きていけないように育て、私の青春も、私の権利も、私の誇りも、全て奪った。確かにお金はもらった。だからどうだって言うの？

人間には、お金では替えられないものがある。子供が生まれなくなってから、これは人類の問題だって言うけど、本当は誰の問題なのですか。人類の誰なのですか。政治家、男、女、東京、地方、一体、誰が問題にしているのですか。

少なくとも私は違う。今回もまた大変な目に遭っている。人間の幸せなんて言って、平然と動物を滅ぼし、植物を滅ぼし、皆のためなら仕方がないと言っている連中、自分が安泰なら他人の不幸なんて見て見ぬふりしている連中、弱い者の味方なんて言って、自分は大きい家に住み快適な生活を送っている連中、そんな連中が言っているだけじゃない」

真田が語気を強めて言った。

「それは違う。貧しくつつましく生きている人も心配しています。明日死ぬかもしれない人も日本の先行きを心配しています。きっとあなたのお母さんだって、心配しているはずです」

「私にもう一度センターに戻れって言うの？」

「カノンさんの心情もよく理解しているつもりです。けれど、国があなたを必要としていることも事実です。また、あのヘリコプターの連中のように、誰かがあなたを狙っていることも事実です」

「ここのお爺《じい》さんの携帯テレビが言っていたでしょう。真田さんは今、誘拐犯人にされて、追われているのよ。自衛隊は仲間ではないのですか。それとも誘拐犯人にされることも作戦なのですか」

「それは言えません」

「そうね。言えないわよね。でも、なぜ私がＺＸＹとかいう女なのよ。それさえなければ、お母さんと静かにあの村で過ごせたのに、もうこんな世の中とは縁を切りたいわ」

真田がカノンの目をきちんととらえて、ゆっくりと噛《か》み締めるように言った。

「自分はこれまで、国民は国に尽くすのが義務と思ってやってきました。あなたが国に協力したくないというのは、単なる身勝手、わがまま程度に考えていました。ところが、家の中のあなたを見て、あなたの話を聞いて、そんな単純なことではないってことを思い知らされました。あなたにも、あなたのお母さんにも、国にも、それぞれに言い分があります。多分、それぞれに正義があるのでしょう。また法で裁くことに適さない対象外がこの世にはあるのでしょう。自分は誰も不幸になることを望んでいません。特に今の自分の直感は言っています。あなたを傷つけようとする人間から、あなたを全力で守れと」

4

翌日の朝早く、真田とカノンは車で老人の家を出た。少し走り、非居住区の目立たない家の一軒に寄った。その家の道路から見えない場所に軽自動車が駐車している。彼が口笛を吹くと、中から一人の初老の女性が顔を出し、カノンをちらりと見てから言った。

「その子かい」

「頼むよ、最大限《マックス》二時間半で」

「問題ないわ。そしたら時間を無駄にしたくないから、さっそくかかります」

真田はカノンを促した。彼女が家に入ると、彼はどこかへ消えた。

初老のお婆さんに見えた女性は化粧のプロだった。人生のほとんどを役者や芸能人や歌手などの顔を作ってきた。

二時間後、この女性によってカノンは、毛先にパーマをかけた栗色のウィッグ（かつら）をつけた。目の虹彩《こうさい》には灰色のコンタクトをつけ、濃い目の化粧で洋顔に作り、その上に色の薄いサングラスをかけ、ハーフタレントのCそっくりになった。

着替えた衣服は一般人より少しだけ気取ったもの、そばに取手が伸びるタイプのキャスタが付いた洒落《しゃれ》た小型の小旅行用のスーツケース、肩のショルダーバックもブランド品、手には派手な形のおしゃれな帽子である。外見はそのタレントが地方に仕事で来たように見える。

近くでよく見たら別人でもいい。それらしく見えればいいのだ。彼女を見た人は、芸能人を見た、あれは本物よ、そっくりさんよ、似ている人を見たなど、その芸能人の印象が強くなればなるほど、カノンという人間は消える。

徹底的に他人になるために化粧をする。カノンにとっても、このような経験は人生で初めてだった。鏡を見ながら、「これはおしゃれではない」と思い、変わって行く自分に驚きながらも、ある意味、楽しみ、興味深く感じていた。

新しいカノンの外見ができあがった頃、真田の方はどこかで、企業の役員クラスの出張に見える格好になって戻ってきた。変身した彼女を見て、彼は小さく口笛を吹いた。

真田は初老の女性に礼を言い、カノンと二人で車に乗り込み、その家を離れた。そこから市内には行かず、二番目に近い新幹線の駅に向かった。彼の変身は街で、あの初老のお婆さんの亭主がやってくれたそうだ。助手席のカノンは、彼が朝帰りした夜はもしかするとあの家で寝ていたのかもしれないと思った。でも、口にしなかった。

郊外のホテルの近くで彼女を降ろし、真田は新幹線の駅まで移動し、車をパーキングに入れ、そこから駅まで歩いた。

駅構内には制服警官が複数立っていた。それだけ確認すると、彼は新幹線に慣れている風を装って、自動券売機で東京までの切符を買い、駅構内の売店では悠々と紙コップのコーヒーを買い、警官と出入口が見える長椅子に座った。

コーヒーを飲み終わらないうちに、カノンがタクシーで現れた。地方にしては少し派手な服装、それに合う栗色の髪、白い帽子を背中に垂らし、色の薄いサングラス、肩にかけたショルダーバッグ、小旅行用の小型のスーツケースを引いて、耳につけた金色のイヤリングを揺らしながら、彼女は駅構内をさっそうとハイヒールで靴音高く歩いている。彼女を見た女性の声が真田にも聞こえた。

「あれ、タレントのCHIEMI《チエミ》（架空）じゃない？」

笑みを隠して、真田はさりげなく腕時計を見た。

その頃、真田の仲間ジョージたち二人は、その新幹線駅に近い道の駅『ロウリングヒル』にいた。そこにいた警官は車のナンバーを次々に本部に報告していた。その答えは短時間で返ってきた。二人の警官がジョージたちに寄ってきて訊いた。

「失礼ですが、少々、時間よろしいですか」

「いいよ」ポールが子供っぽい笑顔で答えた。

「我々はヤマト村で起こった誘拐事件の犯人を追っています。この車両は自衛隊のモノとなっていますが、あなた方は自衛隊員ですか」

「そうですが、まさか俺たちを誘拐犯人だと疑っているんですか。俺たちは休暇で湯ノ沢温泉までやってきただけです」

「何か、身分証明書を持っていますか」

「持っているよ」

三人は身分証明書を出した。

周囲とはちょっと異質なカノンは切符を買う窓口に並び、周囲の視線を浴びつつ、無言で多少の笑みを振りまいていた。

彼女は切符を買うと自動ドアから出てきて、まっすぐ改札口へ向かった。おそらくこのとき、警察が設置した彼らの呼び名で容疑者検索システムを組み込んだカメラが、彼女を捉えていたに違いない。ところが機器は彼女をカノンと検知しなかった。

彼女は改札口の横に立っていた制服警官の目の前を気取って通り抜けた。警官は威厳を見せただけで彼女に声をかけなかった。それを見ていた真田は椅子から立ち上がり、改札に向かった。

本人認証システムから発達した容疑者検索システムは、人混みの中から特定の人物を見つける能力を高めてきた。だが、それから逃れる技術も並行して発達した。カノンのサングラスはその中のひとつで、機器側の認証データを微妙にずらすのである。

さらに機械をカバーするはずの警官の目は、犯人に拉致されている女性という思い込みが強く、一人で堂々と行動している女性を、自分が捜している対象とまったく考えていなかったのである。

カノンと真田が新幹線ホームに立った一方で、道の駅『ロウリングヒル』では警官たちとジョージたちがまだやり合っていた。身分証明書と休暇届のコピーを出して、三人はやっと解放された。三人は笑顔で複数の制服警官に敬礼して、そこを離れて道の駅を出ると、次のランデブーの場所に向かった。

「きびしいな。次で会えるといいが……」

ジョージがそう言って、音楽のスイッチを入れた。

真田とカノンが乗った新幹線は、たいして混んではいなかった。派手な格好にサングラス姿の彼女は指定された座席にいた。彼は同じ車両の少し離れた場所に、他人のような顔をして座っていた。

そして——時間後、真田とカノンが東京に到着した後、ネットに奇妙な暗号が投稿された。発信者は《The《ザ》 Gold《ゴウルド》 bug《バグ》》、受信者は人気タレントの《フォーチュネイト・ボーイ》の公開アドレス。それは次のようなものだった。そのタレントはすぐ「皆でこの暗号を解こう」とネットで呼びかけた。この暗号文の隅に小さな黄金虫のイラストがあった。（注意：なお暗号原文は横書きである）

898(38*--:6953‡0††?3645¶85zx:--5*:‡?98(;w6;498‡*5--(8)--8*59‡‡**634;

693‡6*3;‡;45;.35--‡:‡? k**‡w‡1551‡

# Ⅵ　追跡

## 1

マキ市警察署。

　武田ら三人は調査を意欲的にこなしていた。だが、意気込みと成果は必ずしも比例するものではない。居住区を東西南北四つに分け、四日かけた調査は、ヤマト村の事件とは関係のない別の事件の容疑者が数人出てきたが、ヤマト村関連の人間は一人も出ず、怪しい人間も見つからなかった。

　成果が出なければ口数も減る。次は一挙に範囲が広くなる非居住区だった。家に人が住んでいる、いないに関わらず、全部一軒ずつ調べていった。

　非居住区の調査二日目、武田たちが幹線道路から外れた場所を車で通過したとき、彼は危うく見落としたが、同乗の加藤は見落とさなかった。

「洗濯物がありました。人が住んでいます。不審な人物を見なかったかどうか確認しましょう」

「確かあそこには昔大工だった爺さんが住んでいるはずです」と、吉田が追加した。

　最初は彼らの認識も特別なものではなかった。ところが、その家の庭に車を乗り入れて、車から出たとき、足下にタイヤ痕があった。横の車庫には爺さんのものらしい軽自動車があった。

「係長！」

武田が黙ってうなずき、顎と目で指示した。彼が正面、加藤と吉田が左右から家に近づき、拳銃ホルダーのボタンを外して身構えた。

突然、作業場の戸が開くと、鉋《かんな》を手にした老人が顔を出した。

「誰だ、あんたらは」

武田が目で合図し、老人を見て笑顔を作った。

「警察です。ご存知だと思いますが、女性を誘拐した犯人がこの地区に逃げ込みまして、不審な人間を目撃しなかったかどうか、お伺いしたいと思いまして……」

老人はぶすっとした表情で言った。

「ほら、そこを見ろ。電柱がある。だが電気は来ていない。ガスも水道もいつのまにか使えなくなった。ガスはプロパンになり、水道の代わりに井戸を掘った。こっちは一人で生きている。家の外で起きていることは何も知らん」

「お爺さん」と加藤が言った。「この庭に車のタイヤ痕が残っていますね。誰か来たんでしょう?」

「ああ、来たよ、わしの甥だ」と、老人は不機嫌に言った。

「確かあなたの甥ごさんは、五年前に事故で亡くなったはずだ」と、吉田が決めつけた。

「いいや、甥は死んでいない。ほれ、そこの石垣、しっかり直してくれた。嫁は優しかったし、料理もうまかった」

「お爺さんは騙されているんですよ」

「騙されて何が悪い。お前たちはわしに何をした。電気を止め、ガスも水道も止め、健康保険も使えないようにしただろう。わしはずっと真面目に働いてきたのに、国は嘘ばかりついて、わしらを騙してきた。わしはここに住んでいるが、お前たちの世話になっておらん。わしは日本国民だと思っているが、国の世話にはなっておらん。警察だろうと誰だろうと、とやかく言われる筋合いはない」

「その甥ごさんはいないようだが、出かけたんですか」と武田が優しく誘った。

「あんたが責任者かい。少しは口の利き方を知っているようだな。残念だが二人は三日前に、この家を出て行った（実際は四日前。老人は軽度の認知症である）。わしにソーラー方式の新しい小型テレビをプレゼントしてな。あんたたちもわしに何かプレゼントしてくれるのかい」


結局、武田が鑑識を呼んで老人の家を調べた。本部から人が来ているので、何も出ないことも考えて、昔からの馴染《なじ》みの一人に頼んで来てもらった。老人の前でいつも手袋をしているわけにはいかなかったはずだ。指紋、髪の毛の採取が試みられた。

この時代、日本列島の中にいる人間は全員、ＤＮＡと指紋が登録されていた。県警がそれを活用できる対象は県内だけで、全国のデータを見ることはできない。結局、採取した指紋もＤＮＡデータも県内データには存在しなかった。そこで先の誘拐事件の関連とは一文字も書かず、単なる窃盗事件の調査依頼として、正規ルートを通じて東京に送られた。このときも、県警本部から来た刑事たちは、現場の刑事たちが窃盗事件の調査をしているとしか見ていなかった。

東京からの返事は、間に土日があり、翌週の月曜日に届いた。指紋と毛髪のDNAは公務員真田一郎と日本未来センター、ヤマト・カノンの名前だけを表記したものだった。顔写真や現住所などの要求はまた別の手続きが必要となる。

だが、武田はヤマト村へ行く前に、会議の席で、母親が娘を売り渡そうとしている、娘の名はヤマト・カノン、母親の名はミロクと聞いていた。

「ヤマト・カノン、あの娘だ。母親もそう呼んでいた」

武田は加藤と吉田にメールを見せた。すると加藤が言った。

「犯人はやっぱりあの爺さんの家に潜んでいたんだ。けれど、センターにいる女がなぜ村にいたんですか？」

「センターをおん出されたんだろう。いいから早くプリントしろ」

そう言って、仏頂面の武田は部屋の隅のプリンター機器の横で出力を待った。

その出てきたプリントを一読し、武田は加藤と吉田に言った。

「行くぞ」

武田を先頭に三人は、形の上では上司になっている県警本部から来た井上《いのうえ》課長のデスクの前まで行った。

「少しお時間、よろしいですか」

井上課長が、まさかパワハラされたと訴えるつもりではないだろうなと、驚いた表情を見せた。

「どうぞ、これを見て下さい」

武田は厳しい顔でプリントを課長に差し出した。

井上課長はそれを一読するなり表情が一変した。武田の顔を一度見てから、立ち上がって、県警本部から来ている刑事の名前を大声で呼んだ。そこから空気が一変した。

井上臨時課長は自分が指示して、犯人と誘拐された人質が潜んでいた場所を特定した内容にして、県警本部と東京にメールした。

## 2

警察庁。

メールを受け取った山下は直ちに公務員真田一郎の身元を調べた。それからパソコンを抱えて、局長室に駆け込んだ。

「局長、誘拐犯人がわかりました。自衛隊員です」

「自衛隊員？」

酒井局長は、もう公務員の犯罪はうんざりだという表情を見せた。

「この資料を見て下さい。名前は真田一郎中尉、自衛隊がチームで動いているのではないでしょうか？」

何のために、と言いかけて、局長は真田中尉のその略歴に元ＰＫＦリーダーの文字を見て、嫌な予感がした。が、局長が頭に浮かべたことを、山下が先に口にした。

「まさか、自衛隊が日本を牛耳ろうと企んでいるのではないでしょうね。自衛隊は誕生の経緯から、どちらかと言えばママコ（継子）扱いされ、震災や台風さてはＰＫＦと、国の肉体労働にあたる部分を主に担当してきました。彼らがもっと日の目を見たいと思っても、無理はないかもしれません」

局長は冷静につないだ。

「ＺＸＹ型女性が自衛隊に押さえられたらどうなる？」

「何が、ですか」

「政府だ、政治家たちだ」

「それは……」

山下は最後まで言えなかった。

局長がややかに言った。

「政治家は自衛隊の言いなりにならざるをえないだろう。我ら警察は自衛隊と戦って勝てるか」

山下は急にぞっとした。局長は続けた。

「人数の戦いではないぞ。こっちは拳銃や狙撃銃だ。あっちは規模が小さくなったとは言え、戦闘機、駆逐艦、戦車、装甲車、重火器をまだ持っている。たった一人の女で革命が起きてしまうぞ。何か、打つ手はないか」

そう言って局長は宙を見つめた。その姿に山下は声もかけられずにいた。

しばらくうなっていたが、局長は口元を引き締め、覚悟を決めたように山下に向かって言った。

「山下課長、誘拐された女性がＺＸＹ型であることをマスコミに発表しろ。それからカムイ研究所の副所長が外国勢力に買収されていたこと、ヤマト村事件には外務省職員、海外に出ていたＮＧＯの技術要員、彼らも外国の手先になって関わっていたことも公表するんだ」

「しかし、局長、それでは……」

「何を言っているんだ！　メンツにこだわっている場合ではない。君は国がどれほど深刻な危機に陥っているかわからんのか。自衛隊とは言え、犯罪は断じて許さん。国民の目を事件に向けさせるんだ。犯人をあぶりだすんだ。自衛隊員とて罪を犯せば拘束するんだ」

「しかし、それでは……」

「いいか、民主主義を守るにはこれしかない。国が残ってもデタラメな国なら意味がない。ＺＸＹ型女性のことをマスコミに公表すれば、マスコミは大騒ぎになる。その女性が誘拐されたとなれば、国民の目は全部そっちに向く。誘拐拉致したのが自衛隊員となれば、自衛隊は批判を浴びる。これを必ず言うんだ。『警察は犯罪を決して許さない。公務員だろうと、誰だろうと、犯罪者は逮捕する』と。私はこれから長官に会う。今、言ったことをすぐやれ。ただし、まだこの真田とかいう中尉の名前は伏せろ。温存しとけ」

「A県警本部とマキ市警察署にはどの程度の情報を出しますか。現状は真田一郎が公務員、カノンは未来センターとなっていますが、正式なルートで問い合わせが来れば、対応せざるを得ません。それに情報を隠しても、警察に入り込んでいる何食わぬ顔をしたネズミやモグラ（スパイのこと）がネットに暴露するかもしれません」

「A県警本部にはメディアに流すニュース内容を先に知らせろ。それから真田一郎が自衛隊員であることは知らせてもいいが、詳細な情報は防衛省の反応を待った後だ。今、防衛省とケンカするのはまずい」


田中《たなか》防衛大臣は佐藤首相に呼ばれた。

ZXY型女性誘拐事件の関連で自衛隊も何か協力してほしい、大臣はそう言われるかもしれないと思いながら官邸を訪れた。案内された部屋には首相と渡邊警察庁長官がいた。聞かされた内容は大臣の腰が椅子から浮くほどの屈辱だった。

防衛大臣は一言の弁明もできず、腹に屈辱と怒りをかかえたまま庁舎に戻った。そして、真田一郎中尉直属の上司にあたる柳生大佐、その上の中村《なかむら》幕僚長を執務室に呼び出した。

その派手な化粧の大佐は大臣の問いに平然と答えた。

「真田中尉は休暇を取っております。これまでの休暇もたまっていまして、今回は二週間の休暇が申請されています」

　この女狐《めぎつね》め、と腹の中で罵り、ブロンドに染めた髪に目をやってから防衛大臣が言った。

「彼のチームは今どこにいる？」

「仏が原（架空）での定期訓練に行かせました」

「仏《ほとけ》が原って、事件のあったヤマト村に近いではないか。まさか、君が？」

「言いましたように定期訓練です。幕僚長の許可もあります」

　中村幕僚長が横で困ったように顔をしかめた。

「もし本当に誘拐犯人が真田中尉なら、それは休暇中の個人の犯罪です。自衛隊も、我々の部隊も、一切関わりのないことです」

　平然と答えた彼女をにらんで、大臣がどなった。

「いいか、大佐、ギリギリのところで、まだ中尉の名は隠されている。中尉が休暇中とは言え、これは君の責任だぞ」

　大佐が姿勢を正して、目をつり上げてきつく言った。

「そこまで言われるなら責任を取りましょう。ところでお聞きしますが、その責任とは何でしょうか。警察は池田譲治の自殺を未然に防げませんでした。また彼は自殺でしょうか。さらに日本未来センター・カムイ研究所の警備に至ってはどうでしょうか。保存されていた卵子を副所長に盗まれ、それも破壊されてしまいました。とてもひどい惨状です。日本は外国からきっと嘲笑されているでしょう。

おそらく、真田中尉は我慢できずに、女性の身柄確保に動いたのだと思います。また、私の耳に入っている情報では、女性を拉致しヘリコプターで逃げようとした連中は、外務省の職員とＮＧＯの人間だとか。いずれにせよ、中尉がいなければ、彼女はとっくに外国の勢力に拉致されていました。この国の警察の失態は何ですか。日本は今、持つ国か、持たざる国になるかの瀬戸際です。警察と正面きって対決しないようにするには、個人で動くしかなかったのです。それとも国の非常事態に、自衛隊員は大砲の弾を磨き、いつ使うかわからない銃の手入れをしていろとでも言うんですか」

このような時の女性は強い。大臣と幕僚長が女性大佐の勢いに押されて、大臣が弁解するように言った。

「日本は民主国家だ。なぜ手続きをしない。意見があれば口に出して言えばいいだろう」

「失礼ですが、大臣も幕僚長も、国の危機だから自衛隊も協力したいと首相に進言しましたか。私の耳にはそのような話は一切伝わってきておりません」

「政府には、自衛隊の口出しを好まない連中がはなはだ多いのだ」と幕僚長が弁明した。

「そうして、ああだ、こうだと議論するうちに、池田譲治が死に、卵子が盗まれて破壊され、今度も外務省職員ですか。真田中尉が助けなかったら手遅れになっていました。手続きをだらだらしているうち、見えない敵はどんどん手を打ってきています。ここは我々自衛隊が踏ん張らない限り、この危機は救えません。警察はとても信用できません」

「わかった」大臣がさえぎった。「大佐の言うことにも一理ある。私が首相に協力を申し入れなかったのは、警察がこれまで我々の協力を無視し、警察だけでやるという雰囲気が見え見えだったからだ。大佐が言うように、今は日本の危機だ。我々としても黙っているわけにはいかない。それでは尋ねるが、真田中尉は女性を確保しているのか」

「はい。女性は中尉が確保しております。それは明らかです。しかし、第一ポイントでの回収は失敗しました。警察が自衛隊の車両を点検しに来たそうです」

「何だと？」

幕僚長の顔がみるみる怒りの朱に染まっていった。

「第二ポイントも失敗しました。すでに真田中尉は第三ポイントに向かったと思われます」

「連絡は取れないのか」

「連絡は取り合っておりません。おそらく電話は携帯電話、公衆電話、個人電話、全て盗聴されていると思って間違いありません。それにネット空間も同じでしょう。真田中尉はこれまでミスしたことがありません。最後は自衛隊のどこかの施設に女性を連れて戻ってくると信じています」

「頼もしいな。私とて日本の先行きを案じている。真田中尉の動向がわかったらすぐ報告してくれ」

そう言うと、大臣は大佐の退室を促がした。

彼女が部屋から出て行ったのを見てから、大臣が言った。

「中村幕僚長、もしＺＸＹ型女性の身柄を自衛隊が確保できたらどうなる？」

「首相は大喜びするでしょう」

「警察の連中は？」

「中尉と女性の身柄の引き渡しを求めてくると思います」

「君はすんなりと渡す気なのか」

「と、おっしゃいますと？」

幕僚長が大臣の腹を推測し、とぼけた表情を作って言った。

「すんなりと渡すことはないと思います。自衛隊にも病院はあります。研究者なら自衛隊に来ればいいんです。何しろ自衛隊は日本で一番安全な場所ですから」

「もし中尉が逮捕されたら？」

「私も大臣も辞表を書かされると思います。大佐は逮捕されるでしょう」

「ここは中尉に賭けるしかないな。それから、事件の捜査などと称して防衛省の管轄に入ろうとする警官が来たら、身体を張ってでも、一歩たりとも入れてはいかんぞ。いいか、幹部たちに指示しろ」

「わかりました。大至急、指示します」


マキ市警察署。

武田は井上課長が電話対応に困ったときのために横に控えさせられていた。県警本部から来ていた刑事たちは、加藤と吉田の案内で元大工の佐々木老人の家を訪れ、すぐに老人を連行して警察署に戻ってきた。

　軽度の認知症を持つ老人の尋問は大変だったが、刑事たちが手を替え、品を替え、二人が車で家を出た日時をやっと割り出した。そこから道路や駅を中心に防犯カメラの記録が徹底的に調べられた。そうこうしているうちに、東京から『秘密厳守』の文字つきで、真田一郎の略歴つき顔写真が井上課長の元に返信されてきた。その画像は直ちに容疑者自動検索システムにセットされ、過去の記録の検証がなされた。その結果、新幹線の駅の記録から真田一郎の映像が検出された。

「出たぞ！」

　そのパソコンはすぐ会議室の大型ディスプレイに繋がれ、幹部が居並ぶ中で映しだされた。真田一郎は四角の赤枠で囲まれ、顔が最も鮮明に見える箇所で静止画にされた。

　すぐに「女は？」の声が出た。

「女はシステムに引っ掛かりませんでした。別の手段で移動したと思われます」

　オペレーターはそう答えた。

　警察署内の、事件とは全く関係のない部署の幹部までが会議室にやって来た。そして、最も関係していた武田が真田一郎の顔をディスプレイで見たのは、警察署の役職者全員がその顔写真と個人情報を見た後だった。

　武田は真田一郎の顔をディスプレイで直《じか》に見る前に、すでに署内で交わされている会話が漏れ聞こえてきて、真田一郎が自衛隊員、それも元特殊部隊、ＰＫＦ隊長であることを知った。それは彼に驚きと納得をもたらした。

すでにオペレーターもいなくなった会議室で、署内では最後に、武田は部下の加藤と吉田と一緒に、真田一郎の人物像に赤い枠が表示された映像を見た。

「オー、いたぞ」と、吉田が声を挙げた。

「女は?」と、加藤。

「いないようだ」

「どういう事ですか」

「新幹線は使っていないってことだろう。おそらく別の仲間が、改造した長距離トラックの荷物の中に隠して、すでに東京あたりに移送したんだろう」

「いずれにしても、俺たちがあの爺さんの家に行く四日前に、二人は家を出たということですね」

「悔しいけどな。俺の判断ミスだ。非居住区の方から先に捜査していたら、二人を捕獲できていたかもしれなかった」

「居住区か非居住区のどっちかなんて、あのときは判断できませんよ。それに土日挟んで丸三日、東京からの返事が遅れたんですから、俺たちは頑張りましたよ」

武田が声を落として言った。

「慰めはいいよ。確かに一矢《いっし》報いることはできたが、まだすっきりしないよ」

3

カノンの母ミロクだけが蚊帳《かや》の外にいた。

当初は気がおかしくなるほど尋問されたが、今はそれもなかった。鍵のかかった部屋でただ想像するしかなかった。

彼女はぼんやりする時間の中で「万葉集」（日本最古の詩集、759年頃成立か）の歌、「（4401）韓衣裾《からころむすそ》に取りつき泣く子らを置《お》きてそ来《き》ぬや母《おも》なしにして」を思い出していた。

外国風の衣服を渡され、防人《さきもり》（古代の国境警備兵）に徴用された地方の男、それも妻を亡くし、裾にすがって泣く母のない子供のいる男やもめである。そこには地方役人と村の有力者による暗黙の合意、村の中で最も弱い立場の男を徴用対象にする臭いがしてくる。そうされた親子の悲しみの情景が浮かぶ。無理やり引き裂かれる親子の別れとは、こんなにも切ないものなのか。共通の記憶はたった三年とは言え、カノンは我が子なのだ。

突然の音に、ミロクは現実に返った。

ドアがノックされ、係官が出るように促した。係官について行くと亡くなった夫の知人の弁護士が待っていた。ミロクはその顔を見てホッとした。この弁護士が外界と彼女をつなぐ一本の線だった。

「奥さん、カノンさんが誘拐されたわけがわかりました」

弁護士はニュースの内容を説明した。ミロクは驚きながらもやっと納得した。

「それでカノンは大丈夫なのでしょうか」

「時間の問題です。きっと犯人は逮捕されます」

「でもそんなことしたら、殺されたりケガさせられたりしないでしょうか」

「それは心配ありません。連中の目的はカノンさんそのものなのです。ですから殺したり、傷つけたりすることは絶対にないと思います」

「わかりました。それで私の方はいつ解放していただけるのでしょうか」

「最初に、どこかでボタンの掛け違いがあったようで、奥さんの嫌疑は晴れていると思っていますが、手続きが遅れているようなのです。今、警察は誘拐事件のヤマ場を迎え、上へ下への大騒ぎなのです。もう少しの我慢です」

彼女は悲しそうな顔で弁護士を見た。

「ところで奥さん」弁護士が深刻な表情を作った。「カノンさんが何か犯人に吹き込まれて、一緒に行動している節があるそうなのです。奥さん、カノンさんを説得していただけませんか。テレビ局も協力するそうです。カノンさんは国にとっても大切な人間ですし……」

ミロクは警察が弁護士との面会を許可した意味を理解した。亡くなった夫の知人だと信じていただけに悲しくなった。

「先生は、カノンにまたセンターに戻って欲しいと思っているのですか」

弁護士はわかってもらえたと思って、笑顔でうなずいた。

「私に限らず、それは国民全員が望んでいます」

「先生、センターにいる女性に会ったことがありますか」

「いいえ。それが何か」

弁護士は、そんなことを言うミロクの真意を計りかねた。

「あそこの女性たちは、小さい時から甘やかされて育っています。カノンもそうでした。彼女たちはそりゃ高等教育を受けたでしょう。でも、その娘たちに子供が生まれたとして、彼女たちには育てることができません。彼女たちは生きるための術《すべ》を何ひとつ身につけていません。

仮に、子供が生まれても、あなたたちもきっと、かわいい、かわいいで対応するでしょう。私たちの寿命は残りわずかです。一人では生きていけない娘たちとまたその子供を残して、彼らの未来はどうなると思いますか。きっと私たちを恨みながら死んでゆくでしょう。もう日本の崩壊はずっと以前に始まっていたんです。今さら子供が生まれても、不幸な人間を増やすだけになってしまっていたんです」

4

警察庁。

その部屋には警察庁の渡邊長官、秘書官、酒井局長、山下が出席し、机にコピーを広げていた。局長に促され、山下は簡単に挨拶して、本題に入った。

「私の部下の一人が、ネットでこんな暗号が盛り上がっていると私に言ってきました。発信者は《The《ザ》 gold《ゴウルド》 bug《バグ》》、受信者は人気タレントの《フォーチュネイト・ボーイ》の公開アドレスです。そのタレントが『皆でこの暗号を解こう』とネットに公開したのです。それもおそらく受信して、すぐ見て、その場で公開したようです。すぐ反応するのはこのタレントの性格なのでしょう。皆さんに配ったコピーの一枚目はその暗号で、記号と数字が並んでいます」

全員がコピーの一枚目を見た。

「この記号の羅列を見ただけで、嫌になる人もいると思いますが、膨大なネット空間の人数の力、この束になった新しい名探偵たちが、この一見難解な暗号を、二十四時間以内に解いてしまったそうです」

出席者たちは、ほーっという表情を浮かべた。山下は続けた。

「短編ミステリーにエドガー・アラン・ポーの『黄金虫』（1843発表）があります。暗号ミステリーの元祖と呼ばれています。英語原作名が『The《ザ》 Gold《ゴウルド》-bug《バグ》』です。この暗号ミステリーの内容どおりにやると、英文が出てきます。暗号文の5はA、2はB、―（ダッシュ）はCのように変換します。ところが、実際の小説の暗号原文にはJKQWXZと数字の7が使われていないので、その七文字に該当する暗号記号や数字がありません」（参考：新潮社文庫、平成四年（1992）十二刷版の『モルグ街の殺人・黄金虫』エドガー・アラン・ポー、巽孝之訳を使用）

「それでは自由な文章の暗号文は作れないでしょう？」

「はい。今回、ネットに現れた暗号原文は、そのような箇所は、最初からアルファベットを使っています」

「なるほど」

「ですから、この暗号原文にはＺＸの文字が最初から見えます。現在の世の中の空気をみれば、すぐＺＸＹが頭に浮かび、この暗号がＺＸＹに関係していると想像できるでしょう」

「まあ、そう思うだろうな」

「以前に、ポーの小説『黄金虫』の暗号に興味を持ち、自分で記号と文字の互換表を作った人ならば、今回の投稿も簡単に解いたでしょう。どうぞ一枚目の下を見て下さい」

皆が一枚目の記号の羅列と交換表を険しい表情で見た。

＊〔参考1〕暗号。（原文は横書きである）（上段）

898(38*--:6953‡0††?3645¶85zx:--5*:‡?98(;w6;498‡*5--(8)--8*59‡‡**634;
693‡6*3;‡;45;.35--‡:‡? k**‡w‡1551‡

山下は続けた。

「次に、下段の《参考2、互換表、『黄金虫』原本から作成》を見て下さい。Ａは5、Ｂは2、Ｃは

—〈ダッシュ〉、Dは†〈ダガー〉、Eは8、Fは1、Gは3、Hは4、Iは6、Jは未、Kは未、Lは0、Mは9、Nは＊〈アスタリスク〉、Oは‡〈ダブルダガー〉、Pは・〈ドットまたはピリオド〉、Qは未、Rは（〈パーレン前〉、Sは）〈パーレン後〉、Tは；〈セミコロン〉、Uは？〈クウェスチョン〉、Vは¶〈パラグラフ〉、Wは未、Xは未、Yは：〈コロン〉、Zは未、7は未、となっています。ところがネットの暗号では—〈ダッシュ〉はハイフン2個で代用されています。これはネット名探偵からの指摘です。私の部下の話ではその指摘は正しいようです。次が参考3になります」

皆がコピーをめくった。

＊2枚目

［参考3］　記号↓アルファベット。（上段）

EMERGENCYIMAGOLDDUGIHAVEAZXYCANYOUMERTMOONACRESCENTMOON　NIGHT
IMGOINGTOTHATPGACOYOUKNNOWOFAAFO

「記号をアルファベットに変えたものです。一見するとぎょっとしますが、単語を探すとそれらしい単語がすぐ見つかります。冒頭の《EMERGENCY》は《緊急》の意味でしょう。《IMAGOLDDUG》は《I'm a gold dug》、差出人名前から《dug》は《bug》のミスタイプが推測できます。《IHAVEAZXY》

は《I haveの文》でしょう。《CANYOUMERT ME》は《Can youの文》、《IMGOINGTO》は《I'm going toの文》でしょう」

［参考4］　アルファベット→単語探し。（下段）
→emergency　緊急、非常時事態
→im a gold dug　→I am aの文
→ihave a zxy　→I have aの文
→can you mert me on a crescena moon night →Can youの文
→im going to that pgaco you knnow →I'm going toの文

山下は三枚目を指示し、説明に入った。
「続きまして三枚目の上側を見て下さい。多少の想像を加え、暗号を普通の英文にしたものです。これには句読点のドット（.）とエクスクラメーション・マーク（!）、アポストロフィ（'）、クウェスチョン・マーク（?）を追加し、一般的な形式にしたものです。また、タイプの打ち間違いのような箇所を四角で囲ってあります。

［参考5］　ミスタイプ文字と思われる箇所。（上段）

Emergency! I'm a gold dug. I have a zxy. Can you mert with me on a crescena moon night? I'm going to that pgaco you knnow. OFAAFO

「ミスタイプの文字の場所に、カブト虫の英語名『beetle《ビートル》』を、入れ変えたのが下段です。完全にピタッと合っていませんが、仲間内のルールがあるのでしょう。まあ、伝えたい意図はわかります。（meetのee、knnowはnをひとつ取る）」（参考：『〈コンパクト版〉小学館プログレッシブ英和辞典』編者小西友七ら１９９０年第2版第11刷。gold bugを引くと、1＝gold beetle 2（略）、がある）。

［参考６］　ミスタイプと思われる箇所に《beetle《ビートル》》を入れ替えた文。（下段）

Emergency! I'm a gold bug. I have a zxy. Can you meet with me on a crescent moon night? I'm going to that place you know. OFAAFO

（和訳例）緊急！　私は黄金虫。ＺＸＹを連れている。あなたに会えますか、三日月の夜に。私は行くつもりです、あの場所へ、あなたが知っている。OFAAFA

山下は説明を続けた。

「和訳は一例です。この英文のミスタイプと思われる文字を集めると《dragon《ドラゴン》》になります。これは偶然ではないでしょう。おそらく地名です」

「日本語だと『龍《りゅう》』か」

「はい。『龍』だと思われます。このメールの発信場所は東京駅構内、発信時刻は自衛隊員の真田一郎の乗った新幹線が東京駅に着いた直後になります」

聞いていた人間の顔つきが変わった。

「文末の《OFAAFO》は、ネットの有力な意見では『One《ワン》 for《フォー》 all《オール》, all《オール》 for《フォー》 one《ワン》』で『一人は全員のために、全員は一人のために』となっています。私もあながち外れていないと思っています。中尉は高校・大学とラグビーをしていましたから、個人として匿名で発信する場合に使っていたと思われます」

「つまり、この暗号は自衛隊の真田一郎から発信され、『龍』のつく地名の場所に、協力者に迎えに来てくれ、という意味なのか」

「はい。言葉のままに受け取れば、そうなります」

別の一人も質問した。

「このメールを直接その協力者に送信すればいいだろう。なぜそうしないんだ?」

「そうしなかった理由はふたつ推測できます。第一は昔のアドレスに送ったがエラーして送信できなかった。引っ越しかなんかでつき合いが減り、疎遠になるとそうなりやすいですね。第二は送信可能だったとしても、受信者の個人名が突き止められれば、警察が受信者の所にどっと押し寄せる危険がある。それを避けるために、誰が発信したのか、誰が真の受信者なのかもわからないように公開形式にした。それも注目が集まる暗号形式にすれば、みんなが盛り上がり、真の受信者もきっと気付いてくれる、という自信があったのでしょう。実際にネットニュースの上位に入っていました」

「今、警察の名前が出たが、つまり山下君、キャリア（業者）にＺＸＹの文字の入った通信文をチェックするように依頼しているのだな」

「はい。キャリアにはＺＸＹの入った文章は全部チェックするように申し入れましたが、現実問題として、全部を追いかけることなど無理でしょう。ですが、保存されれば、発信元データは後で確認できます」

「そうするとこの暗号文の発信者は契約上、自衛隊の真田一郎ではないということだな」

「はい。契約者はすでに死んでいました。真田一郎とは縁もゆかりもない人間でした。遺族の一人はスマホを秋葉原の中古業者に売ったそうです。こういう売買の中には料金自動引き落としで、引き落とし口座の方をまだ処理していない人がいます。それは普通に使うことが可能です。業者はそのようなスマホを割高で売っているようです」

「そうすると、つまりこの暗号は発信者も不明、真の受信者も不明、そういうことか」

「はい。このタレントの性格上、オープンされることが予想できたのでしょう。だからそこへ送った。暗号は思ったとおりオープンされた」

「そして、内容は確実に真の受信者に届いた、そういうことか」

「はい。それが最も蓋然《がいぜん》性が高いと思います。英文は入門者レベルですが、以前に、仲間と遊びでやっていたのだと思います」

## 5

コピーをテーブルの上に置いて、長官が言った。

「自衛隊員と拉致された女性を設定した容疑者自動検索システムは、主要な駅や空港には設置しているんだろうな？」

「はい、しました。ただし、これまで真田一郎と女性がシステムに引っ掛かった例はありません」

「つまり、まだ駅や空港には現れていないということか」

「はい。本当に現れていないのかどうかはわかりません。システムから逃れることができるグッズが秋葉原などで売られていますから」

「警察のものはそんなにレベルが低いのか」

「イタチごっこです。偽札と本物の紙幣の戦いと一緒です。それに日本全国全ての駅や全てのインターチェンジ、道の駅に装置を百パーセント設置しているわけではありません」

「そうすると容疑者自動検索システムを、地方にも備える必要があるな」

「命令ひとつで機械はすぐ増産できるものではありませんし、ＺＸＹが話題になってからまだ四か月と少々です。容疑者自動検索システムに引っ掛からないところを見ると、警察が体制を整える前に、二人は東京から『龍』なんとかという場所に素早く移動し、そこに潜んでいるのかもしれません」

「それで、最後は日本から外国へ出る計画か」

「おそらく……。ただ、女性が真田一郎から逃れ、国に協力する意思があるのなら、逃げ出して、いくらでも近い所にいる警官に申し出れば済むはずです。それなのに彼女はそうしていません」

「自衛隊員に脅されているのではないのか」

「母親は現在も警察の中にいます。女性の方は脅されているというより、一時潜んでいた老人の家での様子を聞く限り、二人は前もって相談し合い、一緒に行動しているように見えます」

質問する人はなく、山下はさらに続けた。

「私はパソコンで旧字の『龍』や新字の『竜』を検索してみました。龍の岬、龍ヶ崎、竜神岬、竜飛岬、竜宮岬、雨龍岬、龍舞崎など、私が調べたときは、旧字の『龍』や新字の『竜』のつく地名が、日本には三百か所近くありました。おそらく他にも地図には載らない、地元の人だけがそう呼んでいる場所があるかもしれません。それを考えると、どの程度の数になるのかわかりません。そこに警官を全部張りつけるのはとても無理です。それにもうひとつ」

全員が山下の顔を見た。

「さっきの暗号です。皆さんも誰かと暗号のやり取りをすることを考えて下さい。暗号というものは、名探偵が時間をかけてやっと解けるような難しすぎる暗号は実際使えません。反対に容易すぎる暗号も、別の目的がありそうで不安が出ます」

「不安？」

「はい。簡単すぎるのは、逆に引っかけようとする罠《わな》なのではないかという不安です。つまり、今回の『龍』（以下、旧字に統一表記します）は、警察の注意を引くためのエサです。本当の場所は『龍』とはまるっきり縁のない場所です」

「でも、そうだとすると、手の打ちようがないだろう？　それに裏の裏をかくかもしれないだろう？」

「それはミステリーの読みすぎだと思います。『龍』なんとかは引き続いてフォローしますが、この暗号はもう少し考えてみたいと思っています」

「それはもしものためにいいだろう。それで自衛隊員の狙いは金か。まあ大人の感覚から言えば愛情とは考えにくいが、いずれにせよ外国の勢力が相手だとすると、大使館に逃げ込むことはないのかね？」

「はい。最も心配しているのが米国です。米国大使館に逃げ込まれ、さらに米軍基地に移されたら、日本は手も足も出ません。米国にはＺＸＹ型女性も男性もいるとされていますが、ＺＸＹ型は多い方がいいに決まっています」

　誰も何も言えなかった。

「時間がないので、皆様には無断である所に電話しました。真田一郎の直属の上司、柳生大佐です。ちなみに大佐は女性です。以前、彼女は米軍の関係機関で働いていたことがあるそうです。

私は電話で単刀直入に聞きました。自衛官の真田一郎はＰＫＦ時代も含めて、米軍と交流があったのかと。答えは、公的にはなかったそうです。おそらく個人的にも『なかったであろう』と言っていました。韓国や東南アジアの国々とは、一緒に職務を担当したことがあったそうです。韓国や東南アジアの大使館も監視の対象にしています。万が一にも、二人が駆け込むようなことはさせません」

「自衛隊の内部の様子も訊いたんだろう？」

「訊きました、世間話程度に。彼らも彼からの連絡を待っているようです」

「自衛隊員が女を丸め込んだのか、それとも女が男を丸め込んだのか。しかしそんなことより、日本のようにドタバタしている国など、世界にはどこもないぞ」

長官のその一言で、一気に気勢がそがれ、誰からともなくため息が漏れた。


この暗号会議の後、ほどなくして警察はヤマト村事件に関連して、外務省職員とＮＧＯの男を逮捕したとして名前を公表した。またカノンを拉致した犯人として、自衛官真田一郎の名前と顔写真も全国に公開した。この時点で報道は『拉致』に統一された。

拉致されたカノンは、先のＺＸＹ型凍結卵子の提供者であることも含めて、日本でたった一人のＺＸＹ型女性であることも公にされた。もちろん、すでに日本未来センターを退所していることもつけ加えられた。母親のミロクの件を除き、全部がオープンにされたのである。このニュースの最後に「カノンがセンターに戻ったら、日本の高い科学技術でＺＸＹの謎を解くことになる」と付け加えられた。これが日本国民の思いに新たな望みを持たせることになった。

しかし、どこからも二人が検索システムに引っ掛かったという通報はなかった。カノン母子、真田一郎の親族も徹底して調べられたが、真田一郎・カノンは彼らの一族の最後の一人で（カノンの母親は警察にいる）、彼らを助けるような親族は一人もいなかった。

## 6

それから少し後の首相官邸の一室。

カノンと真田中尉の行方は警察も自衛隊もまったくつかめない中、時間だけがすぎていた。会議をして物事を進めるのが日本の組織の特徴である。その日の会合は、大臣たちが使ういい会議室に、右側に防衛省から田中防衛大臣、中村幕僚長、柳生大佐、左側に警察庁から渡邊警察庁長官、酒井局長、山下課長が出席していた。中央には行事役兼進行役の山本官房長官が座っていた。つまりカノンも真田一郎中尉も未《いま》だに見つからず、手詰まりゆえの会合だった。それに首相からも圧力がかかった。

官房長官が左右を等分に見ながら言った。

「冒頭に申しあげましたように、日本の今後はカノンさん本人と真田中尉にかかっています」あえて中尉を犯人とは言わなかった。「もし日本がカノンさんを失えば、国民の信頼と希望を失い、さらに日本は外国との苦しい交渉を覚悟しなければなりません。一方、彼女を確保できたならば、国民は先々に希望を見出し、外交の交渉も少しはやりやすくなるでしょう。皆さんにはこれまでの経緯を捨てて、どうしても捨てられないならば、一時棚上げして、今後の対応を考えていただきたい」

そこで言葉を切り、皆の顔を見回した。まだ全員が硬い表情をしていた。官房長官も硬い表情のまま、先に進めた。

「二人は未だに姿を消したままです。全国に自衛隊の施設は大小合わせても五十はあるでしょう。なぜ、真田中尉はそこにさえも顔を見せないのか。彼はカノンさんを拉致しようとした外国の勢力がいることにも、気付いているはずです。報道でもカムイ研究所の副所長やヤマト村での外務省の人間が騙されて、それに加担したことも知ったはずです」

防衛大臣が穏やかに言った。

「女性がケガしたとか具合が悪いとか、その可能性もあると私は思っています。もうひとつは考えたくはありませんが、我々の知らない暗闘があって、ヘリコプターの連中の仲間に拉致された可能性も考えられます」

それはドラマの見すぎだとも言えず、官房長官は後半を無視した。

「カノンさんが病気している可能性はまったくないとは言いませんが、それは薄いと思います。ヤマト村で元気に農作業をやっていたと聞いています。そんなやわな身体ではないと思います。山下さん、カノンさんが、センターにいたときの状況を調べたと思いますが、お願いします」

山下がメモを手に皆を見回した。

「表面的な経歴は別にして、カノンさんについて、私の主観を含めて述べさせていただきます。海外では、ZXY型の女性が、国に麗々しい女王のような待遇を要求したという話を耳にしました。ところが、カノンさんはなぜ国への協力を頑なに拒否しているのでしょうか。また、彼女は真田中尉からも逃げず、なぜ、意を合わせたように行動しているのでしょうか。

皆さんは『ストックホルム症候群』のことを知っていると思います。長時間人質になっていると、人質が犯人に親近感を抱く症状のことです。今回、私は『逆ストックホルム症候群』、つまり犯人が人質に親近感や同情心を持ったのではないか、と考えました」

「中尉は犯人ではありませんよ」大佐が反論した。

「説明上の言葉のアヤです。つまり、真田中尉が女性に同情的になったのではないか、と考えました。カノンさんには助けてあげたくなるような要素、彼女自身は気付いていないのかもしれませんが、それを持っているのではないかと考えました」

「中尉がそれに引っ掛かったと言われるのですか」と官房長官が訊いた。

山下はそれに直接答えずに続けた。

「これは報告書には書かれていないことですが、実際にヤマト村に行ったA県警の警官たちによれば、カノンさんはとても若くて美人だったそうです。ありのままその言葉を引用すると、『胸やお尻が美しくふくらんでいた』と言う者もいるそうです。

一方、センターから取り寄せた彼女の退所時の写真は、髪には白髪が混じり、骨に皮がついているように痩せています。まるでお婆さんの一歩手前です。マスメディアから流布されている写真はそのセンターからのモノです。ところが、ヤマト村で彼女を実際に見た警官たちは、彼女がもっとふっくらとして、写真とは『まったくの別人だった』と言っているのです。目撃談が本当なら、おそらく光彩を放つ美女に見えたのでしょう」

「山の生活で若返って、魅力的な女性になったということですか」と防衛大臣。

「村に行き、彼女に実際会った警官たちの言葉を信じれば、そうなります。山での食事は好き嫌いができません。それに移動はみずから歩かなければなりません。それに山間地なら平らな所などないでしょう。それが彼女の身体を作り変えたのかもしれません」

官房長官がまた訊いた。

「そうすると彼女の身体は、子供を産める身体に戻っている可能性もあるのではないでしょうか。昔、私はどこかでそんな話を読んだか、聞いたことがあります」

大佐は知らぬふりをした。山下は続けた。

「そのような期待を持ちたいのは理解できますが、今は過大な期待をしない方がいいと思います」

「彼女の母親はどうだ。母親なら気付いているだろう？」と官房長官はしつこかった。

「母親は現在、一切の尋問を拒否しているそうです。私がこのような話を持ちだしたのは、カノンさんは大変魅力的な女性に変身し、真田中尉が男性として、彼女に惹かれている可能性があるのではないか、このように考えたからです」

警察庁長官が追加した。

「現場に行った連中に訊いて、彼女のモンタージュを作り直せ。直ちに、だ。その新しい顔をマスメディアに流し、容疑者自動検索システムもセットし直せ」

「はい、わかりました」

機器で人物の認証を行う場合、顔の骨格で判定する方式が多い。だからケガや太った、痩せた、メガネの有無で認証結果が変わることはない。山下はそれを口にしなかった。が、上司の酒井局長は、これは伝聞だが、と口を開いた。

「中尉が彼女に魅力を感じても構わないが、彼女の方はなぜ出てこないのか。母親が警察にいることもわかっているはずだ。それに、彼女が姿を現すことを国民が期待していることも、ニュースでたび報道している。これだけの期間、彼女がそれをまったく耳にしなかったとは考えにくい。

彼女が国に協力する意思を持ち、また真田中尉が職務に忠実なら、二人は拍手喝采されて姿を見せるはずです。ところが二人は出てこない。そうすると、出てきて国に協力するのを、彼女自身が極端に嫌がっているとしか考えられません。それでは、なぜ彼女が国への協力を頑なに拒否するのか。私は山下君に調査を命じました」

局長は顔を少し動かして促した。山下はまた静かに話し出した。

「私は彼女の過去を調査しているうちに、ある小さな噂を聞き込みました。非常に恥ずべきことがセンターの中でありました。今から二十年ほど前、彼女が十八歳の時、センターの医師たちに集団レイプされた可能性があるのです」

## 7

驚きと共に部屋がシーンとなった。

「冷酷な言い方ですが、事件としてはもう時効でしょう。もし彼女の心にそのトラウマ（精神的外傷）が残っていたとしたら、彼女はセンターや病院を拒否するのではないでしょうか。残念なことに彼女以外にも同じ目に遭った女性が複数人いました。カノンさんのように、すでにセンターを退所した女性の中にもいるかもしれません」

「その男たちを逮捕できないのか」

「密室内の出来事です。男たちは否定するでしょう。それに彼女の場合は二十年も前のことです。立証は困難だと思います。それに、現在の警察にはその調査に力を割《さ》く余力はありません。現実的には、彼らの名前をマスメディアにリークし、彼らに社会的制裁を受けさせるしかないでしょう。ただし、例え彼らを逮捕したりマスメディアで叩いたりしても、彼女が国に協力してくれる保証はありません。つまり私が言いたいことは、過去に嫌な目に遭った彼女は、センターを拒否し、センターが国の機関であることから、国を拒否し、真田中尉は彼女の意を汲《く》んで、非協力になっているのではないか、ということです」

皆がシーンとなった。少し間を置いて幕僚長が、会議に出席しているたった一人の女性、柳生大佐に訊いた。

「大佐、どう思う?」

「私は、そんな少女マンガのようなことで、真田中尉が国に逆らうような行動を取るとは思えません。外国語の『ストックホルム症候群』と言わなくても、日本語にだって、『かわいそうな話にほだされて考えが変わった』という表現があります」

大佐の言葉の端々にはまだ警察に対するトゲが残っていた。

「はい。表現は『ほだされた』でもいいと思います」山下がうなずきつつ、さらに追加した。「二人が一週間いた家の老人を尋問したときのビデオを、私は見ました。老人は二人が夫婦だと名乗り、本当の夫婦のような態度だったと言っています。中尉は買い出しに三度ほど家を離れていますが、彼女は逃げもせず、家で掃除や料理をしていたと語っています」

「あの地域は非居住区で、車がなければ逃げるのは無理です」と、大佐が言った。

山下がそれに応えた。

「確かにあそこは非居住区で、車がなければ動けない場所でした。だから中尉も安心して出かけた。そのような考えもできますが、老人の話からは、二人が意をひとつにして動いているとしか思えないのです」

防衛大臣が言った。

「女は表に出てきたくない。男は女に一目惚《ひとめぼ》れして一緒に行動する。それで最後はどうなる？　中尉だってプロだ。警察や防衛省が諦めて、見逃してくれるなんて思っていないはずだ。新しく別の山の中にでも住むつもりか」

皆がそれぞれ難しい表情を作った。

その間合いを見て、官房長官が「ちょっと私にも」と言った。実はここから先の話は山下のチームから説明を受けたものだが、官房長官は自分の考えのように話し始めた。

「二人がいた家の老人の聴き取りからは暴力は見えてこない。さっき山下さんは逆ストックホルム症候群、大佐が言われた『ほだされた』でもいいと思いますが、もうひとつ大人の目で見た場合です。中尉が彼女を騙しているか、または、ある約束をして従わせているかです。例えば、日本政府の手の届かない場所に逃がしてやるとかの類いです。これにはふたつあります。中尉が本気でそう思っているか、または方便として彼女を騙しているかです」

「中尉はそこまで卑怯《ひきょう》な男ではない」

大佐がつっかかった。官房長官が慌てた。

「これは可能性の話です。可能性のひとつとしてお聞き下さい。中尉が自衛隊にも連絡してこないのは現実のことでしょう。自分の意志で行動しているのであれば、真田中尉が最初から、何者かによって買収されていたのではないか、という疑惑が消せません」

幕僚長が真顔で質問した。

「研究所の副所長や外務省職員と同じように、買収されていたという見方ですか」

「確証はありませんから、同じとも違うとも言えます。何しろ持たざる国は世界に二百以上ありますから。それに国内には彼女を『神の再来』と言い出し、彼女を崇拝し始めた宗教団体もあります」

「つまり真田中尉が何者かに買収され、彼女を騙して連れ去ったという見方ですか」

官房長官はうなずいてみせた。

「現在の状況から見て、第一は先ほど山下さんが言ったように彼女に同情して中尉が一緒になって逃げ回っているとの見方、第二は何者かにすでに拘束されたとの見方、第三は中尉がすでに買収されていた、この三つです。何が起きているのか、つまり動機によって、まったく違って見えてきます。

さらに中尉が政府内に敵が潜んでいるので出てこられないのでは、との見方もあります。それでは中尉が自衛隊そのものに疑いを向けていることになってしまいます。こうなると見るもの、聞こえてくるもの全てが敵に見えます。それはまずあり得ないでしょう」

「それは絶対にない」と、中村幕僚長。

官房長官は続けた。

「以上のように分類して考えると、彼女に同情して逃げ回った場合、大臣が言うように、最終的にどこへ逃げるのでしょうか。山下さん、例のネットの件を……」

そう言われて、山下は例のネットでの暗号文のコピーを配り、前に警察庁で説明したことをシンプルにして、ここでも繰り返した。

その説明が終わると、幕僚長が大佐を促した。彼女は受けて話し出した。

「この暗号の件は我々も知っています。こちらから少しだけ補足します。山下さんはすでにつかんでいるかもしれませんが、うちには中尉が以前PKFで一緒だった同僚が三人います。中尉は個人のレベルでも親しくしています。彼ら四人は自分たちのことを《ザ・ナイツ》と呼んでいます。彼らがPKFで国外に出たとき、クリスマスのパーティかなんかで、ギターを抱えてロックをやったそうです。日本人の名前の発音が難しいと言っていた外国人たちが、それ以来、あの歴史的なグループのメンバーの名前で呼んだそうです。ジョン、ポール、ジョージ、リンゴです」

その場で最も高齢の大臣が、俺だって知っているぞという表情をした。真田中尉がカノンに話した内容とは違うが、大佐にはそう説明したのだろう。

「彼らがそのグループ名を名乗らなかったのは尊敬だったのかもしれません。ですから、暗号の中身も、誰が作ったかも私にはすぐピンときました。中尉はもう少し英語ができます。私の想像では、おそらく前の晩に何かのきっかけで昔の友人を思い出したか、新幹線で東京に向かったときにひらめいて作ったか、どっちかです。そして、作り始めてから余分に書かない方がいろいろと推測されないのでいいと考えたのでしょう。もちろん、暗号の基本形は、中学高校のころの遊びでしょう。なお他の三人が暗号の受取人である可能性も考慮して、現在、三人は防衛省内の別室に、監視つきで軟禁状態にあります。ですから心配しないで下さい」

局長が訊いた。

「そうすると、つまり防衛省も、『龍』なんとかの地名の近くの施設には、指示を出したという事ですね」

「はい」と、幕僚長がうなずいた。

最後に話を引き取るように、官房長官が言った。

「まあ、真田中尉が彼女を連れて、自衛隊に戻ってくるに越したことはありませんが、あらゆる可能性を考慮すべきではないでしょうか。池田譲治の自殺、センター副所長の凍結卵子盗難、常識では考えられないことが起こっています。政府としては、考えうること全てに目を配っておく必要があると考えています」

8

官房長官が皆の顔を等分に見た。

「とにかく、目的は彼女の身柄確保、それも無傷で。それには何としても、二人を早急に見つけ出すことが必要です。今朝、首相から提案があって、このままではどうしようもない。とにかく二人の居場所を突き止めるためには、総理大臣賞でも紫綬《しじゅ》褒章でも何でもいい、情報提供者には何でも出すと言っています。つまり平たく言えば懸賞金です。今の世の中、お金を喜ぶ人が少ないことも事実です。そこで、皆さんからお知恵を拝借できないものかと思います。警察庁長官、長官が一市民なら何が欲しいですか」

「さあて、急にそう言われても……、金なら一億円ってとこですかね」

「金は天国だろうと地獄だろうと、持っていけませんよ」と、防衛大臣。

「大臣、あなたは何をお望みですか」

「子供がいないので、この年でお金をもらっても仕方がない。家だって同じです。どうせ長く住める齢でもない。美味《うま》い物と言っても、それほど食べられるわけではない。強いて言えば健康ですか」

「局長はどうですか」

「夢を言わせてもらえば、若さですね。この髪のない頭もなんとかしたいですね」

局長の頭には髪がなかった。この一言で一気に空気が和んだ。一言、補足すれば、部下の山下は、日頃から髪の話題は絶対に口にしないようにしていた。また酒井局長の部下になる前は話す時に前髪にすぐ触る癖があったが、部下になってからは、意識して肩の線以上には手を上げないように気をつけていた。

会議は和んだ空気のまま進んだ。

「幕僚長はどうですか」

「私は釣りですなあ。死ぬまでに、大きなカジキマグロを釣りあげてみたいと思っています」

「山下さんは？」

「私も健康ですね。最近、急に老けたように体が重くなりまして……」

「柳生大佐はどうですか」

「皆さんのおっしゃられることを聞いていて、男の夢もちっぽけになったものだと思いました。私は核が欲しい。私が死ぬ時は世界中に核の雨を降らせて死にたいと思っています」

「大佐、不謹慎だぞ、このような席で」防衛大臣がとがめた。

「失礼しました。皆さんは意外に思うかもしれませんが、私の家系は戦国時代からずっと続いてきました。私としては私の代で絶えてしまうのが、昔ながらの言い方になりますが、先祖に申し訳なく思っています。ただ世界がこうなのだから仕方がない、そう思って諦めてはいますが、忘れた頃に頭に浮かんできては私を悩ませるのです」

　長官もしんみりと言った。

「私の家は大佐の家ほど古くはありませんが、それでも江戸から続く家系です。私も同じ悩みを持っていますが、この齢ですから、もう諦めています」

　首を二度ほど縦に小さく振り、官房長官が言った。

「貴重な意見、大変ありがとうございました。ほどほどのお金、若さ、健康、趣味、子供ですか。こんな世の中ですから、情報提供者には健康保険を百パーセント保証してあげてもいいと思います。趣味は多少の懸賞金を出せばいいと思います。子供は無理ですね。そのためにこんなに苦労しているわけですから」

「官房長官、私にいい考えがある」と幕僚長が言った。「今はＺＸＹ型同士しか子供が生まれませんが、研究が進めばZXY型でない女性でも子供が産めるようになるでしょう。ここは楽観論でいきませんか。今、センターに登録されている女性は、十万人ぐらいはいるでしょう。人工受精も可能になるでしょう。確実な情報を出した人、また彼女を連れてきた人には、一人くらい養子に出すというのはどうでしょうか。まあ複数いた場合は優先順位をつければいいではないですか。養子を希望しない人は金を三倍にするとか……」

皆から、それはいいと顔が輝き出した。官房長官は、その件は首相に相談してからと話を丸め、さらに続けた。

「それではどこを重点的に捜索するのかの話になりますが、冒頭にも申しあげましたように、首相は警察と自衛隊がうまく共同してやるように言っておられます。皆さんもご存知のように、警察と自衛隊の一本化が議題に上るような時代になってきました。このまま人口が減り続ければ、いずれ避けられない課題です。未来を見据えた意味からも、ここは協力しあうという形でお願いします」

皆が神妙な顔になった。官房長官は続けた。

「東京生まれや東京で生活している人間が逃げる場合、心理的に――これはカウンセラーの先生のアドバイスですが――東京から距離的に離れた場所を選ぶ傾向があるそうです。このアドバイスを考慮すれば、今回の場合は沖縄などの島を除き、北海道、本州、九州、四国、の四島の、それも端の方だと考えられます。そのような地域を中心に捜査の網をかけ、報奨金などで後押しする、このような方法を取りたいと考えますが、どうでしょうか」

　さっきの件で和やかになったせいか、皆が黙ってうなずいた。

「それでは今までの流れで、この件は警察の方にお願いします」

　警察の三人がうなずいた。

「それから防衛大臣にお願いしたいことがあります。彼らが見つかり、警察の特殊な人間が必要となった場合の移動、また彼らの身柄を押さえた場合の移送には、自衛隊の戦闘機の出動をお願いしたいのですが」

　今度は自衛隊の三人がうなずいた。

　こうして、最初はぶつかり合って軋《きし》む音がしそうな雰囲気だったが、会議の終了時には笑顔で握手して別れた。


　合同会議のあったその夜、官房長官が政府発表の記者会見を開いた。

　犯人の逮捕並びに女性救出に貢献した者に懸賞金と健康保険百パーセント補助、税金の生涯免除を発表した。さらに非ＺＸＹ型の研究が進み子供が生まれた場合、希望するなら養子を受け入れることを現在検討しているとつけ加えた。

　官房長官は懸賞金の金額を言わなかったが、記者が食い下がり、「一億円ぐらいですか」との質問に対し、「それぐらいの価値はあるでしょうね」と答えた。これが懸賞金一億円の文字となった。この会見はニュースで流され、街を行く人のインタビューの反応の中には「本当にザ・ゴールド・バグになっちゃったじゃないの」の声があった。

一日に放送されたこのニュースの累積視聴率を採《と》れば、百パーセントを超えていただろう。懸賞金一億円、健康保険による医療費全額無料、税金免除、この時代、お金より医療費全額無料に魅力を感じた人の方が多かったかもしれない。

もちろん日本の将来を憂い、カノンを見つけよう、救出しようと思っている人たちも大勢いた。あるインターネット・サイトは組織化して全国に電子の網を張った。またある企業は国のためと称して、全国の支店網に情報の提供を求めた。街を行く人たちですら、すれ違う相手の顔を確認していた。こうして急速に全国民五千万人がおびただしい数の狩人となり、互いに疑惑の目を向けあう空気が日本中に醸成されたのである。

# Ⅶ　龍の鼻

## 1

合同会議から二日後、大佐の私邸の書斎。

彼女は使い慣れたテーブルを前に、緩い衣服に身を包んで髪を後ろに垂らし、反発がしっくりとくる椅子に座ってコーヒーを飲んでいた。

朝のニュースで、中尉とカノンを真似たいわゆるお騒がせなカップルが、横浜の埠頭《ふとう》で、警察によって躊躇《ちゅうちょ》なく射殺されたことが、名前なしで報じられた。警察はそんな連中にかかわっていられないし、今後、同様の騒ぎが全国規模で起こるのも困るのだ。

「これで二人を真似ようなどとする者は現れなくなるだろう」

そう感じながらも、彼女は警察との合同会議を思いだし、思考が別の方向にずれた。あの会議の席上、家名が消えるのが惜しいと発言したが、本音は核でも家名でもなかった。あのとき頭に浮かんだのはワインだった。彼女は年を経るにつれて、ワインが好きを通りこして、愛すると言っていいほどまでになった。最近では、人間が滅んでも構わないがワインまで滅ぶのは耐え難いとさえ思っていた。

それはなぜと訊かれてもうまく答えられない。ただ好きだからとしか言えない。多言するほど、嘘になるような気がするからである。

二番目は美しく繊細な美を持つ宝飾品である。人類が滅んだ後、新しい猿たちがあの形容しがたい、本来の輝きだけでなく知的なレベルにまで高めた美を持つ宝飾品や、華麗にデザインされた時計の持つ超精密な機構や機能美を作ることができるまで、どのくらい時間がかかるのか、考えただけでも絶望感が広がった。三番目は優雅なクラシック音楽である。クラシックも同じく……。

彼女の思いがその方向に広がろうとしたとき、電子音と共にメールが届いた。彼女はすぐ大佐の顔になり、スマホを手にした。見ると、それは山下からだった。それには添付のコピーがついていた。

それを開くと、真田中尉に関する幾つかの投稿メール原文のコピーだった。そうであっても、それを選んだのは山下で、彼が注意を向けた方向が見える。その中には次のようなものがあった。

◎新しいZXYカノンは超美貌《びぼう》、ちょっとやりすぎていませんか。警察が注目を集めたいのはわかりますけどね。

◎私は真田一郎の中学校の同級生です。彼は中学生の時、英語がよくできた。それもそのはず、彼は外国人がやっている英語塾に通っていた。私は彼の家とは通学が反対側だったのでその塾を確認していない。

◎その外国人は米国人だ、と私は聞いた記憶がある。

◎私はその学習塾の近くに住んでいたが、外国人先生は英国人だったと聞いた。
◎皆、騙されている、暗号の英文はいくらなんでも下手すぎる。
◎私は真田の高校の同級生です。彼はラグビーに夢中で、勉強している姿を見たことがない。
◎彼は小学生で母親を亡くしたと聞いた。中学二年の時に父親が再婚し、彼は母方の祖母に引き取られた。だから、英語塾の話は小学校高学年の時だと思う。彼は中学の時は体が大きかったのは覚えているが、彼に関するトピックスは何も覚えていない。
◎彼の小学校六年生の修学旅行は日光です。
◎同、彼の中学三年生の修学旅行は京都・大阪です。
◎同、彼の高校三年生の修学旅行は北海道です。残念ですがそのコースに《dragon《ドラゴン》》のつく地名はない。
◎僕はずっと考えているのですが、こんな簡単な暗号の意味は、いかにも何かありそうだと思わせる、いわばお遊びです。今頃、裏で笑っている人間がいます。
◎二人はどこかへ逃げたと思われていますが、本当はすでに東京のどこかの大使館にいるのではないでしょうか。

これらの投稿された文章の真偽のほどはわからない。また、今は日本国民全員が探偵になれる。暗号もあっという間に解けた。名探偵や名刑事が足で稼ぐより圧倒的に早い。それに自分の知らなかった情報もある。と同時に、現実に戻された感じがした。彼女の思考はまた中尉とカノンに戻った。

分析家は言う、まずそれを文字にしてみろと。科学者はそれを数式にできないものかと考える。またあるアイデアマンは絵や表にしながらまとめる。器用な人は作り始める。

警察は人間を「何をしたか」で見る。それが法に違反していれば、犯罪者として対応する。現時点で、中尉はカノンを拉致した人間であり、犯罪者である。だから全国に指名手配された。仮に、女性を救出したというならば、警察署か交番に名乗り出れば、それで済む。それをしていない以上、中尉は犯罪者になる。

防衛省は職務命令違反かどうかで見る。現在の状態をどのように評価しても、中尉の職務命令違反、職務放棄である。また彼女の個人的見解で言えば、軍人は国に忠誠であらねばならない。忠誠心を簡単に捨てることは絶対に許されない。昔ならば、軍法会議で重罪に処される対象である。中尉の思い通りにさせてはならない。

また、警察との合同会議で得た彼女の最大の収穫は、カノンが美人で、肉体的にも魅力的であるとの情報であった。あの中尉がなぜ女にほだされたのか、彼女はしっくりこなかったが、会議で氷解した。青春時代、まともな恋愛ができなかった中尉は、軍人から純情な十八歳の若者になり、カノンも夢みて目をキラキラ輝かす十六歳の乙女になったのかもしれない。

大佐の亡くなった母親が、父親を一度だけ皮肉ったことがある。

「お父さんはね、しょうもない女にころりと騙されたことがあるのよ。女の力って侮れないものよ」

詳しく説明してくれなかったし、父親に直接尋ねるわけにもいかなかった。父親は賢く冷徹な官僚として評判が高かった。それで、母親の言葉が彼女の記憶に残ったのだ。

ただし、今回の件にはふたつの問題があった。大佐は部下としての中尉に、全幅の信頼を寄せて計画を任せた。それがあっさりと裏切られたのだ。第二は女としての嫉妬である。カノンは美人で、若くて、健康的で、子供すら生める。特に今の時代は、男にとって人生を賭けるだけの価値があるだろう。組織への裏切りには何らかの罰を与えることもできるが、嫉妬を消去する方法などない。それにこだわりすぎると判断を間違わせる。今は捨て置き、ゆっくり考えればいい、彼女の思いはそこに落ち着いた。

状況は個人的にも興味ある一面が出てきた。職務上、大佐は中尉を追わなければならなくなってきたのである。中尉は逃げる、彼女は追いかける。ゲームのような戦いだ。ある意味、中尉も、山下も、自分も、今後の人生を賭けた戦いだ。大佐は面白くなってきたと思った。

暗号は、彼がカノンをどこかへ連れていって、「誰か」に引き渡す可能性を示している。引き渡されたり、その途中で彼女が死んだりすれば、ゲームはおしまいになり、日本も、山下も、自分も負けたことになる。絶対にそうさせてはならない。

中尉はこれまでに培った知識と技術をフル活用するだろう。自分が追ってくることもわかっているはずだ。そうである以上、自分も甘く考えず、彼を追わなければならない。能力対能力の勝負、こう思った途端に、彼女は自分の中に、ある好戦的な興奮、脳ミソが活性化するような思いが久々に出てきたような気がした。

二人はどこかへ消えた。ネットでは中学生までもが暗号を「ああだ、こうだ」と今も盛り上がっている。指名手配以降、今や中尉とカノンは、日本で最も有名な顔、いや賞金首となった。今、日本の国家権力の物量による人間狩りが始まっている。もはや裏側の戦いではない。表の戦いだ。また自分にとっても、人生を賭けた、いやこれまでやってきた勉強や自分磨きが、間違っていなかったかどうかの戦いでもある。彼女はそう感じた。

彼女の目の先には、このような時代なのに、書棚にびっしりと本とプリントの資料が並んでいる。思考には、コンピューターがいい場合と紙がいい場合とがある。それは考える対象と質による。書棚はある意味、思考の歴史の目に見える集積でもある。

大佐——若かった柳生薫——は過去に日本を捨てたことがあった。日本の組織が企業や官公庁を問わず、女性を正しく評価しないと考えたからだ。柳生薫は女性ながら学生の時代から国際紛争や国際政治に興味を持ち、大学も大学院もそっちの方に進んだ。学生時代に父（ある省の高級官僚だった）の口利きで、ある官庁でアルバイトをした。能力を発揮する以前に要求されたのは、いわゆるお茶汲みと若い女性としてのかわいい態度だった。

柳生薫は大学院を出ると、米国のある戦略研究所に身を置き、そこで実務を磨いた。このときの通称名はMiss《ミス》 Carol《キャロル》だった。裏ではMiss《ミス》 Baffalo《バッファロー》とも呼ばれた。

まもなく赤ちゃんゼロ問題によって世の中が変わり始めた。次第に国際紛争も減り、厳しい外交も減り、そこを退職した。日本に戻ると、米国での経歴と父親のコネを使って、今の地位を得た。その父はもういない。

父親が、お前が男だったらと再々こぼしていたのを覚えている。自衛隊の中では仕事らしい仕事もなく、名ばかりの役職と職務で、読書が日課だった。赤ちゃんゼロ時代、それはどこの国でも、どこの部署でも、中央省庁を空疎な場所にした。何かをするにも、今の国には金がないのだ。

彼女は、戦争やインテリジェンス（諜報《ちょうほう》活動）に関する本、心理学やゲーム理論の本を、時間を気にせず読み漁《あさ》った。現実にそんな仕事など皆無なのに。とにかく長い、長い、何とも言えぬ空白期間を経て、突然、ＺＸＹが爆発した。そんな印象だ。

さらにＺＸＹ型女性の確保の話が舞い込んできた。一度は愛し、その後、憎んだ男からだった。熟慮した結果、真田中尉のチームを使うことを決め、彼に託した。そのとき、彼が裏切ることなど微塵も考えていなかった。

本音と建前、攻撃と防衛、興奮と安らぎ、感情と理性、闘争と逃走、ずるさと倫理、損と得、人間は追い詰められると、この中で揺らぎ、その人の根っこの本性が出る。

女の確保計画は成功したかに見えたが、二人は姿を消した。官房長官の言う三つの可能性。第一は逆ストックホルム症候群、第二は敵による拘束、第三は敵に彼女を売り渡すこと。暗号が本物なら敵に拘束された事実はない。また彼は本質的に金で動く男ではない。残るのは逆ストックホルム症候群、つまり女への同情、その延長で彼女に惚れたのだ。女も彼に惚れたのかもしれない。

整理すればこうなる。恋愛小説なら政府の目の届かない所へ逃れ、二人の生活が始まる。だが、この狭い日本にそんな場所はない。今、日本中の目が光っている。それに現代社会で育ってきた二人にとって、買い物もせずに自給自足で生活することなどできないだろう。ヤマト村にいた二人だって、定期的に買い出しに村から出ていた。スパイ小説なら、空からヘリコプターが現れ、危機一髪のところで二人を救出し、素敵な外国に送るのだが、現実はそんなに甘くない。

それにしても、人間とはわからないものだ。中尉は元から女に弱かったのか、と大佐の思いはそこに戻った。いつも冷静な男にしてはつまらない判断をしたものだ。

だが現状をどう見ようと、今の状況は三文小説のありきたりの女と男のストーリーだ。女を連れて逃げる。その先は交通の不便な島か山中か。『龍』なんとか岬なら行く先は島だろう。そこへ支援者が現れ、素敵な外国まで輸送する。

ここまで考えると、素人並みの結論になる。兵士は軍隊で絶対服従と兵士としての誇りを徹底的に叩きこまれ、命令されれば反射的に動くように訓練される。やがて敵の弾が飛んで来ようと、上官が命令すれば、前に突進する。

芸術家は結婚と離婚を何度も繰り返す。天才が自分の才能を発揮できる場所を求めて外国に渡る。これらの行動に文句を言う気などさらさらない。彼らの価値観は、彼らの目ざすその世界を究めることが最高位にあるのだ。もちろん金ではない。

だが国を守る軍人は違う。上司が嫌いだろうと時の首相が嫌いだろうと、軍人は国に対する忠誠心を最後まで捨ててはならない。日本では軍人の単語は死語になったが、いくら自国で自衛隊と呼ばせても、外国に出て翻訳すれば兵士か軍人だ。土木作業員とは絶対に翻訳できない。その兵の一員である中尉が国を裏切り、女の小事に惑わされているように見える。そのような彼を絶対に許してはならない。自分も許す気は毛頭ない。

## 2

彼女は大きな液晶ディスプレイに日本地図を映し、北海道から眺め始めた。半分は気分直し、半分は『龍』のつく場所の確認だ。

眺めていると、狭い日本と思っていたのに、二人が逃げ込める場所が無限にあるように思えた。市町村を表す地図の小さな丸は、日本の人口が最大時の半分になっても、人間が数百人も数千人も住んでいる場所だ。さらに地方の非居住区は無限のように広い。

彼女は手元のコントローラーで、地図を拡大したり縮小したり、動かしたりした。そのうち日本海の「親不知《おやしらず》子不知《こしらず》」の地名に来た。芭蕉の『おくのほそ道』にある市振《いちぶり》（新潟県西頸《くびき》城郡の海岸線の町）の段にある交通の難所、崖下の波打ち際を、親は子を忘れて、子は親を忘れて、必死に走って通り抜けなければならないと言われたところである。

近くに『鬼ケ鼻』の文字を見て、ドキッとしたが、鬼の英訳は《demon《ディーモン》》のはずだったと思い直した。また戻って親不知の文字を見ていて、中尉と女が崖の下の波打ち際を、必死に急ぐ姿が頭に浮かんだ。

――文学的情緒にひたっている時ではあるまい。

と、思い直したが、何かが妙に頭に引っ掛かった。

そのまま中部、関西と見流していたとき、彼女は数年前の、仕事の合間の中尉との紙コップのコーヒータイムを思い出した。そのとき彼女は世間話の延長で、彼に自衛隊に入った理由を訊いた。彼は笑いながらこう答えた。

「子供の頃から一度、銃を撃ちたかったのです。マンガや映画の影響を受けて」

自分の家系のことがあった。彼女は訊いた。

「もしかすると、あなたの先祖は武士ですか」

「いいえ、父方は九州の百姓の出と聞いています。母方の祖母の出は四国U島の武士だったそうで、祖母はよく自慢していました。私には関係ありませんけどね」

「関係あるじゃない。あなたにも、そのお祖母《ばあ》さんの血が四分の一流れているはずよ」

そう言ったことが、彼女の頭によみがえった。

身体を背もたれに倒した。画面には四国が映され、その中にU島があった。彼女の頭の中で何かが動き、突然、視界が鮮明になった。彼女は上半身を起こし、指で髪を後ろへすくってから、スマホを取って、山下の番号を押した。

山下がすぐ出た。挨拶も簡単に用件を告げた。

「中尉が向かった先は四国です」

『何か根拠があるのですか』

大佐は説明の面倒くささを覚えた。

「そんなものはありません。上司としての私の直観です。すでに日本全国の主要な駅や空港、高速道路には自動検索システムを設置しているでしょう？」

『ええ』

「それでも二人がまだ発見されていないのは、装置が本格的に設置された時点で、二人はすでに目的地に入っていたと見ていいでしょう。そこは十中八九、四国です」

『二人の目的地を、四国と見ているわけですか』

「今は夏です。夏になると、四国八十八箇所の寺を巡礼するお遍路さん（巡礼者）が増加します。二人はお遍路さんに化けています。一般的に、お遍路さんは白装束に杖《つえ》、頭には菅笠《すげがさ》です。顔が隠せます。お遍路さんの格好なら、二人でそろって歩いていても、夏の四国なら誰も不自然とは思いません。お遍路さんは特別の日に始めなければならないこともありません。いつでも、どこからでも、お遍路さんになれます。それに中尉は歩くのを苦にしません。カノンも三年間、山で生活していました。多分、歩くのを苦にしないでしょう。それに田舎道です。そんな道に容疑者自動検索システムの機器が設置されたとは思えません」

『今、パソコンを見ています。四国にも『龍』のつく場所がありますね？』

「多分、支援者とのランデブーの場所はそのひとつでしょう」

『わかりました。再度、聞きますが、理由を教えてくれませんか。上を説得できません。それに、後で間違いだったでは済まされませんから』

「わかりました。彼は中学・高校と母方の祖母に引き取られていました」

『はい。それは大佐に送ったメールでわかっています』

「その祖母は四国U島の武家の家柄の出身なのです。まだ証拠は見つかっていませんが、中尉は大学の時にその地を訪れた可能性があります。当時の彼にとって、母代わりの祖母の実家が最も近い親族だったのです。カノンは自分が行ったこともない母の故郷を訪ねています。人間は、最後には何かの縁に頼るのでしょう。もしかすると以前祖母の実家に行ったとき、ついでに四国を一周したかもしれません。おそらく外国人の友だちと一緒に。それが夏だったら、お遍路さんの姿が印象に残ったのかもしれません」

『なるほど、わかりました。上を説得し、八十八箇所の寺にカメラを設置しましょう』

「石段を登りきった場所を撮影するのがいいでしょう。人間は長い石段を登りきり、建物が見えたとき、無意識に顔を上げます。そこを撮るのです」

『わかりました。ただし、急に八十八台もの容疑者自動検索システムを用意するのは、容易ではありません。時間がかかるかもしれません』

「あなたの省内中のスマホをかき集めて、四国の寺に設置し、そこで撮影したものを東京に送り、それをパソコンに繋げば、数は何とかなるでしょう。それとお遍路に逆回りはないと聞いたことがあります。またさっき言っていた『龍』のついた地名に近いお寺があれば、そこを中心にすればいいと思います。最初の方はすでに行ったはずですし、後半の方はまだ時間的に行っていないでしょう」

『わかりました』

「おそらくランデブーの日時に合わせて、遍路道なりに、お遍路さんの群れに混じって、目立たないように移動しているに違いありません」

そう言ってから、大佐はスマホを置いた。

電話で話しながらも、頭の別のところで分析していたものが、いま一段階進んでいた。どうであろうと中尉を選んだのは自分のミスだった、と彼女は思った。中尉はこれまで目的を遂行するために最適な行動を取ってきた。それは組織の目的にも合致していた。このため彼の性癖が露わに見えなかったのだ。中尉は自分の判断を全てに優先させる男だったのかもしれない。

犯罪者は身勝手な屁理屈をこねる。屁理屈でなければ歪《ゆが》んだ理屈だ。凍結卵子を盗んだ副所長、カノンを拉致しようとした外務省職員、彼らは彼らなりの歪んだ理屈を持っていた。おそらく中尉も彼なりの歪んだ理屈を持っているはずだ。

中尉の性格から考えて、おそらくカノンを第三者に売る気などないだろう。彼女の意を汲んで海外のどこかへ逃がす気だ。後で彼も海外に出る気なのだろう。けれど、不運なのは、うまの合う訓練されたチームメンバーと一緒でないことだ。

彼の一世一代の賭け、それは一国の警察と軍隊（自衛隊）を出し抜いて、女を国外に逃がす。そう決めてから、中尉はぞくぞくする快感を味わっているのかもしれない。おそらく目出し帽の男二人を倒したとき、ヘリを墜落させたとき、彼はこれまでやりたくともやれなかった、卑屈に撓《たわ》めていた筋肉を、心の強いるままに思う存分解放したことだろう。さらに今は別の筋肉に溜められていた力を、今、ゆっくりと楽しみながら解放していることだろう。

——中尉、まあ、何があったか知らないが、せいぜい自分の能力を賭けて、精いっぱい逃げるがいい。だが、現実はそれほど甘くはない。逃げることなど絶対にできない。こっちも絶対に逃さない。空からヘリが来て、縄梯子《なわばしご》が下りてくることも絶対にないぞ。

彼女は椅子に座りながらも、背筋を伸ばした。

——さあ、中尉よ、この勝負、私に勝てますか。

## 3

大佐の勘は当たっていた。

真田とカノンはお遍路姿で四国のお遍路道を、一定のリズムで歩いていた。A県から東京へ脱出した日、その夜はちゃんとしたビジネスホテルに一泊し、翌日、カノンに化粧をさせ、さらに個人認証を誤作動させるメガネとサングラスを持たせ、二人で東京を、二十代の若い恋人たちのように食べ歩き、また有名な通りをアイスクリーム片手に歩いた。危険を冒してまで真田がそうしたのは、最悪の場合、これから本当に死出の旅になるかもしれないと直感したのだろう。その夢心地の一日は彼女の脳裏《のうり》に強く残ったが、彼にとってはハラハラドキドキだったかもしれない。

その夜遅く二人は夜行バスで新宿から大阪に向かった。翌朝、さらに大阪から朝一の各駅停車の電車で神戸まで行き、神戸港から船で高松港に向かった。高松港到着後は高松駅までは歩き、駅構内でだしの香りに誘われてうどんを食べた。その後、ゆったりと間のある各駅停車の地方線に乗り、乗り換えを含めて、昼前に四国徳島の板東《ばんどう》駅に着いた。そこには四国八十八箇所一番札所の霊山寺《りょうぜんじ》がある。この場所が四国八十八箇所の精神的異界の入口なのである。

二人は駅前で遍路になるための衣服や笠、杖を求めた。そのあとすぐには寺には行かず、駅前近くに宿を取った。実はバスでの眠りは浅く、肉体的疲れより精神的にくたくただったのである。それに明日からの厳しい毎日を考えての準備の意味もあった。宿の主人は真田に堅気の人でない、ヤクザか刑務所から出てきた人間、カノンはその情婦のような感じを受けた。時々そのように感じられるお遍路もいる。二人は部屋に案内されるなり、すぐ横になり眠りについた。

翌日から、二人は身を遍路姿に変え、宿におにぎりを頼み、朝早く宿を出た。お盆が近いためか、日の長い夏だからか、それとも世を悲観した人が多いからか、霊山寺にはお遍路姿の人間が大勢いた。ほとんどがバスで来た人だが、実際に歩く人も少なくなかった。こうして二人の旅は始まったのである。それはA県マキ市で、武田デカチョーによるシラミ潰しの捜索が始まった頃のことである。

ヤマト村に比べれば、夏の四国は降り注ぐ熱が刺すように暑かった。それでもカノンは真田の気遣いを感じながら歩いた。そのうち胸の中には俗世間と離れ、ひたすら仏を念じる清浄な思いが生まれてきた。真田もほとんど口をきかずに歩いていた。彼女は母ミロクを思い出すことがあったが、自分が貴重生物である以上、一緒にいれば、母親に迷惑をかけることは百も承知していた。それに自分が余りにも微力で、静かな生活が来ることを念じるしかなかった。

「しばらく安全な場所に逃げる」

老人の家を出る時、真田はカノンにそう言った。彼女は詳しいことは何も知らされず、単純に彼を信じ、指示どおりに動いていた。彼の素振りからは誰かと連絡を取りあっている様子はまったくなかった。本当にお遍路さんになってしまったのではないか、とさえ思えた。それに、

「こんな世界から逃げ出したい。縁を切りたい」

こう言ったカノンの言葉を、真田が間に受けたのかもしれない。時々そんな雰囲気さえ感じていた。今は遍路の旅にいる。カノンはこんなことを思っていた。

世間にあって世間になく、あの世を歩くがあの世でなく、過去を背負う現在でもなく、未来に続く

現在でもない。身あって身なく、思いあって思いなく、ただ幻の縁をひたすら歩いている、と。

彼女は、真田がただ順番どおりに八十八の寺を巡礼するのだろうと思っていた。そうはいっても夏である。休めるところでは、シャワーが使えるかどうか、必ず聞いた。

夜は、おそらくカノンの身体をいたわってのことであろう、真田は必ず宿を取った。支払いは彼が複数枚持っているカードから、身元のばれないもので支払っていたのだろう。

正直言えば、寺を目指して歩く毎日に、最初二人は戸惑いと実際の疲れで、夕方にはくたくたになった。またにわか雨になることもあり、そのとき近くに茶店のないときもあり、真田はテントと雨具を買った。さすがに野宿はしなかったが、安宿に足止めをくったこともあった。そういうとき、二人は長風呂し、よく食べ、よく寝た。

そのうち、二人はただ歩くだけの旅に慣れていった。最初の頃の辛さを乗り越えると、正確なリズムで歩けるようになり、気持ちが楽になった。

そのような段階になったとき、二人はある寺の茶店のテレビで、懸賞金一億円のニュースを見た。ニュースは二人が龍ヶ崎、龍の岬など龍のつく場所に現れる可能性があることが含まれていた。二人は笠をかぶったまま茶を飲み、静かにそこを離れた。

四国の人口は日本全体の約三パーセントと言われてきたが、赤ちゃんゼロ時代になり、比率はもっと下がっていた。つまり特定の市を除けば、見渡す限りの非居住区である。八十八箇所の寺の周辺を除けば、遍路道は非居住区の中を通る。その日の夕方、真田は本来の道を大きく外れ、海岸に沿って進むと、周りを見回してからテントを張った。

　真田は何も語らない。彼女の方も何も聞かなかったが、茶店のお遍路さんたちの会話から、この先、旅がまともに続けられないことも予感していた。老人たちの第一の願いは健康だ。それを政府は狩りの動機に使い、二人を狩ろうとしている。

　お遍路（巡礼）をしているという意識があり、日中の食事は簡素におにぎり、野菜ジュース、それに黒ゴマ、黄な粉、ヨーグルト、黒酢、牛乳、蜂蜜の特別ジュース、これらを中心に口にした。弁当は外で何度か食べたが数えるほどだった。茶店ではソバ一杯も食べなかった。

　真田は二人分の大きな荷物を背負っていた。彼は頬がこけた。カノンも体重が減り、顔が小さくなり、目が大きくなったように見えた。だが、彼女は心がどんどん浄化されていくような感覚がしていた。このまま続けたい、彼女はそう思っていた。

　あの老人の家で過ごして以来、彼女は、母親とはまた別の形で、真田の存在が自分の心を癒し、安心感を与えているのを感じていた。ただ、会ってからまだ一か月も経っていない危うさも、別のところで感じていた。だが、とにかくこのまま信じてついて行こうと心に決めていた。その夜は海岸の岩屋の下のテントの中で、ほとんど会話を交わすことなく、二人は眠りについた。そして翌日から、カノンは手拭いで顔を深く包むように覆い、その上に菅笠をかぶった。

4

山下が大佐から電話を受けた四十八時間後、警察の持つ容疑者自動検索システムとほぼ同じ機能が、一般のスマホとパソコンを繋いで実現され、四国の複数の寺の境内の映像が、東京の彼のチームのコンピューターで、同時に見ることができるようになった。そのチームには東京警視庁・科学警察研究所の人間も加わっていた。

日本は狭いのか数日も待たずに、ついに四国のある寺から送られてきた映像のひとつは、笠のために顔半分のデータは得られなかったが、目がかろうじて写り、口、顎、頬骨、鼻梁《びりょう》、鼻腔《びこう》、目、耳、それらの位置は、骨格的に真田一郎中尉を示した。その結果を持って山下は局長室へ飛び込んだ。

「局長、二人を見つけました。彼らは現在、四国にいます」

山下は局長と協議した後、自席に戻ると、映像に写った寺のある県警本部に電話を入れ、非常警戒態勢を取るように要請した。ただし、自分が行くまで、絶対に手を出さないように念を押した。さらに大佐に連絡し、自分の移動に戦闘機を頼めないかと依頼した。彼女は電話口ですぐに了承し、「私も行きます」と答えた。

山下クラスの官僚になると、非常時の出張に備えた用意は常に整えている。彼は霞が関にある五つのヘリポートのひとつで、大佐と待ち合わせて、ヘリコプターで最も近い航空基地のある自衛隊駐屯基地に移動し、そこから戦闘機に乗り込み、四国へと向かった。

それは偶然だったのだが、四国のその県には自衛隊基地があり、山下と大佐はその基地内に一泊し、翌朝には自衛隊の車で、目撃のあった寺のある地域を管轄しているナギ市警察署（架空）に入った。真田中尉が映像で確認されてから二十四時間は経っていなかった。

その朝、市警察署の玄関には、すでに県警本部からの幹部や警察署長・他の幹部クラスがずらりと並んで待っていた。特にそのときの大佐が人目を引き、後の語り草になったので紹介しておこう。

山下は白いシャツにネクタイ、上着と黒いカバンを手に持ち、公務員そのものだったが、大佐は青の夏服の半袖の制服をきりりと着こなし、制帽から見えるブロンドの髪、目には黒いサングラス、赤い唇、高いヒールの黒い長靴、百七十センチを超す身長は別の意味で異質だった。

彼女を米国人と見間違えた田村《たむら》県警本部長は「米軍が参加するほど、この作戦は重要なのか」と体が震える思いで、本庁から来た山下と彼女の手を握った。そこにいたほとんどの人たちの視線は、米国映画で見る女優然とした、あるいは歌劇舞台の男優然とした華やかな彼女に向けられていた。女子職員の中には赤面して見る人までいた。

山下は時候の挨拶などを抜きにして、電話で準備させた機材の用意された会議室に案内してもらい、部屋に入るなりホワイトボードに貼られた地図を前に県警本部長に言った。

「拉致された女性が目撃されたのはここです。一昨日のことです。ここから最も近い龍のつく場所はここ『龍の鼻』です。徒歩なら昨日の今日ですから、まだそこまでは行っていないと思います。バスツアーのお遍路さん、歩きの人、自家用車の人、とにかくお遍路さんの顔を全員確認して下さい。それにどうやら拉致された女性は、何らかの理由で逃げられないようにされていると思います。脅迫かもしれません。犯人が拳銃を持っていて、逃げたら後ろから撃つと脅しているのかもしれません。ですから絶対に無理しないで下さい。拉致された女性を無事に救出することを第一に心がけて下さい。救出できるなら、犯人の逃走を許しても構いません。彼女は日本で、たった一人のＺＸＹ型女性なのです。そこのところはくれぐれもお願いします」

県警本部長が口を引き締めて大きくうなずいた。山下は続けた。

「それから『龍の鼻』付近の港の船を全部、出港停止させて下さい。ヨソから来ている釣り船、ヨット、漁船、観光船、特に外国人には注意して下さい。『龍の鼻』に近づけさせないで下さい」

「承知いたしました。××県警総力を挙げて犯人逮捕に協力いたします」

さらに、声を落とし、田村県警本部長が恐る恐る言った。

「ところで、我々はヘリコプターを用意していますが、いかがいたしましょうか」

山下がちょっと迷い、大佐の方を見た。彼女が受けて言った。

「そうですね。二人を空から拾い上げようとする敵のヘリコプターの侵入は、排除する必要があります。ですが、我々が空からヘリやドローンで二人を追い詰めるのは、得策ではないでしょうね。ヘリやドローンは心理的に強い圧迫を与えます。犯人がヤケになって、人質を殺し、自分が自殺する可能性があります。一番いいのは細い逃げ道を見逃しながら、ごく狭い範囲に追い詰めていくことです。

最初からどこにいるかわからないのに、ヘリやドローンが飛び回るのはあまりいい作戦とは言えないでしょう」

山下が大きくうなずいた。

「確かにそうですね。ヘリやドローンは控えましょう。県警本部長、それからお寺に踏み込んでの捜査はやめて下さい。バスツアーのお遍路さんもたいそう多いようですし、犯人が大勢を人質にすることも考えなくてはなりません。できれば路上で検問する程度にして、犯人を人のいない狭い範囲に徐々に追い込むのが得策です」

「もし、犯人がバスツアーに紛れ込んでいたら、どういたしましょうか」

と、心配顔の県警本部長が質問した。山下がそれに答えた。

「そのときは仕方がありません。バスを通過させて下さい。ヤケを起こさせるのが最も危険です」

「わかりました。そのように指示させていただきます」

判断の重い作業から解放されると知り、田村県警本部長は身体全体からやる気をみなぎらせた。また外国人と思っていた大佐が、ペラペラの日本語をしゃべったので、内心ホッとしていた。突然、英語で話しかけられたらどうしようか、と迎えたときからずっと心配していたのである。

山下はわざわざ大声で県警本部長に言った。

「本部長、ご準備ありがとうございました。私たちはこの部屋で待機します。本部長はお忙しいでしょうから、そちらの方にかかっていただいて結構です。何かあれば、こちらから声をおかけます」

本部長は、これから山下たちが、何か秘密の打ち合わせをするのだと考え、

「それでは、お言葉に甘えさせていただきまして、失礼いたします」

そう言って、後ろに控えていた警察幹部たちに目と顎で指示すると、小さく頭を下げながら部屋を出て行った。

最後に、秘書課長と思える人物が頭を下げてドアを閉めるのを待って、山下は近くの椅子に座りながら、声を落として大佐に尋ねた。

「真田中尉は銃を所持していますね？」

彼女も近くの椅子に脚を組んで座ると、サングラスを取って胸のポケットに入れてから言った。

「持っています。拳銃一丁を許可しています」

「銃を使用するでしょうか。警官や民間人に銃を向けるのかという意味ですが」

「そうですね」大佐も首をひねった。「任務を遂行するためだったら、警官や民間人関係なく使用すると思います。ただ、今の状況は個人の行動ですから」

「ＰＫＦで外国に行っていたときはどうだったのでしょうか」

「詳細は承知しておりません」

「現在の自衛隊で銃を使うことはあるのでしょうか」

「ありません。演習の時だけです。今は平和な時代にあって演習も形骸化しています。真田たちのように、外国にＰＫＦに行った人間だけが特殊な経験をした、これが実態です。いろいろな背景もあり

ますが、演習を除けば、自衛隊が銃を使うことは極めてまれです。まれというより今はゼロですね」

「しかし、大佐」山下は慎重を期したかった。「真田中尉がＰＫＦで銃を使った経験があれば、今回も銃を使うのではないでしょうか」

「中尉はヤマト村を離れて以来、窃盗も強盗もしていません。もうお金はないはずです。それなのにただただ潜伏している状況です。ここから考えれば、中尉は、警察つまり国と正面から対決する気はないと見ています。彼も長く自衛隊でメシを食ってきた人間です。彼も拳銃一丁で、国に対抗できるとは思っていないでしょう。使うとすれば自殺する時だけです。彼は今、亀のように首を縮めて潜伏し、誰かわからぬ救助をじっと待っている状況です。現状だと、いかなる組織だろうと救助などできないのは目に見えていますが」

「国に抵抗しないが協力もしない、ということですか」

「今の状況はそのように見えます」

山下はうなずき、話を戻した。

「そうは言っても、いざとなったら、やはり銃を使うのではないでしょうか」

「それはわかりません。中尉にいくらかでも理性が残っていることを祈るだけです」

山下は納得したようにうなずいた。

「ところで大佐だったら、二人をどのように追い詰めますか」

彼女が頬を緩めた。

「何人かを同じお遍路姿にして、二人と同じルートを追わせます」

　実際に大佐は、山下が四国の寺にスマホの検索システムを手配している間に、自称斉藤とそのチームをひそかに四国に派遣していた、二人を見つけても何もするなと指示して。大佐はそのことを顔にちらりとも出さずに続けた。

「休憩かどこかで、二人の気が緩んだ隙を見て、一気に拘束します。今回も警察は、ヤマト村と同じような形になっています。こうなると二人も身構えざるをえないでしょう。袋小路に追い詰められて、二人がヤケにならなければいいがと思っています」

「犯人にするりと逃げられてしまい、民間人を危険にさらしてしまいました、というような弁解は、警察にはできないのです。とにかく民間人を危険にさらさず、同時に逃げられないように、網を次第に縮めていく、そうすると江戸時代と同じく、大人数になってしまうのです。そうやっても逃げられることがたまにありますが」

「なるほど、見慣れた光景にも理由があるんですね」彼女は山下の思いを見透かしたように言った。

「展開によっては、彼女を説得しなければならない事態にならないとも限りません。うちの戦闘機を使って、母親をここへ連れてきて下さい。それにもうひとつ、山下さんにだけ教えます」

「何でしょうか」

「彼女は子供の生める体に戻っています。ですから、絶対に……」

　山下は言葉を呑み、大佐を見つめた。

## 5

カノンは早朝から、真田の後ろをただ黙々と歩いていた。どういう方法かわからないが、彼が自分を救ってくれる、彼女はそう信じて疑わなかった。

真田は時々立ち止まっては海に目をやっていた。三十七年の空白の時間は、海岸を太古の昔に戻しつつあった。波が打ち寄せ、砂浜には蟹《かに》が遊び、鳥がそれを群れになってついばみ、水平線が空と海をくっきりと分けている。

大きな背の荷物と白装束、その姿は修行する行者にも、漂泊する僧西行《さいぎょう》（平安末期の歌人）にも、万葉の歌人にも見えた。

こうして歩いている限り、彼女は自分が追われている思いなどまるでなかった。夫について旅をする妻のような、そんな思いになっていた。その旅の先はなどと考えてもいなかった。無限のような時間の中をただ黙って夫について行く、そんな不思議な感覚だった。

県警挙げての捜査が四国の一画で始まっていた。県警本部には続々と情報が寄せられていた。気の早い警官は地元の消防団まで借り出していた。

昼までに、真田中尉が目撃された寺から『龍の鼻』までの、一般ルートでの道の検問が終了した。それでも二人の姿は確認されなかった。その状況を聞き、山下は少し不安を覚えたが、大佐は冷静に分析していた。

「山下さん」彼女が言った。役職ではなく苗字に変わっていた。「この前、暗号の分析を山下さんから聞かせていただきました。説明は納得できるものでした。それでもなお、真田ならもっと難しい暗号を作れるのに、なぜ、すぐ解けるようなものを作ったのか、という疑念が消えませんでした」

そこへ、女性スタッフがお茶を下げに部屋に入ってきた。大佐が女性に声をかけた。

「すみません。ちょっとお聞きしたいのですが、この地域に『三日月浜』とか『三日月岬』という場所か、『三日月』と呼ばれた有名人はおりませんか」

「いいえ、このあたりにはそのような地名はありませんし、そのような人物もおりません。私は耳にしたことがありません」

そう答えて、赤面した女性が湯飲みをお盆に載せ、頭を下げて、部屋を出ていった。

ドアが閉まるのを待って、山下が大佐に言った。

「暗号文の《crescent《クレセント》 moon《ムーン》》ですね？」

「はい。私は暗号が単純すぎるとずっと気になっていたんです。そこで数十年ぶりにポーの『黄金虫』を買って読んでみました。暗号は記号や数字を文字に置き換える、これが第一段階。第二段階はその再現した文章を読んでも、本当の意味がすぐに取れないように工夫されていました。また、確かあのロックグループの歌にも『Mr.《ミスター》 moonlight《ムーンライト》』という曲があったような気がします」

「なるほど。それで《crescent《クレセント》 moon《ムーン》》に目をつけたわけですか」

「はい。しかし、どうやら私の考えすぎでしたね」

「月齢では今日が三日月です、雲で隠れて見えませんが。そうですね、二人が向かっているのは、やはり『龍の鼻』ですね。心配は裏の裏をかくということです」

大佐が反論した。

「それは頭のいい連中が考えることです。真田が実際に相手にするのは、言われたことを黙々とやる現場の警官と消防団でしょう。指示が一番下の人間まで行き渡らなかったら、彼らは本部が予想したように、そこを引き上げることなどないでしょう。それに大人数だと必ず情報の徹底が遅れ、知らずに仕事を継続する人間が出てきます。このドジでのろまな連中に、裏の裏をかいた連中が引っ掛かるのです。県警の主力を北へ向けて下さい」

「大佐がそこまでおっしゃられるのなら、そうしましょう。心配は彼らが二手に分かれ、中尉が囮《おとり》になって、彼女を目的地に行かせることです」

「二重三重に、それも広く、漏れない輪を作り、ゆっくりと縮めていくことです。それは警察が得意なことではありませんか」

「まあ、捕り物が多いと言っても、田舎ではめったにありません。このように山が沈んだような地形は海が入り組んでいますから、ミスなく潰していくと結構時間がかかります。最終的には昔のミステリードラマによくありましたが、岬のような狭い場所に追いつめるのが一番いいと思いますが」

大佐が笑って言った。「後ろが崖の岬ですね。おまかせします」

山下のスマホが鳴った。すぐ彼が右手で合図して会話をやめたので、大佐は遠慮して部屋を出た。

午前など、山下は何をしているかわからないうちに時間がすぎた。午後も東京の部下と局長との電話のやり取り、こっちの現場からの報告の受け答えですぐ三時になった。

昼食はいいと断った関係か、おにぎり、お菓子、お茶、コーヒーの差し入れは過剰なほどだった。また大佐を一目見たいのか、これらの物を運んだり片づけたりする女子職員は来るたびに違う人で、皆赤面して部屋に入ってきて、赤面したまま出て行った。

大佐の方にも東京かららしい着信がスマホに何本か入った。どうやら上に何も報告しないで、独断で四国に来たらしい。三度目はさすがにまずいと思ったのか、スマホを持って部屋を出て行った。


ヤマト村で事件が勃発してから一か月弱、捜査の進展が格段に遅いわけではない。その犯罪捜査から一歩離れ、ＺＸＹ問題として見れば、今、日本はまさに剣ヶ峰の位置にいる。山下にはそう思えた。犯人、つまり真田中尉を逮捕しても、その途中で彼女が死ぬようなことがあれば、日本の未来はなくなる。ここの県警本部長、警察署長、現地の警官たち、それに消防団など、そこまで意識しているとはとても思えない。彼らは大きなイヴェントに参加している感覚のようだ。

——だが、自分だって、犯人逮捕にしゃかりきになっているではないか。

山下はこのようなせめぎ合いを胸の中に抱えていた。それでも報告が入るたびに、地図に×印《ばつ》をつけ、本部長に指示を伝えていた。

二人が一緒になって逃げているのは明らかだった。中尉がどんなに優秀な男だと聞かされようと、山下には女に同情した憐れな男にしか思えなかった。空白が縮まってゆく地図を見ながら、二人を拘束する自信はあった。ひとつの懸念は自殺だ。真田は銃を持っている。その気になれば彼女を殺し、自分の不名誉を拭うために自殺するだろう。こっちにはそれを防ぐ手立てはない。相手を怒らせず、絶望に追い込まず、ゆっくりと輪を縮め、諦めを待つ。山下は現場が暴走しないように数度、本部長に注意を促した。彼女はたった一人の女なのだと。

すでに、『龍の鼻』へ通じる道、歩いてゆける空間は、警官や消防団員によって閉じられている。つまり、ランデブー場所に二人はもはや行くことはできない。山下は報告が来るたびに、刻々と地図に×印を書き込んでいった。その先はもう小さな名もない岬の崖しかない。それを見ながら彼は手ごたえを感じた。と同時に、本来、気持ちが高揚すべきなのに、逆に冷めていった。獲物が自分の手の中で、もがいているような気さえした。

——二人は一体、何をやったんだ?

考えまいとしていた素朴な思いがまた出てきた。センターから卵子を盗んだ副所長は射殺された。射殺した警備隊長を責める者は誰もいない。法律に照らせば、副所長は単なる窃盗犯にすぎない。世間の気、これが正義なのだという気が日本中を覆っている。ZXYカノンが政府の保護下に入ることが、それが正義であり善だと、国民の誰もが思っている。局長も、自分も、大佐も、その正義を信じ、二人を追い詰めている。

——法律が一本あれば……。

そう思わずにはいられなかった。自衛隊が当初主張したように、真田中尉が動かなければ、彼女は今ごろ敵の手に落ちていたに違いない。自衛隊は今も公的には、中尉に彼女の確保を命じたことを認めていない。母親の容疑は自分たちがでっち上げたものだ。敵がどこの国なのかは未だに確認できていない。真田中尉は彼女の思いを汲んで、一緒に逃走しているに違いない。二人が警察に追われなければならない理由とは何なのか。

報告を受けて、山下はまた地図の一部に印をつけた。それを見ながら、素朴で、名状し難い不条理感がまた重くなった。

ＺＸＹ情報と共に、死んでいた時代に生気が再びよみがえった。老人クラブに堕落し、大臣なんぞは持ち回りの順番のようなものだったのに、議員たちは再び権力に目覚めた。警察の捜査さえデタラメだった。どうせ未来はない。犯人を逮捕してどうなる？　そんなの面倒なだけだ。泥棒や窃盗は放置、殺人事件は犯人が自首してきたものか、世間で騒がれたものだけが捜査された。生気のない、死んだような社会ではそれも許された。

この前まではそうだった。それがＺＸＹ情報と共に、警察も一般市民までもが魔法のように正義に目覚め、今は興奮と共に、再び三十七年ぶりに、まともに考え、まともに議論し、まともに結論を出そうとしている。その空気が今、二人を追い詰めている。

——こんなやり方で、本当に日本に新しい未来はやってくるのか。

もし彼女を失えば、日本がよみがえるチャンスはその可能性すらゼロになる。昔のように米国を頼りにし、ヨーロッパを頼りにし、彼らが解明したＺＸＹの手法を、人道の名の下に『日本に教えて下さい』と哀願するのか。哀願したところで無料でも有料でも、教えてくれるかどうかはわからない。

――彼女は国の人柱《ひとばしら》なのか。

突然、その言葉が頭に浮かんだ。自分は国民五千万人、多数決の多数の側にいる。役人は国民の公共の利益を考えなければならない。誰もが彼女の確保を待ち望んでいる。おそらく真田中尉はカノンの個人側にいる。国の未来と個人の自由、このふたつの正義。自分はクーラーのきいた部屋で指示し、彼女は今、汗まみれになって、野良犬のように逃げ回っている。最初にどこかでボタンの掛け違いがあったのだ。それが今、どうしようもないところまで来てしまっている。

――死なせてはならない。絶対に……。

山下はなぜか彼女の死を予感した。だが一人の人間として、絶対にそうさせてはならないと思った。

山下を冷めた目で見ながら、大佐は部屋の隅でコーヒーを飲んでいた。これまで土壇場で裏切った男や女を、何人も見てきたはずなのに、真田中尉を買いかぶりすぎていた自分の甘さを笑った。彼は仕事の上では確かに優秀な男だった。だが、それは優秀な仲間がいて、優秀な装備があって、国という後ろ盾があったからかもしれない。今は犯罪者のように女と逃げ回っている。しかしそれも時間の問題だ。残りはわずかだ。

副所長の事件があってから、一目で外国人とわかる人間は、警察や国民から、その動きを監視されるようになった。彼が暗号を送った相手の姿はまったく見えない。そんな気配すらない。彼が救援を求めた組織はそれほど大きなものではないのかもしれないし、怪しまれずに動ける日本人の、それも小さなものか、本当は個人かもしれない。

——惨めな……

山下が言ったように、無骨な彼は女の情にほだされ、骨抜きになったのだ。

——それにしても、このザマは何だ？

現場では自衛隊一優秀だと言われた男が、女と逃げ回っている。彼まで腐っていた。逮捕された外務省の男も、省内では切れ者で通っていたという。それに射殺されたセンターの副所長も一時期、日本の頭脳と言われたそうだ。一体、日本の男どもはどうなってしまったのか。ＺＸＹがあろうとなかろうと、日本は本当に滅ぶかもしれないと、大佐は思った。

——まあ、日本が滅ぼうが滅ぶまいが、自分はどっちでもいい。どうせ人間は一人で生まれ、一人で死んでゆく。後は骨になり、土になるだけだ。知ったことではない。だが、けじめだけは、きっちりつけさせてもらう。

彼を警察に引き渡す前に、大佐は自分の手で真田中尉に手を下そうと思った。自衛隊の不名誉とか、自分の面子の問題ではない。人間の生き方、それも国を守るべき役目を負った人間として絶対に許せなかった。最後は自分が片をつけてやる。彼女はそう思いながら、静かにカップを口にしていた。

# 6

闇が迫っていた。

ペットボトルのお茶を飲み終えると、真田が荷物を担いで岩の陰に消えた。カノンは着替えだろうと思ったが、現れた彼は白装束を脱ぎ迷彩服を身に着け、ヒゲも剃っていた。その出《い》で立ちを見て彼女は一瞬、何が起こったのかわからなかった。

「警察の手がもうそこまで迫っています」

その言葉にカノンはただならぬものを察し、真顔になった。カップを置くと真田の前まで行き、きつい声で訊いた。

「死ぬ気なの？」

「ひたすら歩き、真摯に考えてきました。しかし、自分は仏の道に入ることができませんでした。自分は根っからの自衛隊員です。命令に背きました。自分が何をしたかわかっています」

「私はどうなるの？　ここまであなたを信じてついてきたのに」

「あなたは、あなたの生き方を自分で決めて下さい。自分にはどうすることもできません」

「ねえ、一緒に逃げましょう？　私、どこまでもついて行くから。ねえ、そうしましょう。四国にだってヤマト村のような所があるでしょう？」

真田が首を横に振った。

「一国の総理が懸賞金をかけて追っているのです。もうどこにも逃げられません」

　カノンの身がこわばっていた。

「あなたが死ぬなら私も死にます」

「それはいけません。命を粗末にしてはいけません」

「なぜ、私が警察に追われなければならないの。なぜ真田さんが追われなければならないの。私たち、罪を犯すようなことを何にもしていないじゃないの。なぜ、真田さんが死ななきゃならないの？」

「歴史には不合理なことが幾つもあります。そうして人間の歴史は作られてきました。私はお遍路をしながら、助かるかもしれない、また、このまま俗世を離れられるかもしれないと、甘く考えたこともありました。でもやはり、自分が予想したとおり、政府が総力を挙げて追ってきました」

「歴史って何よ。政府って何よ。警察に捕まれば、私は貴重動物、絶滅危惧種の研究用にされ、死んでもホルマリンに漬けられるか、冷凍され、ずっと切り刻まれてゆく運命が待っているのよ。私だけが人間ではないって言うの？　私は人間として生きていくことが許されないの？　ねえ、答えて？」

「あなたは、日本でたった一人のZXY型人間です。国だって考えているはずです」

「私は信じない。総理大臣が懸賞金をかけ、税金免除で国民全部をけしかけ、私を狩りだそうとしている。本当に私のことを考えてくれているなら、もう少し違ったやり方があるでしょう。何にも知らないお母さんまで逮捕しなくてもいいでしょう。警察のやり方は鹿や熊を狩りだすのと一緒よ。これでどう信じろ、って言うの？」

真田はゆっくりと首を横に振った。

「自分は一人の日本人として、日本の現実を憂えています。国民の多くが子供の生まれることを望んでいます。それができるのはあなた一人だということも理解しています。またあなたが一人の女性で、一人の人間であることも理解しているつもりです。あなたが平穏な生活を望んでいることも知っています。自分は日本人にとっても、あなたにとっても」

遠くで犬が鳴いた。

カノンはその声を聞いて、真田に抱きついた。

「私、嫌なの。一緒に逃げて！」

彼女の必死の形相と、つかまれた腕の強さに真田はたじろいだ。

「ねえ、一緒に逃げて！　ねえ？」

その思いつめた目力の強さに、一瞬だったのか、一秒だったのか、二秒だったのか、そのとき真田から時間の感覚が消え、カノンの命と自分の命が呼応して、融け合って一体化したような感覚が全身を貫いた。

「わかった。来い！」

真田はカノンを引き離すとバックを担いだ。

## 7

本部に二人の足取り発見の情報が刻々と寄せられた。山下と大佐はそろって現場に向かった。現場に到着すると、ここの市警の中野《なかの》警察署長が待っていた。そこには警官だけでなく、伝統的なハッピ姿の消防団員たちの姿もあった。

「目撃情報から、二人は一緒に行動し、このあたり二キロ圏内にいると思われます」

示された地図は一方が海で、警察はその輪を縮めていた。

「二人がいる場所の可能性は？」

「海岸は両側から洞窟や岩陰を調べながら進めています。地上は潅木の森が広がっていて、海岸よりは難航しています。可能性としては、海岸より森に逃げ込んだ可能性が高いと思います」

山下が腕時計を見た。すでに午後の八時近くになっていた。空には月がなかった。あちらこちらにLEDライトが光っていた。

「署長、私が投降を呼びかけます。自殺したり、女性が殺害されたりするのが心配です」

「わかりました」

拡声器の声が地域一帯に響いた。それはゆっくりと落ち着いていた。

「真田中尉、あなたがいるのはわかっています。あなたは外国の機関から女性を救出してくれました。これは我々警察も確認しました。あなたと我々の間には誤解が生じているようです。あなたの名誉はすでに回復されています。どうか女性と一緒に出てきて下さい。お願いします。それから、この捜査に関わっている皆さん、全員にお伝えします。真田中尉は犯罪者ではありません。真田中尉は外国の機関から女性を救出してくれました。我々の手違いでこのようなことになっていますが、彼は犯罪者ではありません。二人が現れても、手荒なことは絶対に謹んで下さい。もう一度繰り返します。――」

繰り返した山下は周りを見ながらゆっくりと拡声器を下げた。中野署長が横から恐る恐る尋ねた。

「今、言ったことは、本当ですか」

「本当です。それに女性の安全、無事な身柄確保が優先されます。中尉が逃走しても構いません。女性の救出、それも無事なことが第一優先です。彼女は日本でたった一人のZXY型女性なのです」

「わかりました」

そこに日本未来センターの木村所長が、二人の医師を引き連れてやってきた。

「彼女の健康状態が心配になりまして……」

このような場面になると、必ず功を求める人間が現れる。山下は所長を無視し、歩を前に進めた。

真田は滝木の森を縫うように逃げていた。先には失敗しかないことも感じていた。だが繋ぐカノンの手に熱さを感じていた。

――これが男女の本当の愛なのかもしれない。

男女の愛、それは観念的には知っていた。これまで女性に多少の愛を感じたことはあったが、命をかける思いになったことはなかった。それが今、自分が自殺すれば、カノンも追いかけるように自殺するだろうことも、確実に予測できた。

　これまで親が子のために、夫が妻のために、妻が夫のために、恋人が相手のために、みずから命を絶った例を知っていた。だが思えば、それは知識にすぎなかった。自分がカノンを好きだとか愛しているなどと、言葉を交わしたことはない。彼女を抱いたわけでもない。だが今、彼女の目を見ればそれは明らかだ。

　自分は名誉を守るために死を選ぼうとしたが、それは単に個人的な満足にすぎない。カノンを死なすことは絶対にできない。投降の呼びかけが保証されないことは承知している。だが動揺したことは事実だ。

　――自分が出て行ってどうなる。彼女はどうなる？

　自分は犯罪者として逮捕されるだろう。彼女は再び日本未来センターに戻され、厳重に監視されるだろう。それは二十四時間続き、自殺することもできないだろう。また彼女の母親が釈放されることも一生ないだろう。母親は保証なのだ。

　こうして事件は決着する。日本は法治国家だ。表面上は法で裁く。それにカノンは日本でただ一人のＺＸＹ型女性なのだ。彼女の運命は唯一、法律外に置かれるのだ。

　自分の直感はカノンを守れと訴えている。だが、もはや守ることができない。逃げる、ただ逃げる。今はそれしかできない。絶望の輪がどんどんと小さくなっていく。反対に、彼女に対する愛はどんどん大きくなっていく。

——どうすればいい？

真田は自分が打った手が有効ではなかったことを悟っていた。やはり、全てがうまくいくことなどあり得ないのだ。


「二人をこの先の崖のあたりまで追い詰めたようです」

中野署長が山下に緊張して報告した。捕り物のヤマ場だった。

「無理しないでくれ。そこに行って、私が投降を呼びかける」

現場に到着した山下は、再び拡声器を手にした。

「真田中尉、もう逃げる場所はありません。あなたは警察に包囲されています。再度言います。あなたは外国の機関から女性を救出してくれました。あなたの名誉はすでに回復されています。どうか女性と一緒に出てきて下さい。お願いします」

投光機があたりを照らした。しばらくして、警官の中からどよめきが起こった。光の中に、両手を挙げた無帽で迷彩服姿の真田と、その背に隠れるように菅笠に白装束のカノンがいた。

「署長、狙撃班を止めて下さい」

山下が署長に言うと、署長が手を挙げて合図した。

「署長、ここにいて下さい。私が説得します」

「彼は銃を持っているはずです」

「いいえ、大丈夫です」

山下が上着を脱ぎ、ワイシャツ姿になって、両手を挙げて、歩きだした。

「中尉、落ち着いて下さい。お願いします」

真田はじりじりと後ろに下がった。多くの人間が自分を見ている。自分の最期はこんな場面だったのかと寂しくなった。カノンは真田の体に隠れるようにし、腰のあたりの制服をつかんで、ぴったりとすがっていた。

山下は徐々に歩を進め、少し間を置いて止まると、ゆっくりと落ち着いた声で、以前から知っているような調子で話しかけた。

「真田中尉、私は警察庁の山下です。あなたの名誉はすでに回復されています。あなたも国に奉職する身なら、女性を解放して下さい。人質が必要なら私がなります」

そう言って、山下は武器を持っていないことを示すために、手を挙げて、ゆっくりと身体を一回転させた。投光機の光の中、ワイシャツの白さが異様に際立って見えた。

「中尉……」

真田は崖の端にじりじりと追い詰められていた。横目で見ると、波の音は聞こえるが、暗くて海面が見えなかった。

「どうか私の……」

左手でカノンをかばい、真田は右手を前に突き出した。

「来るな！」

「中尉、もう諦めて下さい」

「それ以上近づいたら、俺はカノンと一緒に海に身を投げる。そうなってもいいのか」

真田の目が投光機の光にぎらついて見えた。山下は慌てた。

「中尉、落ち着いて下さい。さっきも言いましたように、あなたの名誉はすでに回復されています。逮捕されるようなことはありません」

「俺のことはどうでもいい。カノンはどうなる。カノンはどうなるのだ？」

「政府が生活の一切を保証します」

「そんなことを訊いているのではない。彼女の自由だ、彼女の静かな生活だ」

山下は予想もしない問いに、一瞬、答えに詰まった。そのとき、一人の男が警官たちを押しのけて出てきた。

「日本未来センター所長の木村です。カノンさん、センターに戻ろう。あなたの一生は国が保証します。首相が約束してくれました」

その猫なで声に、カノンが真田の後ろから、泥のついた小さな顔を半分出して言った。

「私はセンターには絶対戻らない。もう身体をいじり回されるなんて、絶対に嫌です」

「カノンさん、あなたは新しい日本の母になれるんです。日本の母ですよ、素晴らしいことではありませんか」

「私はそんなのにならなくていい。静かに暮らしたいだけです」

所長が戦術を変えた。

「カノンさん、中尉に何を吹き込まれたか知りませんが、中尉は外国のスパイなのです。あなたを拉致し、外国に売り渡す気なのです。カノンさん、騙されないで下さい」

山下は自分の身辺警護役の大柄な警官に命じた。その警官は木村所長の背広の襟をつかむと引きずって、無理やり後ろに引き戻した。これまでやってきたことが水の泡になる一言だった。山下は心底、真田に願った。

「真田中尉、嘘は言いません。私が今まで言ったことは本当です。あなたは犯罪者ではありません。どうか信じて下さい。もし銃を持っていて撃つなら、私を撃って下さい。その代わりに彼女を解放して下さい。このとおりです」

その場に土下座して、山下は頭を下げた。それを見て、さすがに真田はためらった。そのときだった。おい、と声がすると、警官の真ん中が開けられた。現れたのは大佐だった。

「中尉、カノン、君たちが勝手にデートしているつもりなら、それもいいでしょう。しかし、母親はどうするのですか」

後ろには、手錠をかけられたミロクがいた。真田は息を呑み、カノンは思わず叫んだ。

「お母さん！」

大佐が土下座している山下の横まで、ミロクをむりやり引っ張ってきて、言った。

「中尉、この女は某国のスパイであることを白状した。カノン、このままだとあなたの母親は重大な刑になります。ただ、あなたが一緒に生活していたときのことなど、説明したいことがあれば、情状酌量もあるでしょう。カノン、母親がかわいそうだとは思いませんか。仮にも、あなたの母親でしょう。助けたいとは思いませんか」

「カノン……」

ミロクはそうつぶやき、その場に膝を折ると、顔をそむけ肩を震わした。カノンの目にみるみる涙があふれ出した。真田は何も言えず、彼女の手を強く握った。

カノンが涙声で言った。

「お母さん、許して。私がこんな身体に生まれたばかりに、迷惑をかけて……。お母さん、たった三年だったけど楽しかった。この人たちは皆、嘘をついている。そんな人たちの元へ私は戻らない。お母さん、私がいるからお母さんに迷惑をかける。お母さん、本当にごめんなさい」

カノンの身体が背中から離れたのを感じて、真田は振り返った。カノンが海に向かって走り、すっと崖の上から海の方向の闇の中に消えた。

「カノン！」

真田は思わず叫び、崖の端に駆け寄り、目を見張った。だが、下を見ても海は暗く、底は見えず、波の音が聞こえるばかりだった。

　突然、銃声と共に、真田は背に強い衝撃を感じた。振り返ると、大佐が銃を持っていた。

「貴様！　国に対して、何をしたと思っているんだ！」

　二発目の銃声が起こり、銃弾が真田一郎中尉の眉間を打ち抜いた。彼の身体は中腰のまま後ろに倒れ、崖から落ちていった。月のない夏の夜の、暗い海に……。

8

ナツ　様

『えっ、この話はこれで終わってしまうの？　どんでん返しもドンパチもないし、昔より組織が小さくなったとはいえ、真田中尉は自衛隊のザ・ベストなのに、まだ何にもしていないじゃないの。それに依頼者というか支援者も誰かわからないし……』

　と、あなたは不満を言うかもしれません。ですが、これが世の中の現実なのです。私も四国の崖の顚末《てんまつ》をニュースで知ったとき、日本国民の一人として落胆してしまいました。時間が経てば、普通は気分が変わるものですが、今回だけは頭から事件のことが離れず、時間と共に落胆は深まるばかりで、何もやる気が起きませんでした。

　そして最近カレンダーを見て、四国の事件もひと月前の事件となったと思い、やっとキーボードを叩く気になったのです。思い起こし、日数を数えれば、中尉とカノンの逃避行はたった二十七日で終わってしまったのです。日本の三つのＺＸＹ物語、つまりＺＸＹジョージ事件、ＺＸＹ凍結卵子盗難事件、今回のＺＸＹカノン事件は、あの米国からＺＸＹの初メールを受け取ってから、たった五か月と六日で全部消えたのです。

簡単に事後を言えば、カノンの遺体は、彼女が二度とセンターに戻りたくないと言ったのを神様が聞き入れたのか、発見されませんでした。また、真田中尉は背中と眉間を撃たれ、死体で発見されました。野党とメディアは政府の不手際を責めたてましたが、責めたところで国の未来は閉ざされたままです。事件の後、日本政府は諦めきれずに、国民のＤＮＡ検査を複数回実施しました。しかし、ＺＸＹ型が見つかることはありませんでした。

また最近、ヨーロッパのある有名ホテルで、ドクター・ニューマンと名乗る詐欺師の死体が発見されました。所持品からＺＸＹに関係する詐欺を企み、その関係で殺害されたと警察は見ているようです。日本の報道によれば、その男はどうやら日本のカムイ研究所の凍結卵子盗難事件にも関わっていたようです。

今の世界を眺めれば、きな臭い国もありますが、全体的には最初の混乱と興奮がやや静まり、多少ですがやっと落ち着いて話せる時代が始まったように見えます。世界では十か月後には赤ちゃんの姿が見られると喜んでいる国もあれば、交渉が難航して核を使ってやると息巻いている国もあります。当然のことですが、実は世界中の国々で、その国のＺＸＹ何々国ヴァージョンの物語が、日本と同じように展開されているのです。ところが日本だけに早々と舞台の幕が下りてしまったのです。

私は無気力状態から脱しなければならないと思い、自分の詮索好きをいいことに、職場、飲み屋、テレビのバラエティ番組、ネットの投稿、週刊誌や雑誌（この時代はデジタル版）から、金と時間の許す限り、ニュース報道ではないＺＸＹの話を意識的に追いかけ始めました。

世間では、一人の女性の人権を守ろうとした善人・真田中尉と、国の命令に逆らった悪人・真田中尉と、女の色香に迷わされた愚か者・真田中尉の、三人の中尉が酒の席のネタになっていました。遺体の見つからなかったカノンは、どこかで生きているという義経《よしつね》伝説のような話も耳にしました。さらに、真田中尉も本当は生きているという人もいました。

今は誰もが性能のいいカメラつきのスマホを持っています。実はあの崖の上の光景が、現場にいた人間、おそらく応援の消防団員によって、中継動画として複数のネットに流されていたのです。それを見た人間が、あの大佐の行動は見えすいた演技にしか見えない、あれは部下を救うための大げさな演技だ、と投稿する人まで現れたのです。そのような見方をすると、崖の下が岩場ではない水面の場所に、二人を誘導した疑惑も出てきます。何と言っても、大佐が逮捕されたというニュースがないのです。米国に逃げたという噂はありますが。

このようにＺＸＹ物語日本国ヴァージョンでも、耳を傾ければ、いわゆる都市伝説なるものが多く語られています。真田中尉の学歴は大学の英文科卒なので、大学時代にはクラブ活動に外国人留学生がいたのではないか。あるいは授業でも外国人の教授や講師がいて、その中に特に親しくしていた人がいたのではないか。その親しい外国人と大学生だった真田中尉は、ポーの暗号小説『黄金虫』の記号を使った暗号遊びをしていたのではないか。また、その外国人は大学時代の中尉と一緒に旅行して、実際に『龍なんとか岬』に行ったのではないか、などというものです。

もう一つ、映像に写ったカノンの顔の泥は、本当は痣《あざ》なのではないかという投稿から始まった論争です。痣だから本人は出てきて注目をあびるのを嫌がった、警察はわざと隠した、だから検索システムに引っ掛からなかったというのです。人間のえげつない好奇心は切りがないようです。

この四国での事件の後、佐藤首相が亡くなりました。理由は心不全と報じられましたが、人の死さえも酒飲み話にする連中は、一連の失敗続きの責任を感じた末の自殺だろうと噂していました。真偽のほどはわかりません。

その首相の後継に手を挙げる議員は誰もいませんでした。会合が数度繰り返され、最後はなんと女性の中で最も高齢の、人のいい議員を言葉巧みに首相に据えたのです。その女性新首相は豊田《とよた》ハルといい、一昔前の元首相の姪《めい》で、私とそれほど変わらない年齢でした。国民は誰もが首相の座を女性に押しつけ、有力議員たちは逃げたと考えました。

そのような経緯でしたので、女性新首相の支持率は低く、メディアは国民の思いと政治の乖離を批判しました。けれども、ZXYカノンを失った今となっては、何もかもが迫力を欠き、とうとう日本は持たざる国、すなわち滅びゆく国に数えられることになってしまったのです。この頃、日本未来センターの木村所長が解任されました。

世界は持つ国を中心に動いています。欧米グループ、イスラムグループ、スラブグループ、アフリカグループ、中南米と元宗主国、アジアグループ、また別の分け方で大ざっぱに言えば、男女ともいる国、男子だけの国、女性だけの国、どちらも持たない国の四つです。これらの国々の交渉が国際舞台の裏側で入り乱れて行われているのです。ところが、日本は交渉をする気力すら失っていたのです。

このＺＸＹ問題に関係して、南米のある国と植民地時代の元宗主国との間で戦争の危機が起こりました。それは何とか収まりましたが、持たない国は急速に軍備を整えています。また持つ国も過去の歴史に照らし、複数の子供が生まれた場合や孫の代には、子供のいない国に子供を譲渡するという契約を交わす国が現れました。子供の譲渡や引き渡しの言葉には違和感がありますが、現実には、これで世界の緊張がぎりぎり保たれている部分もあるのです。

ところが、当初は神から愛された国と言われた日本だけが、どこにも相手にされず、蚊帳《かや》の外にいるのです。豊田首相は中国に期待をかけました。人種的にも近いし、東アジアの国として親近感があったからです。けれども中国の返事は拒否でした。その理由は、第一に過去に日本が中国を侵略したこと、第二は日本が長年米国と同盟を結び、ことごとく中国の意に反する行為を取ってきたことなど、米国に救いを求めるのが筋ではないかと言われたそうです。

その頼りの米国はヨーロッパ各国と約束を果たしてからと、交渉の輪を広げようとはしませんでした。今では日本国の首相が合衆国大統領に電話しても、繋いでもらえない状況なのです。メディアも一時あれだけ盛り上がっていたのに、風船が萎《しぼ》むようにしゅんとなってしまいました。

話は変わりますが、あなたは私の恐竜好きを知っているでしょう。実は化石が展示されている博物館では見学者が減り、無期休館となり、展示物が収蔵庫に保管されることになりました。それを知り、私は最後の日に見学に出かけました。その最後の化石見学の帰り、私はある決断をしました。そして今日、私、寺野聡太郎（実は恐竜の名を借りた筆名《ペンネーム》です）はセンターに退職願を出して来ました。

これまでセンターで働いていたのは生活のためばかりではありません。それは他人が見れば取るに足りないものに見えたでしょう。ですが、判で押したような日々の仕事でも、私はそれが世の中のために少しでも役に立てばと考えて働いてきました。

今回の私の退職願の本音を言えば、センターの中で行なわれていることと自分の思いが、自分の方から合わせることが不可能なほど乖離してしまっていたのです。センターではカノンを失った今も、DNAデータを中心にZXY解明に取り組んでいます。ところが残念ながら、センターには生命に対するひざまずくような謙虚な態度がないのです。私は別に宗教がかっているわけではありません。ただ素直に、生命に対する敬虔《けいけん》な思いなくしてZXYの解明などありえない、と思っています。

親は子の幸せを願います。その幸せとは何でしょうか。人類への貢献、国への貢献、企業への貢献、その貢献とは何でしょうか。人間が皆、幸せになるとはどういうことなのでしょうか。おそらくその答えは質です。多くの貧困国は先進国並みの生活環境、仕事環境、医療環境の質を求めています。もうひとつは量の世界です。赤ちゃんゼロ時代直前の地球の人口は百億人をオーバーしていました。地球上の百億人全員が先進国並みの生活になったら、誰もが幸せになるのでしょうか。そのとき地球はどうなるのでしょうか。

日本から世界に目を転じれば、世界の人口推移は第二次世界大戦後の約25億人（1950）を基準にすれば、約30億人（1960）、約40億人（1974）、約50億人（1987）、約60億人（1998）、約70億人（2010）、約80億人（2022）……そして赤ちゃんゼロ問題が起きた前後には、ついに100億人を越えました。大戦直後の約4倍です、世界の多くの知識人たちはこの数字を知っていることでしょう（数字は産経新聞、2023年4月30日、特集12面より）。

ところが、百億人を越えた途端に赤ちゃんゼロ問題が起こり、今度は人類全体が減る方に向かい、今の地球は最大時の半分の五十億レベルまで後退しました（統計が発表されないので個人的感覚です）。一昔前、地球の人口が毎年爆発的に増加していた頃、人間の思想や善悪を越えて、多くの新たな問題が発生しました。ところが一転して減り始めると、今度は人間だけに深刻な問題が起こったのです。この反転は何を意味するのでしょうか。

私たち人間には、近現代をリードしてきた西欧から生まれた思想があります。その思想にはいい面と悪い面——限度を越せばですが——があります。医者の端くれとして絶対に言いたくない言葉ですが、もし地球を管理監督する神様がいたら、この人間という生物が言う、人間の命は尊いからと、毎年、一億、二億と、億単位で野放図に拡大する状況を許すと思いますか。虎やライオン、いや人間と親しい犬や猫が百億匹、地球上に存在し、毎年億単位で増加する状況を想像して下さい。人間は受け入れることができますか。

人間はこれまで、ダーウィンの言う環境適応の自然淘汰《とうた》ではなく、自分たちに適応する環境の側を様々な方法で創造してきました。今や地球は人間によって作られた人工環境下での適応と淘汰の時代になってしまったのです。それも制御不能です。自由の名の下にルールさえありません。夢と希望と怒りを持った人間の、ポジティブなまたはネガティブな、あらゆることに挑戦する諸行が、誰も制御できない世界を創造してしまったのです。その人工環境の下で、人間の数が百億に達し、まだ増加し沸騰しそうな勢いに危険を感じた神は、人間に見えざる手を伸ばしたのかもしれません。あるいは、これまでの諸行の過程で、人間は触れてはならない禁断の何かに触れて、それを破壊してしまったのでしょう。私にはそのような答えしか見出せません。

今は赤ちゃんゼロ時代です。世界的にそうなってすでに三十七年です。地球の人口は最大時から半減し、平行するように、人間の生きる気力も向上心も半減以下になりました。そして人類は今、地球の歴史時代の恐竜のように、まさに土の中に埋もれようとしています。恐竜の時代、恐竜の中には人類とは別の方向で知能の発達した種がいたかもしれません。その種は滅びゆく自分たちを考え、何を思ったのでしょうか。人類も今、恐竜の道をたどるかのように見えます。

樹に見立てた進化系統図の、その各分野の先端の先で、人類が破壊し、新たに作りだした地球環境に対応するために、それぞれの生物が進化の新たな道を探っている姿が想像できます。人間はどうなのでしょうか、それがZXYなのでしょうか。いずれにせよ、それは神に属する世界です。

これまでマスメディアでたびたび使われていましたZXYの『蜘蛛《くも》の糸』表現は、神が『今度は間違いなくやってみろ』という意思なのでしょうか。見えざる神の手からこぼれ落ちた一滴なのでしょうか。それともＺＸＹは単に、ＤＮＡの二重螺旋《らせん》の遺伝方式が生みだした偶然なのでしょうか。日本にはその一億分の一、五千万分の一の確率と言われたＺＸＹ神話が三つありました。ところが、日本は他国から高笑いで嘲笑されるような結末を迎えてしまったのです。

日本のＺＸＹ型女性の名前カノンは観音様が由来、彼女の母親のミロクは弥勒菩薩が由来と聞いています。四国での事件の後、母親は警察に逮捕されていましたが、証拠不十分で釈放されたそうです。観音様も弥勒菩薩も仏様です。それを日本の警察は逮捕したり、追いまわしたりしたのです。この時点で、日本は仏様に見放されたのかもしれません。

それでも、私はただ日本の未来を信じ、祈ることしかできません。それが神や仏に通じるかどうかわかりません。ただ信じ、ただ祈る、それだけしかできないのです。今回の最後に、最近ネットで見つけた投稿をあなたにも紹介しましょう。若干長いものですが。

『人間が登場するまで、動物は環境に対し、特に敵に対して、新しい方向に敵対能力を少しだけつけ加え、少しずつ姿を変え、現在見られるような姿になった。ところが、ある一匹の猿は獣から自分の命を守るために、とっさに近くにあった木の棒をつかんで戦った。また別の一匹は襲ってくる獣に向かって、近くにあった石をつかんで投げつけた。その二匹の猿の行為は群れの中に広がっていった。それは動物が自分の歯や角や爪以外の物を使って身を防いだ最初の行為だった。

他の動物は鋭い爪や牙や角や毒を持つように進化したが、その猿の一群は棒や石を利用して戦う方法を工夫した。それは別の形で猿の脳ミソの別の部分を刺激することになった。やがて、その一群の猿たちの進化は特に脳ミソに集中した。ある恐竜の一群が巨大化したように、また獣たちが牙や爪や角を大きく鋭くしたように、その一群の猿の脳ミソは大きくなり、より思考的になった。手に持つ物もだんだん多くなり、ついには燃える木さえも持つようになった。その巨大化した脳ミソは猿の身体を変え、声の質を変え、狩りや普段の生活でも集団行動で工夫し、その猿の一群は次第に人間となっていった。

やがて、脳ミソをどんどん大きく進化させた人間は、言葉を発展させ、器用な指を持ち、いろいろな道具を発明していった。やがて武器を発明し、もはや猛獣を強敵と思わなくなり、人間の最大の敵は人間であることに気付いた。それから人間対人間の戦いの歴史が始まった。時を経て、その進化した脳ミソは、今では地球を複数回破壊することのできる数の核ミサイルを作るに至った。

獣の角・牙・歯・爪の進化は、最終的に地球の物理の法則に従わざるをえない。大きさには限度がある。ところが人間の脳ミソの思考はとどまるところを知らない。特に欲望の思考はひたすら突き進み、それを巧妙に説明する思考——夢、理想の実現、進歩、人類初の、記録的快挙、偉大な——などの言葉も加わり、どんどん大きく貪欲になっていった。

あの図体のでかい恐竜だって、腹いっぱいになったら、それ以上、食うことはやめていただろう。それが人間だけは別なのだ。人間の貪欲の根っこは脳ミソにあり、貪欲を抑制することができるのも脳ミソ自身で、その脳ミソの貪欲さには限度がないのだ。

ただし人間にも弱点があった。実は人間の脳ミソの巨大化の進化の裏で、脳ミソ以外の肉体側も、直接目には見えないレベルでの微細な進化とバランスが積み重ねられていた。だが肉体という物理的な世界には限度がある。その微細なネットワークのバランスは複雑になりすぎたが故に、肉体の限界をオーバーし、認知症（dementia《ディメンシャ》）のように、ついに人間は微妙なバランスをとるのが難しくなってしまったのだ。

おそらくそれが子供を生むシステムに影響し、赤ちゃんゼロ時代になったのだろう。あるいは、人間の進歩・進化をつかさどる生命の核心が、もう前に進むことを止《や》めたのかもしれない。

また別のところでは運悪く、人間が考え出した民主主義自体も、思想そのものが頭でっかちになりすぎたのか、運営する人間が下手すぎるのか、限界を露呈し始めた。脳ミソが作り出した思考にも寿命があるのかもしれない。

面白いことにＤＮＡ自身は思考を持たないと言われているが、ＤＮＡの設計図で作られた肉体には危険を察知する機能があるようだ。動植物の生命自体は地球のサイズから見れば、人間も人間が見る細菌やウイルスのようなサイズだろう。細菌やウイルスはどんな薬品に襲われようと、それに耐える生命をほんのわずかだけ作る。何もなければ無駄かもしれない。だが種存亡のとき、それが活躍する。どうやら人間にもその最も原始的な防衛の仕組みが残っていたようだ。今、人間はその仏様の垂らしたようなＺＸＹの蜘蛛の糸で、未来への可能性をわずかに残したかに見える。これが未来に繋がるのか、滅び去った動物のように結局消えてゆくのか、この先の運命は人間自身の手の中にあるように見える。

最後に、口にするのが恐ろしくて言わなかったが、現代のZXY男女の間なら子供は生まれる。しかしZXYは遺伝しないと聞いた。その子供同士に子供は本当に生まれるのか。こんな心配など杞憂《きゆう》であってくれと願っている。以上申し上げたことは、私のたわいない妄想である』

9

ヤマト村。

ミロクは家の庭から見える鎮守の森の上を、二羽の朱鷺《とき》が舞っているのを眺めた。彼女は庭の定位置に立ち、朝夕その光景を眺めるのが最近の習慣になった。翼を広げた朱鷺の長さは百六十センチにもなるという。

ヤマト村に戻ったミロクは、また一人の生活を立て直そうとしていた。たった三年だったが、それは濃密だった。至る所にカノンの残した跡があった。それは悲しくもあった。その悲しみは親を亡くしたときのものではなく、夫を亡くしたときのものでもなく、我が子を亡くしたときの言うに言われぬ悲しみだった。

カノンは生まれてすぐ法律によって国に持って行かれた。余りにも短い共有した時間も、ヤスリのような物で無理やり削り取られ、白髪となった年齢の身には、自分が子供を産んだ記憶さえも希薄なものになっていた。

　それがひょっこり目の前に娘が現れた。最初は誰かわからなかった。自分が廃村になった生家に戻ったことなど、誰にも話していなかった。それなのにカノンはやって来た。聞けば、母親の祖先が住んでいた場所に行けば、親族の一人くらいはいるかもしれないと思ったからだという。

　最初は、赤の他人が娘に成りすましているのかとさえ疑ったが、孤独に疲れていたこともあり、一緒に住みたいと言った娘の申し出を受け入れた。当初は懐かしさもなく、共通の話題もなく、まったくの他人のような関係で二人の生活が始まった。

　しっかり作られた先祖の母屋はまだ風雪に持ちこたえていた。ある部屋には仏壇があり、長押《なげし》には歴代の当主とその妻の遺影がずらりと並んでいた。カノンはそれを興味深く見ていた。それは家の歴史であり、家屋敷は単なる財産ではなく、先祖の労苦があちこちに残る具体的な遺産だった。

　電気もなくガスもない中、子供の頃に囲炉裏《いろり》があったと聞いた場所の床板を慎重に剥がし、囲炉裏を復活させた。山の湧き水を利用した水道は奇跡的に水が出た。その囲炉裏と水の出る水道が生活の中心となった。冬の夜は囲炉裏の横に寝具を敷いて寝た。ミロクにとって、二人の生活は煩わしいこともあったが、会話ができる相手がいることはうれしかった。

　だが、カノンは学校で習う読み書きソロバン（計算）はできたが、自給自足に必要な生活能力はゼロだった。いわゆる躾《しつけ》も無きが如くだった。それは面倒でも一から教え込まなければならなかった。

思えば、それは自分も母から教わり、義母に仕込まれた平凡で普通のことだった。今度は自分がそれをわが娘に再び伝えているだけのような気がした。

そのような行為や手段が面白いのか、娘はそれを急速に吸収していった。そして三年、自分からみればカノンは娘としてしなやかな若さを身に付け、なんとか二人の生活にも慣れ、二人の生活がスムーズに流れ始めた。それなのに突然、事件が起きた。

家から無理やり引き離されてから約一か月後、ミロクは再びヤマト村の自分の家に立った。しんとしてカノンの声はない。あのときに台所に放置されたままの包丁には錆《さび》がでていた。人がいなくなると蠅《はえ》さえもいなくなるのか、生活の臭いが全く感じられないその光景は、怒りよりも寒々とした悲しみだった。

一日がすぎ、二日がすぎ、あっという間に一週間がすぎた。わが子のいない空間は孤独が身にしみた。わが子がやってくる前の孤独が、また彼女に戻ってきたのだ。それは顔の皺《しわ》をかえって一層深くさせたような気がした。

ミロクは手を開いて、皺だらけの骨ばった、痩せた両手を何度もひっくり返して見つめながら、改めて自分を哀れに思った。夫は画家になりたかったがかなわず、民間会社の経理マンとして五十を前に倒れた。その妻である自分にもどうやらツキはなかったようだ。それにもまして、時代さえもツキのない時代に生まれた、――と思った。

さらにミロクは思った。赤ちゃんゼロ問題が起こる遙《はる》か以前から、日本では親が子に媚《こ》び、子は親に甘え、親は国に甘え、国もそれを受け入れてきた。真面目に生きることや勤勉までを笑いの対象にした。赤ちゃんゼロ問題が起ころうが起こるまいが、日本は国として、民族として、すでに臨界点を超えていたのだ。

まともと言われてきたメディアも、国の政治さえも、いつのまにか単なる注目目当てのユーチューバーと同じ色を帯びた。日本はいつのまにかそのような国になってしまっていたのだ。なにしろこの国はその時々で正義も観念も平気で変えて、変えたことに気付かない国民性なのだから。

赤ちゃんゼロ時代、人間は生命の活力が極端に低下し、向上心や何かへ挑戦する思いや競争することすら忘れた。それでも世の中が回っていたのは、世の中は死んでゆく人ばかりで、その遺産が生きている人に移ったからだ。つまり世の中は派手に金を使わなければ、働かなくても暮らせる環境になってしまったのだ。

ところがＺＸＹ騒動によって、人間は再びやる気を取り戻し、また目がギラギラしてきた。人間はまた三十七年前に戻り、以前の紛争地では再び戦う日々が始まったと聞いた。

地球の人口が百億人に達した頃、人間は滅亡の縁に立たされたと学校で習った。だが赤ちゃんゼロ時代もこのとおり悲惨だ。神は究極の問いを人間に発しているのだろうか。そのやりかたでいいのかと。自分にはその答えはわからない。ただ、自然の摂理に反したものは、行為も量もスピードも度を超せば、いくら人間が人間の正義を叫んでも、貧乏人だろうと金持ちだろうと、悪人だろうと善人だろうと、人間の別なく人間は滅びるのだろう――と直感する。

野菜を育て、糸を紡ぎ、染め、織る。山に感じ、風に感じ、虫や鳥に感じ、歌を詠む。生活の中に、花や鳥や、虫や、獣たちを見る。またこの年齢だから見えてくる風景もある。だからこそ、素人であろうと、女であろうと、年寄りであろうと、人間の文化や文明、生命を考える。

ミロクは本で時々ふたつの弥勒像の写真を見る。カノンはどこかの海岸にたどり着き、自分と同じように生活していると考えた、娘を国の横暴から最後まで守ってくれた真田中尉と共に。ふたつの弥勒像はわが子に、今度は海での生活を教えるためにそうしたのだ。それは多分美しい花の咲く彼岸の地なのだろう。

彼女の思いをよそにヤマト村の自然は、空には大きな朱鷺が舞い、太古の昔に戻るかのように春には森が新緑から浅黄《あさぎ》に染まり、放置された田や畑では稲や麦や野菜が自分の生命を賭けて戦い、夏には木々が大風に立ち向かって濃き青緑の枝を揺らし、秋には山全体が金茶鉛丹に燃え、冬は真っ白に包まれて眠る。こうして人間の思いをよそに、自然は巨大な生のサイクルを繰り返している。

沈黙。

## 10

…………………………

………………………

長い、長い、沈黙…………。

# Ⅷ　バックヤード

## 1

ナツ　様

忘れたころにまた何なのと、あなたは言うかもしれません。この前の報告から五年という月日が流れてしまいました。この五年の間、私は自堕落な生活を送り、ときどき世の中でささやかれているZXY物語の都市伝説やら、ネットの名探偵気取の投稿やら、居酒屋名探偵の話やらを拾い集めて過ごしていました。

調べていてわかってきましたが、三つのZXY事件に実際に関係した人たちは箝口令《かんこうれい》を言い渡されたのか、皆、口が固く、秘密を墓場まで持って行くつもりのようです。そういう人たちの発言が全く聞こえてこないのです。そうするといかなる名探偵が登場しても、ZXY物語は想像するしかないのです。

ところが三十七年プラス五年後に、私もまったく想像していないことが実際に起こったのです。それをまたあなたに報告しようと思い、パソコンに向かったわけです。ZXY物語には、私たちが知っている世間に見える形のストーリーの他に、もう一つの隠された物語がありました。その物語は、最も広がりやすい「秘密だよ」の合言葉と共に、私の耳にも入って来ました。これからそれをあなたにも伝えようと思います。それには時間を一旦、カノンと真田中尉が東京駅に到着した翌日に戻すのが一番いいようです。なお、これから話すストーリーには私の期待や想像も少し加わっていますので、あしからずご了承下さい。

あの五年前の夏の日の午後のことである。暗号がネットに公開され、その公開情報が文字通信で東京高輪《たかなわ》に住むジェイムズ・アンダーソンの元へ届いた。その通信文の冒頭にはこうあった。

『ジミー、お前のことがネットで話題になっているぞ。確認してみな。フォーチュネイト・ボーイの公開アドレスだ』

ジェイムズ（愛称はジムまたはジミー）は真田一郎の子供時代の近所の幼馴染《おさななじ》みだった。彼は、以前テレビのバラエティ番組によく出ていたその芸能人の名前と顔を知っていた。すぐスマホでそのサイトを見つけて、話題になっているという暗号を確認した。

それを見て、彼は親しかったジョン（真田一郎）から自分へのメッセージだと直感した。その暗号の記号の並びは懐かしいものだった。彼は昔を思いだし、その暗号の文章化を始めた。最初は戸惑ったが、やっているうちに思い出してきて、我を忘れて取り組み、一時間もかからずに解いた。

Emergency! I'm a gold dug, I have a zxy. Can you merit with me on a crescena moon night? I'm going to that pgaco you knfow. OFAAFO

Emergency! I'm a gold bug, I have a zxy. Can you meet with me on a crescent moon night? I'm going to that place you know. OFAAFO

　この暗号の作り方はジョンだ。それに、アイ・ハヴァ・ＺＸＹ……。

暗号の中の《crescent moon》クレセントムーンの半分は、自分の耳に入ることを確実にするための配慮だろう。そ

してＺＸＹとドラゴン《dragon》……。

ネットの中で、月曜日に起きたヘリコプターを使った誘拐事件は、ＺＸＹに関係しているらしいと

の噂が流れていた。もちろん出所不明である。そして今回のジョンの暗号、ジェイムズは頭の中で一

つの構図を作り始めた。

　彼は日本の田舎の山中で起きた女子誘拐のニュースを知っていた。警官一名が死亡し、ヘリコプ

ターが墜落、女子は誘拐されたままで、警察がその女性を追っている。もしその女性がＺＸＹなら、

日本ではＺＸＹ男子が自殺した。謀殺の噂もある。保管していたＺＸＹ凍結卵子は、盗難されたあ

げくに破壊され、犯人は射殺された。もし日本国内で権力争いが起こっているのであれば、ジョンが

巻き込まれた可能性がある。

彼が日本の自衛隊に入り、ＰＫＦになったと噂で聞いていた。自分の方も何度も引っ越したり、仕事を変えたりして、ジョンとの往来はなくなっていた。それが突然、昔の暗号を使って自分に連絡してくるのはよほどのことだ。いや、ジョンは自分の母国がＺＸＹ型女性を必要としていることを知って、バーター取引を望んでいるのかもしれない、《dragon《ドラゴン》》はきっとあの場所だ。

ジェイムズは母国の大使館の事務方の一人、個人的にも親しいマイケル・ブラウンに連絡して、夜に、大使館近くのホテルのレストランで会うことにした。それから彼はネットから関連情報を丁寧に拾い、さらに会ったときに必要な書類を作り始めた。


その夜の、某ホテルのレストランで——。

ジェイムズが説明を終えると、マイケルは即座に緊張した顔でこう質問した。

「すると、彼が連れているＺＸＹは女性なのか」

「おそらく日本人なら人種的には女性でしょう。最近、日本の田舎でヘリコプターを使った誘拐事件があったのを知っていますか」マイケルはうなずいた。「それも山の中の非居住区でのことです。警官一人が撃たれて死んでいます。誘拐された女性は今も行方不明です。その女性がＺＸＹ型なら、大げさにヘリコプターを使った誘拐も納得できます」

「つまり、その元ＰＫＦリーダーのジョンが彼女を保護していて、それを我が国に救援してくれと言っているのか」

「そうです。日本のドイツ系ZXY型男子は自殺してしまいました。謀殺の噂もあります。保存していたZXY型凍結卵子は盗まれ、そのあげく破壊され、犯人は警官に射殺されました。この犯人はどこかの外国勢力に騙されていたようです。残念だろうが、ジョンは自分の国の組織が信じられなくなっているのでしょう」

「ジェイムズ、これは微妙な問題だぞ。もし我が国がその女性を保護したとしても、一つ間違えると、その一人の女性のために、我が国と日本の間で大問題になりかねないぞ。最悪、戦争だ」

「一億分の一の女性です。私はそれを百も承知で話しています」

ジェイムズは手元に置いた《The《ザ》 gold《ゴウルド》 bug《バグ》》の発した暗号のコピーをまた出した。

「暗号のクレセント・ムーンの半分は私のことです。私の知り合いは、私の面白い顔を知っていて、遊び半分に暗号文を私に送って来たのです」

彼は自分の顔を指さした。彼の顔は確かにクレセント・ムーン（三日月）だった。

「それに暗号の『あの場所』というのは、ザ・ケイプ・オブ・ドラゴン、日本では『龍の鼻』と呼んでいる場所です。彼が大学生の時、私も彼と一緒にその場所を訪れました」

今度は地図を出して指で示した。

「ジョンは私に時間を示しました。クレセント・ムーンはそのままの意味です。次の三日月の夜です。調べてみました。それまでには約二週間あります。つまり我々に二週間の時間をやるから、助けてくれと彼は言っているのです。日本政府も必死です。総力を挙げて二人を追っています。彼はおそらく自分の人生を賭けて、女性と逃走しているのだと思います。理由はわかりませんが、女性も日本政府に協力したくないのだと思います。

正直に言います。私が彼とその女性を助けたいと思っているのは、母国のために少しでも役立ちたいからです。ジョンの方も私と母国まで利用しようとしているのです。普通なら絶対にありえないことを、一億分の一の価値を使って、ラクダ（camel《キャムル》）が通れる針の穴を、彼は見つけたと思っているのです。それが暗号となったのです」ジェイムズは暗号のコピーを手で叩いた（参考：富者が神の国に入るよりは、ラクダが針の目を通る方がもっとやさしい。［聖書］マタイ伝19―24。『小学館プログレッシブ英和中辞典』１９８７）。

今日のジェイムズはいつもより多弁だと思いながら、マイケルは疑問を口にした。

「母国は確かにＺＸＹ型女性を欲している。けれども、日本にいるたった一人のＺＸＹ型女性は閉経《メノポーズ》したと聞いている。その女性にそれほどの価値があるのか」

「それでは、なぜヘリコプターを使ってまで女性を拉致しようとしたのか。警察は重装備したチームを組んでその山中に行ったのか。元ＰＫＦリーダーのジョンも仲間と共に山へ行ったはずです。なぜ皆がそこまでその女性を欲しがったのか。結論はその女性は子供を生める能力があるからです。彼女は一億分の一の女性なのです。日本のセンターを退所したのは何か手続き上のミスがあったのです」

「いずれにしても上に相談しないと私の一存では決められない。彼と連絡を取る手段はないのか」

「そんなものがあれば、ジョンは私に直接連絡してきたはずです。そうでなければ、警察が私の所にどっとやって来るのを避けたかったのでしょう。それに警察がやって来たら、本国まで疑われてしまいます。ジョンはそれも怖れたのでしょう」

「わかった。それで、君の方は彼の情報を持っていないのか」

「私の方も、何度も住所や仕事が変わりました。二十数年前にお互いに音信不通になって以来、彼に連絡できる個人的なアドレスや電話番号などの情報は何も持っていません」

マイケルは大きくうなずいた。

「わかった。それで、さっきのザ・ケイプ・オブ・ドラゴンの地域は何と言うんだ?」

「四国です」と、ジェイムズがはっきりと言い、追加した。「こんな話が向こうから飛び込んでくるなんて、日本には千にひとつのチャンスという漢字の語句があります。これはそれ以上です。一億にひとつのチャンスです」(注:たぶん千載一遇のこと。千載は千年の意味です。彼の勘違いと思われます)

「ひとつ、訊いてもいいか、暗号文の最後の《OFAAFO》は日本語の何かの略記号か」

「それは《One《ワン》 for《フォー》 all《オール》, all《オール》 for《フォー》 one《ワン》》の略です。ジョンは高校・大学とラグビーをしていました。彼のネット上の仮名です」

ジェイムズはその場の雰囲気に押されてそう言った。

「了解した」

うなずいたマイケル・ブラウンも、若い頃はラグビーの選手だった。

大使のデイヴィッド・グリーンフィールドは、マイケル・ブラウンが持って来た情報を聞いた後、しばらく目を宙に向けていたが、ゆっくりと頭を戻して言った。

「現在、日本にあるどこの大使館も日本の警察に監視されている。飛行場や港には、その女性の写真をセットした容疑者検索システムが複数台備えつけられている。それをすり抜けるグッズもあるが、そううまく幸運が次々と続くことはあり得ない。そうすると、小舟で沖合に停泊した船までこっそりと運ぶことになる。いくら二週間の時間があると言っても、本国からはギリギリだ。少しでも天候不良ならば間に合わなくなる。それに×××運河もキナ臭い。だからと言って飛行機は使えない。おそらく、プライベート・ジェット機も日本から飛び立つまでのチェックは厳しいはずだ。米軍に依頼する手もあるが、内容が特殊なだけに、同盟関係が密だろうと、できれば避けたい」

マイケル・ブラウンは大使に言った。

「我が国の海軍の一隊が寄港していませんか、オーストラリアに」

日本から、伝言役のマイケル・ブラウンと三日月顔のジェイムズ・アンダーソンが、オーストラリアに飛んだ。現地に駐留していた英国海軍のジョージ・ウォリントン大尉《ルーテナント》は二人の説明を聞いてから言った。

「私は本国から『紅椿《べにつばき》（レッド・カミーリア）作戦』に参加するように指示を受けています。お二人の説明で十分に理解できました。わが国の未来に関わる重要な作戦に参加できて大変光栄に存じます。私たちのチームは全能力をかけて任務を遂行いたします」（参考：椿の英語名camellia《カミーリア》は日本からロンドンにこの植物を持ち帰ったG.J.Kamelにちなんだものである。『新英和中辞典』研究社１９８９版）。

日本にも変化があった。事件のヤマ場もヤマ場、四国の対策本部に乗り込んだ大佐の盗聴防止装置を組み込んだ軍事用のスマホにメールが届いた。大佐はそれを一目見るなり、すぐ部屋を出た。

ところが先に紹介したように、日本のＺＸＹカノン騒動は四国の崖の上で悲劇的な形で終わり、そのニュースを聞いた日本人は涙を流すことを忘れ、体の芯から落胆させられたのである。

2

そして、事件から五度目の秋が訪れた。ＺＸＹの謎はまだ解けないままだった。世界は活発に動き流動しているが、日本は時計が止まったかのように静かだった。

日本の豊田ハル首相は人のいい年寄りの顔で、テレビ画面の中で喜ぶ人々を複雑な思いで見ていた。

それは持てる国での子供誕生のニュースだった。このような時代、子供の誕生は人類にとって喜ばしいことだろう。けれども日本の首相としては素直に喜べず、反対に寂しさを覚えた。

順番を待つしかない。米国は将来必ず一人の子供を渡すと約束した。だがその順番は今年も来なかった。理由は米国国民が反対しているからと言われた。日本は他の国とも交渉を継続しているが、昨日のＮＯ（否定）は今日もＮＯだった。女性首相の顔から笑みが消え、怒ることも消えて久しくなった。無表情、それが女性首相の顔となった。

仕事らしい仕事もなく、首相は官邸より自宅で過ごす方が多くなった。自宅といっても、食事を作ってくれる家政婦が一人いるだけだった。それでも官邸よりは落ち着けた。


その日は朝に、たまたま見ていたテレビ番組のバックに、亡くなった父親の好きなチェロの曲が聞こえた。懐かしさと共に、その日は一日中、チェロのゆったりとした重低音を思いだし、時には軽やかな高音を奏でる巧みな指先の動きまでが頭に浮かんだ。

特別な日となったその日の深夜、音の無い世界で首相が無心で写経をしていると、突然ドアがノックされた。筆を止め、ゆっくりと顔を上げて、目を向けると家政婦だった。

「高輪の鈴木《すずき》様とおっしゃる茶髪の男性の方がいらっしゃっています。首相の遠いご親戚とおっしゃっていますが……」

「茶髪？　誰かしら？　鈴木……という親戚はいないはずだけど……」

と、調子よく進んでいた写経を止められ、不満そうに言った。

「確かにそうおっしゃいました」

止めた筆を持ったまま首相は記憶を探ったが、どうしても思いあたらなかった。それでも遠い親戚の一人かもしれないと思った。今の世は親戚の数が減り、心細さのために、何代も前に結婚して出たり別の地で新たに戸籍を作ったりした血族の後裔《こうえい》を、捜している人が少なくないのだ。

「少し待ってもらって下さい」

家政婦が去ると、そっと筆を置き、茶髪かと思いながら立ち上がった。首相は衣服を着替えた。今の時代は政府の中にさえ、髪を茶に染めている男性がいる。そういう光景にも慣れたと思いつつ、もう一行で終わる写経をやめさせられたことが不満だった。そのうち遠い親戚であっても見つかったのなら喜ぶべきだと思い直した。

部屋を出ると応接室に向かった。ドアの前で立ち止まり、衣服の乱れを確認してからドアを開けた。その音に、柔らかで艶のあるくすんだ灰黄色（利休《りきゅう》茶）の髪の、中年から初老に見える男性が立ち上がって、恭《うやうや》しく頭を下げた。

「首相、夜分に押しかけまして申し訳ございません。私は鈴木三日月《すずきみかづき》と申します」

「鈴木三日月様ですか」

「はい。八月の三日月の夜に生まれまして……」

「そうですか」

　その男性の顔は三日月形であると同時に、日本人にはない艶のある髪の色は元々生まれつきなのだろう。またその顔に日本人と外国人の面影があるのを見いだし、首相はこの方はハーフ（half-blood《ハーフブラド》）で、三日月というのは愛称で、本当はちゃんとした名前があるのだろうと思い、丁寧に言った。

「申し訳ありませんが、私の親戚に鈴木様というお家は記憶にないのですが？」

「私はとても首相のご親戚などではございません」

　男性は謹厳な態度で言うと、わざとらしく歩いて、玄関に通じる側のドアの前に立った。

「首相のご親戚の方をお連れさせていただきました。きっと奈良時代か平安時代まで遡れば、首相ともご縁が繋がっていると思います」

　そう言って、男性がドアを開けた。

「どうぞ、入って下さい」

　部屋に、幼い少女と手を繋いだ女性が入ってきた。その後ろには明らかに外国人とわかる女性が立っていた。

　子供を見て、首相は思わず駆け寄ろうとしたが止まって、男性に顔を向けて尋ねた。

「どういうこと、ですか」

　男性は声をうわずらせて答えた。

「日本人の子供です」

「日本人の？」

「この女性はカノンさんです。海で死んだと思われている」

首相は狐《きつね》につままれた表情をして、その女性と子供に目をやった。確かに日本人の顔立ちをしている。彼女の顔には日本人の母親の優しさと強さがにじみ出ていた。

男性がさらに明快に追加した。

「カノンさんを英国海軍の潜水艦が救出し、母国に連れ帰り、英国で子供を産んだそうです」

後ろに立っていた英国人と思われる女性が笑みを作った。

「そう、そうだったの……、それで子供の名前は？」

「サクラです」

初めてカノンが口を開き、首に巻いていたカシミアのマフラーを取り、肩に羽織っていたコートを脱いだ。下は渋い地に江戸小紋の着物姿だった。首から鳥の子色（薄いクリーム色）の帯をかけ、赤ん坊を抱いていたのである。

その姿は一昔前なら日本のどこにでもいた、自分の運命を受け入れ、子を産み、育てる覚悟を決めた、懐かしささえ覚える、しっかり者の母親の姿だった。

「この子の名はタケルです」

首相は恐る恐る幼女に近づくと、腰を折り、笑顔を見せ、両手を出して、サクラをゆっくりと抱き上げ、思わず頬ずりした。しばらく抱いていたが、そのうち壊れやすい貴重品を扱うように最大限の注意を払い、幼女を床にゆっくりと立たせるように置いた。

さらに、首相はカノンに抱かれている赤ん坊に潤んだ目を向けた。男の赤ちゃんがすやすやと眠っている。数十年ぶりにしげしげと見つめたその赤ん坊の寝顔は邪気のない、長いまつ毛の仏（お地蔵様）の顔だった。

「首相にお願いがあります」と、カノンは母親の目でまっすぐ言った。

「それはどのような？」

「子供と住みたい場所があります。私の母が住むヤマト村という場所です」

「ヤマト村？」

「はい。それにこの子たちには未来を力強く生きてゆく術《すべ》を学ばせなければなりません。そこで父親代わりになる三人の男たちを捜していただけませんか。名前は――」

翌日、豊田首相は英国大使館に大使のデイヴィッド・グリーンフィールド氏を訪ねた。

その二日後の夕方六時、着物姿の凛《りん》とした首相は威儀を正して、ある意味気品ある態度で記者会見に臨み、二人の子供の写真を前に、日本の明るい未来を述べ、あの四国での事件はカノンを守り、敵を欺くための策略だった、と説明した。また、外交上の理由とカノン母子の安全上を理由に、住んでいる場所は伏せられた。なお、この記者会見の凛とした豊田首相の顔と姿は、その後のメディアにおける彼女の終生の一枚となった。

その夜、日本国首相会見のニュースは、日本国内はもちろん海外でも繰り返された。特に日本国内では、天から日本国民にだけ聞こえる大轟音《だいごうおん》が鳴り響き、またそれまで日本を厚く包んでいた沈鬱な空気が消え去り、日本国民の空気そのものが一気に別物に変わった。誰もが目を輝かせてお互いに挨拶し、元気な声を掛け合い、その様子は深夜まで続いた。

それからすぐだった。ヤマト村に向かう旧道横の、前時代の遺物の廃棄物と残土置き場から、法的に問題のある廃棄物質が検出され、その地区一帯が立ち入り禁止区域となった。すでに非居住区だったので問題は起きなかった。その地域の監視に三人の男たちが任命された。

おそらく映画なら、カノンを乗せてきた車の運転手は真田中尉に似ている男性になるだろう。ところが現実は、英国大使館のマイケル・ブラウンだった。ただし、この世には真田中尉に似ている男性は存在した。その男性はホテルで豊田首相の記者会見放送をスマホに録画した翌日、登山姿にサングラスをかけて新幹線で東京からA県に向かった。

A県の新幹線の駅から出てきた彼は、待っていた黒塗りの高級車に乗りこみ、運転手が彼のバックパック（リュックサック）をトランクに積んで走り出した。その車は快適なエンジン音を響かせてしばらく走ると、ヤマト村へ向かう旧道の入口で、彼とバックパックを降ろして走り去った。車を見送った彼はバックパックを背負い、秋色に染まった周囲の景色を見回し、上体を一度軽く揺すってから村へ向かって旧道を歩き出した。

すでに彼の姿が見えなくなった車の中で、執事らしい運転手が後部シートの大佐に似ている黒髪の女性に、ハンドルを握りながら振り向かずに話しかけた。

「これで、本当にいい役になれますね？」

「彼から聞いたの？」

「ほんの少しだけです。あの人を空港に迎えに行った帰りの車の中で」

「私は何もしゃべりません。何もしゃべらないと国と約束していますから」

「存じております。私はただ、あなたのような主人にお仕えさせていただいて、大変光栄に存じております。これが言いたくて……」

「あら、そう……」

彼女は、あのときに彼が彼女のスマホに伝えてきた一文を、改めて思いだした。

『If you were to appear in a movie in the future, which do you prefer a good loser or a bad loser? I've added one more thing. The film will be semi-permanently preserved in the National Library. Please don't forget it.』（意：将来、もしあなたが映画に出るとしたら、立派《グッド》な敗者《ルーザ》か悪い《バッド》敗者《ルーザ》か、どちらがいいですか。ああ、そうそう、映画は国立国会図書館に半永久に保存されますから、それをお忘れなきように）

文面をさらっと見た彼女は、怒りを持ったまま部屋を出ると、通路の奥に見つけた固い長椅子に座り、自分に「落ち着け、落ち着け」と言い聞かせた。

友だちの会話のような文面だったからか、それとも単なる女の嫉妬だったからか、そのとき彼女は自分の中の激しい怒りに気づいた。同時に、物理学者の叔父の言葉が彼女の頭を横切った。

「君たちナントカ専門家は、敵の状況を真横で見ていたように講釈し、それが外れると、また別の違う理由をつけて開き直る。君たちは一度たりとも責任をとったことはない。最もひどい例は国を傾けたことすらある。もう歴史的なことだがね」

それは諜報の世界を知らない人間の、的外《まとはず》れな指摘だ。彼女はそう思いつつも、今回の件は自分なりに理由を付け、冷静に振る舞って来たつもりだったが、行動の底には感情的な怒りがあったことを認めざるを得なかった。

権謀術策をめぐらす戦略家は自分の策に酔ってはいけないし、感情的な判断など論外である。ましてや中尉が少年に戻り、乙女のために突っ走ろうと、自分はプロであり、プロはいついかなるときでもプロであらねばならない。メンツやこだわりが最も危険なのだ。とはいえ、同時に、人間の歴史は理性的判断ばかりではなく、感情が決定の決め手になったことがあることも忘れてはならない。

そしていつも自分に課してきた、問題の本質は何か、自分がいま行っていることは何なのか、を思った。彼女は怒りを超え、自分を超え、国にとって最善とは何かを改めて自分に問うた。

その答えは単純、カノンの確保である。しかしそれができないときの次善は何か。ＺＸＹにおける勝利とは何か。

これも直感はすぐ答えを出した。仮にカノンがどこの国へ行こうと、そこで子を産めば、その権利の半分を日本は主張できる。ＤＮＡ鑑定の発達した世の中では、その事実を隠し通せるものではない。

つまり、現時点で彼女を絶対に殺してはならない。死なせてもならない。大げさに言えば、日本民族に残された希望の細い糸はカノンの生存、もはやそれしかないのかもしれない。

そこまで思い至り、それを腹に納め、一つ大きく呼吸してから、返信コールのマークに指を伸ばした。そのとき、中尉は自分がどういう反応を取るか予想して、今度の計画を作っていたのかもしれない。ということは、中尉が国の未来を、最後は私に委ねたのかもしれないと思い、思わず身体が震えた。が、逃げるにも、個人的に腹を立てて全てをぶち壊すにも、事は遥かに個人の範疇《はんちゅう》を越えていた。事は日本国民全部と日本の長い歴史だ。他に選択の余地なしと改めて思い、彼女は目を閉じたまま、神に祈りつつ返信のマークを押した。


あのときに話した内容を個人的に見れば、生涯最大の賭けだった。そして確かに自分の身体に一本の芯金《しんがね》が入ったのだ。カノンの命を小さな危険にすら遭わせるわけにはいかない。こっちが手配する女性を使えないかと（実は斉藤チームの）、大佐に戻り、彼に上から目線で提案した。……

その後、あの事件の結末は、心にしこりとなって強く残り、思い出しては落ち着かない気分にさせられた。そしてカレンダーで五年の時間がすぎ、やっと大舞台のエンディングにふさわしい結末が、この上もない最高の形で届いた。

自分はいつまでも敗者扱《ルーザ》いだろうがそれは仕方がない。他方、彼はこれから子供の守役《もりやく》としても、ボディガードとしても最適だろう。また本当の意味の《The knight《ザ ナイト》》になれるだろう。最高の第二の人生かもしれない。

そう思いながら、彼女は運転手に言った。

「一言、注意しておきますが、彼の話題を今後一切しないように、いいですね？」

「はい。申し訳ございません」

彼女の思いはカノンに移り、この五年の間、時々角度を変えてカノンを想像した日々を振り返った。

『カノンが母親と暮らした三年はどんなだったのか。彼女は何を考えたのか？』

『カノンは中尉の何に惹かれたのか？』

人間は、自分の持っている物差しでしか、他人を理解する事ができない。

『カノンはセンターにいたときも、母親といたときも、中尉といたときも、自分を探していたのではないだろうか』

自分の物差しはそういう結論になった。

『カノンは異国にあって子を産み、新しい経験をした。それは若いときの傷を癒してくれただろうか。それともそのような現状をただ機械のように受け入れたのだろうか。それはわからない。しかし、自分とは何かをずっと探し続けていたはずだ。

数奇な運命に導かれた今のカノンは、ぶれない自分を持ち、ぶれない視線と態度で、周囲にも子供にも接しているように見える。おそらく母親と再会しても、中尉と再会しても、懐かしさで涙を流しても、カノンの中にある確《しか》としたものはいささかも揺らぐことはないだろう』

突然、車の中でスマホの電子音が鳴った。彼女が取りだして見ると、あれ以来、何の連絡もない人からのメールだった。

『この度、私はA県の県警本部長に左遷させられました。今後ともよろしく。山下健人』

彼女はそれを読んで、このようなことは続くものだと頬を緩めた。

そういえば、小耳に挟んだ情報だが、今年の春、ヤマト村を管轄するマキ市警察署刑事課の課長に、事件当時デカチョーだった武田刑事が昇進したらしい。彼もそういう運命なのだろう。


もう一つの補遺。英国海軍の紅椿作戦は、運よくオーストラリアに立ち寄っていた潜水艦部隊を使い、結果的に成功した。これは英国政府内の公的文書に記録され残された。

作戦の陰の功労者、三日月顔のジェイムズ・アンダーソンは自分が関わった部分を個人的に記録に残そうと考えた。そしてメモを整理し、例の暗号文を読み返したとき、末尾の『OFAAFO』の文字に違和感を持った。大使館のマイケル・ブラウンには「ジョンのネット上の仮名だ」と言った。彼もそう思い込んでいたが、ある日、突然、「まさか、あれかも」と思いだした。

二人が高校生のとき、ジョンは旧日本海軍のモールス符号の暗記の語呂が面白いと興味を持った。例えば、ア：ああ言うとこう言う、ネ：ねえそうだろう、ミ：見せよう見よう等である（注：参考図書によって語呂表現が異なることがある。なお、モールス符号は、点（トン）と長い線（ツー）の組み合わせで文字や記号を表す。SOSのトントントン・ツーツーツー・トントントンはよく知られている）。

そこからジョンは、ポーの暗号とは別の私的暗号（単語や短い語句を伝えるもの）を考えだした。ジェイムズは思い出せない自分の頭を呪いながら、かすかな記憶をたよりに試行錯誤して、『OFAAFO』が文字「ＳＢ」の暗号であることをなんとか見いだした。

その方法を説明しよう。①隠したい文字を「ＳＢ」とする。②アルファベット順に（映画にあったＩＢＭを一個前へずらしてＨＡＬにしたように）、ジョンは後ろへ二個ずらした場所の文字「ＵＤ」に変換した。③ＵとＤの順序を逆にする。④ＤとＵに該当するモールス符号を調べる（Ｄ：長短短、Ｕ：短短長）。④アルファベットの「ＡＤＦＨＩＪＫＬＭＮＳＶＹ（後ろへ伸ばさない音）を短符号、ＢＣＥＧＯＰＱＲＴＵ（後ろへ伸ばす音）を長符号とし、ＷＸＺは使わない」と決め、暗号製作者は長短の区別だけに注意し、あとは自由に大文字を選ぶ。これで完成である。表記された文字は音の長短を示し、文字の意味はない。つまり『OFAAFO』に文字の意味はない。

この暗号に隠された「ＳＢ」は何を意味するのか。あのころを思い出せば、「ＳＢ」はいっとき鼻歌になっていた『イエロー・サブマリン』の「Submarine《サブマリーン》」である。つまりジョンが暗号で真に要求したのは潜水艦だったのである。現代の潜水艦なら、地上の情報など簡単に入手できるだろう。

さしたる意味がないと思われる文字に真意をこめるというジョンの手法はグッドだが、ミステリー小説なら手がかりがなく、アンフェアだと言われるだろう。彼が見える形の文字に『OFAAFO』を選んだのは、ラグビーと関係あると思わせたかったのかもしれない。もし、潜水艦部隊がオーストラリアに寄港していなかったらどうなったのか、別の作戦が行われていただけだろう。それは今となっては空想家の想像の世界のことだ。

ジェイムズはこの第二の暗号のことを最初からわかっていたことにして、頬かむりしようとしたのである。以下はあいまいな記憶をいろいろ補強して、昔の会話は「こうであったろう」と、彼が作ったものである。

高校時代、ジェイムズはジョンを冷やかした。

「ジョン、この時代に、そんな原始時代のようなものを使うつもりかい？」

すると、ジョンは茶目っ気たっぷりにこう答えた。

「いいかジミー、この技術が使われた時代は、歴史的に見れば、ポーが生きていた時代と重なるんだよ。ポーの暗号、『黄金虫』は１８４３年発表、その三年前の１８４０年にはSamuel《サミュエル》 Morse《モース》（その時代の日本人の発音ではモールス）が、世界で初めて、装置でのモールス符号（Morse《モース》 code《コウド》）送信を成功させているんだ。あの時代は軍事上の暗号通信が、世の中で最も俎上《そじょう》に載った時代なんだ。ポーがその影響を受けたとさえ言えるのさ」

だが、このジョンの考えた私的暗号は、実際には二度ほど交信しただけで、あっけなく消えた。というのも、不都合が出るとジョンはルールを勝手に追加し、英語の発音がときには短音と長音が混乱し、二人の間で共有化するのが困難になったためであった。

いずれにせよ、ジェイムズ・アンダーソンはやはり善人だったのだろう。潜水艦のオーストラリアへの寄港は神のご意志と思い、最終的に彼は大使に申し出て、英国政府内の公式文書は、第二の暗号部分も追加され、矛盾のない形で再び納められたのである。

突然、ナツ様へ。

これは語り手というか作者の私からの継ぎ足しの噂話です。あなたの好きな最後のどんでん返しではありませんが、実は最近、私の耳に噂話がもう一つ入って来ました。四国の崖の最終場面がネットに流されていた時間帯に、日本の表玄関である東京の空港から、英国航空の客室乗務員《キャビンアテンダント》に化けたカノンが、英国へ向けて堂々と出国したというものです。ネットにはその証拠だとする映像も投稿されています。フェイクかもしれません。

ただ、この話が本当だとすると真田中尉と同行していたカノンはダミー、暗号も誘導目的となります。話としては面白いのですが、あの当時、日本から飛行機や船で出国する場合、特に女性は厳しく何重にも検査されたと聞いていました。

この噂話では、カノンが海に投身し、真田中尉も撃たれた映像を見た日本国民は希望を失い、虚脱状態になったそのタイミングを狙って、本物のカノンは空港の検査をすり抜け、最終便で出国したというのです。

仮に、日本国民のほとんどがネットの配信画像を見ていたなら、そもそも空港だけが、通常通り検査や業務をやっていたとは思えません。また、日本の担当官の目がそろって節穴で、機器は皆故障していたとも思えません。それとも空港の担当者全員が共謀して、カノンを国外へ逃がしたのでしょうか。もしそうならまさに噴飯ものです。私は、日本人の生真面目で臆病な役人たちが、集団でそんなことをやったとは到底思えません。

一歩譲って、虚心坦懐にあの時の日本中の落胆した空気を思い出せば、脱出は東京だろうが四国だろうが翌日でも一週間後でも簡単だったでしょう。この噂を立てた人間は話をドラマチックにするために、それをわざわざあの四国の事件直後にしたのでしょう。いや、崖の上のやり取りも、それを撮影してネットに流していたのも、実は脱出計画の一部だった、そんなところかもしれません。

いずれにせよ、私は英国諜報部員の小説が大好きで、その影響からか、今も海の方の英国海軍のカノン救出の話を信じています。まあ未来に、どのようなストーリーが残るのか予想できませんが。

## 3

翌年の正月明け、豊田ハル首相は党首選で候補者を破った。

倒産した会社が突然立ち直って社長争いをするように、急に首相になろうとする政治家が複数現れたのだ。しかし腹をくくり覚悟を決め、身体に芯金の入ったように凛とした彼女に、空気感だけで挑戦しても勝てるはずがなかった。

陽の差す暖かいある日、首相は自宅の窓辺の椅子に座り、白いカーテンの横から、庭の葉の落ちた落葉樹と緑の針葉樹を眺め、思いをはせた。

『あなた（写真の赤ちゃん）が誰かを幸せをしている』

子供の頃、彼女の祖父が彼女の赤ちゃんだった頃の写真のことを話してくれた。それは祖父の父の言葉だとされているが、本当は何かの宣伝文句だったらしい。彼女は記者会見でカノンの子供の写真を前にして国民に説明した。あの記者会見のとき、幼女と赤ん坊の姉弟の写真に、微笑みどころか涙を拭う人さえいた。その姿が頭に残っている。

あの特別な日の深夜、この家で、カノンと子供がお互いの顔を見て笑顔を交わす姿を見た。そのときの母子には、人類も国も政治もなく、純粋な親子の愛情だけだった。世界も国も、政治家も年寄りも、親子に過分な負荷をかけてはならない。それが人間社会の、いや政治の鉄則なのだ。誰かが母子を追いまわし、カノン親子が再び国外に出るような愚は絶対に避けなければならない。

あの夜にカノン親子に会って以来、頭の中では時々チェロの音が、ゆったりと重く、時には早く軽やかに鳴っていた。そしてその想像は、急に彼女を行ったことのない異国に飛ばした。

英国北部のスコットランドの離島でZXY型の男性が発見され、その後、英国では一人の子供が産まれたと報道されていた。その元になった卵子は、米国やカナダで発見されたイヌイットの女性のものと推定されていた。英国大使館を訪問した時、カノンの子供かもしれないと思い、彼女は大使のデイヴィッド・グリーンフィールド氏に尋ねた。しかし大使は笑顔を見せただけで答えずに、一通の封書を手渡してくれた。中身は二人の子供の出生証明書だという。

英国で出産が報告されているのは子供一人だけだが、健康な女性を選んで、代理母の方法で出産させていて、実際はもっと多くの子供が生まれているらしい。外交の巧みな英国は米国、カナダ、オーストラリア、英連邦の国々を含めて、血縁的に近親者にならないように子供の誕生を試みているのだろう。それに比べて日本は、という悔恨が出てしまう。

四国の事件当時、カノンが三年の山暮らしで子供が産める身体に戻っているのではないかという話が一部にあった。だが、それもカノンが海に投身したことで立ち消えとなった。こうして子供を抱えたカノンの現実を見ると、そのような女性に対して、日本はなぜ野良犬を狩り立てるような馬鹿なことをしたのか。彼女は国会議員の一人だった身として、今さらのように悔いてならなかった。

英国に渡ったカノンはカミーリア（Camellia）という名で、スコットランドで羊と暮らし、定期的に卵子を採取されたという。英国政府の秘密を共有する人たちの間では、彼女に名前がないと会議にも交信にも困るので、かといって本名でも呼べず、彼女を単に『K』または『マザー・K』と呼んだ。彼女が日本に戻されたのはもうデータとして検査済みの身体となったこと、さらに卵子が採取できない身体になったことを意味していた。

カノンは英国政府に卵子を提供するにあたり、最終的に子供一人を連れて日本に帰るという契約を交わしていた。それが二人の子供というのは、英国のカノンに対する感謝の気持ちの表れなのか、あるいは外交には善意など存在せず、英国の未来への布石なのだろうか。世界には国の数だけ異なる正義がある。さらに個人の正義感にも濃淡がある。各国は自分の信じる正義に従い、裏では想像もつかないアイデアで、外国との交渉を重ねているのだろう。

冷酷な現実だが、現時点で卵子を提供できるZXY型の女性――The《ザ》 mother《マザー》――は世界で二十数名だと言われている。そのマザーたちが子供を産める年齢もギリギリだ。カノンと同じ方法を取ったとしても、生まれてくる子供の数には限度がある。近親結婚を考慮すれば、将来、子供たちは国を越えて行き来しなくてはならなくなる。その子供の子供たちも同じだ。そうして数世代を経れば、人種などなくなるだろう。それが神々の新たなご意思なのだろうか。それとも、それぞれの国で高濃度の純血種作りが始まるのだろうか。

朱鷺の舞う空の下に暮らす祖母となったミロクは、他人から見れば日本一幸せな空間を持つ身となった。村はまだ雪に埋もれているだろうけれども正月が明けたので、三月の雛《ひな》祭り、五月の節句と、祖母は土蔵の中でそれらの道具をごそごそと探し始めているのではないだろうか。

豊田首相は少し離れた場所に座り、微笑みながらその家族を見ている自分の姿を想像して、しばし穏やかな気持ちになった。だがほどなく、二日前の持たざる国の首相の表敬訪問を思い出した。すがるような目で絶えずこっちを見ていた。ついこの間まで自分もあのような目をしていたと思い、彼女はぞくっと寒気を感じた。

冷静に考えれば、日本は単に二人の子供を連れた娘が過疎の故郷に戻って来たにすぎない。カノンが英国を選ぶ可能性は大いにあった。母親の存在があったと思うが、日本に帰ってきてくれたことに日本国首相として感謝せねばなるまい。だが一人の女性として見るならば、慶事がどうか迷う。

そして、日本で子供が増える可能性は、約二十年待たなければならない。事故や病気に遭わないか、健全に育つのか。二人の子供が大人になる頃、世界や日本はどうなっているのか。自分たち（豊田首相たち）の世代はそれを見る前にあの世に旅立つことになろう。

ＺＸＹの謎はまもなく解けるのか。それともまったく新しい方向から赤ちゃんゼロ問題は解決されるのか。またはこのままか、それはわからない。持てる大国は今の状態が続くものとして戦略を練り、今から未来の自国に最も有効だと思われる手を打ち始めている。

今回の子供を連れたカノンの突然の出現を、日本の逆転大勝利のように言う人間もいる。しかし、豊田首相は少なくとも自分が首相の任にある間は、国の命運をサーカスの如き手段に賭けてはなるまいとしみじみ思っている。同時に、喝采を浴びなくてもいい、細くとも誤りのない道を慎重に選び、年々小さくなってゆく空中に浮かんだ小さな歪んだピラミッドを、次の世代に間違いなく引き渡さねばならない、と肝に銘じていた。

これは何も新しいことではない。これまで日本各地の集落や町内の長老たちがずっと悩んで来た問題だ。それがとうとう東京でも肌に感じられる感覚にまでなって来たのだ。それなのにこのような環境に陥っても、権力争いの種は消えないようだ。自分（豊田首相）の後継を狙った動きも耳に入る。

未来は、世の中に流布されているネガティブなものか、数学者の説明のように数代を経れば人口は爆発的に増大するのか、どちらになるのかわからない。ただ謙虚になって祈るしかない。ＺＸＹ物語にまだエピローグは来ない。

豊田首相は、覚悟と静けさの入り混じった厳しい顔を上げて、空に目をやった。
——いつの日か、東京の空にも朱鷺《とき》（学術名：Nipponia-nippon《ニッポニア　ニッポン》）が舞うのだろうか。

了

＊この物語はフィクションです。実在の人物、団体などとは一切関係ありません。

《参考書》

＊『新編日本古典文学全集43　新古今和歌集』小学館、１９９５。
＊『神が愛した天才数学者たち』吉永良正、角川ソフィア文庫、２０１８。
＊『万葉集（五）』佐竹昭広ら、岩波文庫、第6刷、２０１６。
＊『モルグ街の殺人・黄金虫』エドガー・アラン・ポー、巽孝之訳、新潮社文庫、１９９２。
＊『句読点、記号・符号辞典』小学館、２００８。
＊『おくのほそ道』芭蕉、久富哲雄訳注、講談社学術文庫、２００１。
＊『コンサイス鳥名辞典』三省堂、１９８８。
＊『色の手帖』小学館、１９８７。
＊『はじめてのモールス通信』（アマチュア無線運用シリーズ）Ａ１ＣＬＵＢ事務局著、谷口敦郎／日高弘著、ＣＱ出版、２０１１。
＊『暗号解読辞典』フレッド・リクソン著、松田和也訳、創元社、２０１３。
＊『ベーシックジーニアス英和辞典第2版』英語のふりがな発音表記。
＊『三省堂現代新国語辞典第六版』カタカナ英語表記。

# 朱鷺よ

2025年 5 月11日　初版発行

著　　　者　安田 和夫

発行・発売　株式会社三省堂書店／創英社
〒101-0051　東京都千代田区神田神保町1-1
TEL：03-3291-2295　FAX：03-3292-7687

印刷・製本　大盛印刷株式会社


ISBN978-4-87923-298-4 C0093